KIM FISHER

Im Zeichen der Jungfrau

Buch

Dodo ist Moderatorin beim Radio. Nicht sehr professionell, aber die Hörer mögen sie. Bis eines Nachts ein fataler Satz in ihrer Sendung sie in den Mittelpunkt einer gigantischen Medienkampagne stellt. Sie behauptet nämlich frech und falsch, sie wäre noch Jungfrau – mit 32! Alles nicht so schlimm, wäre da nicht der zynische Hörer Max, der auf der Suche nach einem neuen Lebensinhalt ist und sie nach ihrem »Coming Out« zu seiner Heldin macht. Und Sebastian, der Psychologe, der plötzlich an seinen Fähigkeiten zweifelt.

Dodo verliebt sich in beide und darf doch eigentlich offiziell gar nicht! Eine große Herausforderung auch für ihre »bumsfidele« verrückte Schwester Diana und ihre glatt geliftete, noch verrücktere Tante Lotto, die ihr Erbe gern mit jungen Sportstudenten im Café Keese durchbringt. Dann plötzlich wendet sich das Blatt – ein ehrgeiziger Reporter deckt die Scharade auf, und aus der »Kühlerfigur einer neuen Bewegung« wird die größte Lügnerin der Republik. Hat Dodo zu hoch gepokert? Sind jetzt beide Männer für immer verloren? Und wer, zum Teufel, ist bloß dieser Sven?

Autorin

Kim Fisher ist eine der quirligsten Entertainerinnen Deutschlands. Sie moderiert, spielt, singt und schreibt. Neben der Moderation unterschiedlichster TV-Formate erfrischt sie mit Ausflügen in die Comedywelt und berührt als Schauspielerin im Fernsehen und auf der Bühne. Mit ihrer eigenen Band zeigt sie, was musikalisch in ihr steckt. Und auch mit ihrem Buch, »90 Tage auf Bewährung. Die ersten drei Monate einer neuen Liebe oder Die stressigste Zeit im Leben einer Frau«, landete sie einen Spiegel-Bestseller.

Weitere Informationen unter www.kim-fisher-online.de

Von Kim Fisher außerdem bei Goldmann lieferbar:

90 Tage auf Bewährung. Die ersten drei Monate einer neuen Liebe oder Die stressigste Zeit im Leben einer Frau (15464)

Schöne Bescherung. Das kleine Buch der Weihnachtskatastrophen (geb., 31222)

Kim Fisher

Im Zeichen der Jungfrau

Roman

GOLDMANN

FSC
Mix
Produktgruppe aus vorbildlich bewirtschafteten Wäldern und anderen kontrollierten Herkünften

Zert.-Nr. SGS-COC-001940
www.fsc.org

Verlagsgruppe Random House FSC-DEU-0100
Das FSC-zertifizierte Papier *Holmen Book Cream* für dieses Buch liefert Holmen Paper, Hallstavik, Schweden.

1. Auflage
Taschenbuchausgabe Mai 2010

Umschlaggestaltung: UNO Werbeagentur München
Umschlagmotiv und -konzept:
avistura Medienproduktion GmbH
BH · Herstellung: Str.
Druck und Bindung: GGP Media GmbH, Pößneck
Printed in Germany
ISBN: 978-3-442-46929-1

www.goldmann-verlag.de

Kapitel 1

Es war Freitag, sechs Uhr morgens und definitiv eine ganz falsche Zeit. Für mich. Weder hatte ich vor, um diese Uhrzeit ein Ei zu legen, noch Zeitungen in fremde Briefkästen zu stecken.

Unruhig und unter gewissem Druck schob ich mein linkes Bein aus dem Bett und traf damit direkt das Rotweinglas vom Vorabend. Es stand noch halb voll neben meinem Bett.

Grundsätzlich bin ich ein positiver Mensch, deshalb war das Glas auch halb voll und nicht halb leer – aber die Wahrheit war, dass ich am Abend zuvor schon nach einem halben Glas entsprechend angetrunken weggedämmert war. Der übrig gebliebene Inhalt ergoss sich jetzt blutrot über die einzigen zwei Quadratmeter Teppich dieser Wohnung. Abgesehen von der Kleinen Wolke im Bad. Hätte ich jetzt die Wahl gehabt, wäre ich sofort wieder ins Bett gegangen.

Der Polizeipräsident ließ mir aber keine Wahl.

Ich rannte mehr oder weniger schnell in meine kleine Küche auf der Suche nach Salz. Das sollte ja helfen. Beherzt griff ich nach dem Streuer. Ich kannte den Trick von »www.frag-mutti.de«. Ich rannte also zurück und streute, was das Gläschen hergab. Nach einer Sekunde war ich durch mit der Nummer. Es wäre noch schneller gegangen, wenn die Löcher nicht verstopft gewesen wären. Der Weinfleck trotzte beharrlich meinen Bemühungen. Die ganze Zeit beobachtete mich Inge mit ihrem typischen Was-bist-du-für-ein-Hirni-egal-du-machst-die-Dose-auf-Blick. Ich konnte sie gerade mal wieder überhaupt nicht leiden. Das kam gelegentlich vor.

Inge war ein sehr hässlicher Hund, den ich bedauerlicherweise vor der Todesspritze gerettet hatte. Sie war schwarz und sah im Grunde aus wie das, was in der Bürste übrig bleibt, wenn man einen anständigen Hund kämmt. Ein Fussel halt, auf vier zittrigen dürren Beinen. Manchmal war sie auch niedlich. Aber das kam selten vor. Meistens nervte sie, sie pupte, schnarchte und kritisierte mich ständig mit diesem Blick. Vorwurfsvoller kann nicht mal eine Mutter gucken. Manchmal hatte sie auch Durchfall. So wie an diesem Morgen. Aber sie hatte Ordnungssinn und ihr stinkendes Geschäft deshalb auf der besagten Kleinen Wolke erledigt – das entdeckte ich mit der Zahnbürste im Mund. Aber darum konnte ich mich jetzt nicht mehr kümmern.

Es war jetzt halb sieben, ich war unauffällig genug angezogen, hatte auf die Wimperntusche verzichtet und sah aus wie ein harmloses, unscheinbares nettes Mädchen.

Unter diesen Voraussetzungen konnte dieser Tag eventuell noch etwas werden, aber die Chancen standen schlecht. Ich schnappte mir Inge, um sie bei Özgür abzuwerfen. Vielleicht hatte er ja den nötigen Ehrgeiz, den Hund im Laufe des Tages noch zu füttern. Özgür war zu allen gut. Zu den Schulkindern, die für fünfzig Cent eine halbe Stunde lang zehn Gummischlangen aus einem Glasbehälter popelten, zu den alten Damen, die auch nach vierzig Jahren noch Hilfe beim Ausfüllen des Lottoscheins benötigten, oder den Alkis, die ihre Kurzen hin und wieder auch in die aktuellen Zeitungen erbrachen. Er war sogar zuckersüß zu Inge.

Er wünschte mir viel Glück. Aber in seinem Blick konnte ich lesen: Du wirst es vermasseln. Du bist renitent, aufmüpfig und undiplomatisch. Und immer so reizbar! Er sagte es anders: »Dodo, sei bitte charmant. Frag den Herrn nicht, ob ihm sein Job Spaß macht. Sei doch einmal wie meine Ayşe, die gibt auch nicht ständig Widerworte.«

Ich atmete tief durch, nahm diesen Rat mit und stieg in mein Auto – vielleicht für lange Zeit zum letzten Mal. Ich beschloss, die Fahrt besonders zu genießen. An der Windschutzscheibe klebte ein vertrautes Stück Papier – ein Strafzettel. Dabei war ich mir ganz sicher, dass dieses Parkverbotsschild am Vortag noch nicht an dieser Stelle gestanden hatte.

Jetzt war aber ohnehin schon alles wurscht. Wider Erwarten lief ab jetzt alles glatt: grüne Welle, keine nervigen Mitautofahrer, alles schön auf Berlins Straßen. Bis ungefähr einen Kilometer vorm Ziel – Georgenstraße in Mitte. Warum müssen große Jungs morgens um halb acht Löcher buddeln und Straßen so zerstören, dass man nicht mehr auf ihnen fahren kann? Es war Frühling und die Stadt eine einzige Großbaustelle. Ich befand mich in einem Schildermeer. Sackgassen, Einbahnstraßen, Umleitungen. Hier machte mein Navi schlapp. Such dir deinen Weg doch selber, schien mir das Display sagen zu wollen. Manchmal hatte ich das Gefühl, jeder Zugereiste kannte sich in meiner Stadt besser aus als ich. Kaum hatte man sich an eine Straße gewöhnt, hieß sie entweder anders oder war bereits wieder weg. Stadtplaner musste ein spannender Beruf sein!

Als ich endlich angekommen war, fand ich sogar einen Parkplatz. Jetzt nur noch schnell die Parkuhr füttern – Berlin wurde regiert von der Parkraumbewirtschaftung –, und husch, husch rein in die Medizinisch-Psychologische-Untersuchungsstelle. Kurz: die Bude für Idiotentests. Da musste ich hin.

Nicht, weil ich mich mal wieder um einen Job bewarb, sondern weil ich ein Freigeist bin und unlogische Lücken in Gesetzen aufdeckte bzw. missachtete. Zweihundertsechsunddreißig Strafmandate in zwei Jahren veranlassten den Polizeipräsidenten zu einem persönlichen Brief an mich. Nein, es waren keine Blumen dabei. Er bedankte sich auch nicht für die Unmengen an finanzieller Unterstützung, die ich meiner Stadt zuteilwerden ließ. Er zweifelte schlichtweg an meiner »charakterlichen Tauglichkeit zum Führen eines Fahrzeuges«. Man warf mir vor, den ruhenden Verkehr zu stören. Ich meine, das schließt sich doch per se aus. Ruhend und Verkehr? Wer will schon ruhenden Verkehr? Aber das ist eine andere Sache …

Ich hatte keinen Punkt in Flensburg (ich wusste nicht mal, wo diese mit Sicherheit schöne Stadt überhaupt lag), nie auf einem Behindertenparkplatz gestanden, nie einen schwächeren Verkehrsteilnehmer belästigt und für jeden Igel gebremst. Ich fühlte mich durch und durch unschuldig. Ein Opfer der Verkehrsjustiz – mit einem Kackfleck auf der Kleinen Wolke und einem für immer verdorbenen Teppich im Schlafzimmer.

»Guten Morgen, Frau von Schretten. Wie fühlen Sie sich heute? Geht es Ihnen gut?«

Die Frau am Empfang sprach, als wäre sie eigentlich Avon-Verkäuferin und würde mir die neueste Pflegeserie für meine dürstende Seele anpreisen. Die Stimme bewegte sich im Halbtonschritt geschmeidig auf und ab. Ich fühlte mich blitzartig gut aufgehoben. Bevor ich antworten konnte, musste ich mich schon entschuldigen. Mein Handy klingelte, und die Nummer auf dem Display verhieß nichts Gutes. Wie auch, an so einem Tag.

»Dorothea, Mama hier. Pass auf: Laut Statistik fallen fünfzig Prozent der hunderttausend deutschen Verkehrssünder jährlich durch. Ich mache mir große Sorgen. Gott! Wann begreifst du, dass Gesetze auch für dich gelten? Vielleicht ja heute endlich! Sieh die Prüfung bitte als Chance. Du musst doch mal Ordnung in dein Leben bringen! Gut. Grüße auch von Papa, der ist schon im Zoo. Irgendwas mit dem Eisbärenbaby ... Dein Vater ist genauso verrückt wie du. Also dann, toi, toi, toi, Schatz, und melde dich gleich danach.«

Mir blieb noch ein »Hmmmm, klar, Mama«. Dieses Gespräch hatte mich weder motiviert noch beruhigt. Ich schaltete mein Handy aus und wandte mich wieder der sehr höflich lächelnden Dame am Empfang zu, die sich jetzt als Manteuffel mit Doppel-f vorstellte. »Wobei, so ein kleiner Teufel steckt auch in mir«, zwinkerte sie mir freundschaftlich zu. Puh!

Ich fühlte mich wie in Disneyland, und Frau Manteuffel war Schneewittchen.

Ich war gespannt auf den Reaktionstest, den Besuch bei der Ärztin und der Psychologin. Diesen drei Abteilungen musste ich mich stellen.

Frau Manteuffel hatte den Charme und die Routine einer Stewardess, die ganz nebenbei auf den Sicherheitsgurt vor der Landung hinweist. Egal, bei welcher Windstärke. Turbulenzen? Aber doch nicht hier. Laues Lüftchen! Von dieser Seite her schien also alles harmlos. Allerdings beobachtete ich schon kurze Zeit später im Aufenthaltsraum die Angespanntheit meiner Mit-Rowdys. Vier Stunden sollte dieses Desaster dauern. Und ich hatte nichts zu essen dabei. Kurz dachte ich an Inges leeren Magen. Aber wirklich nur kurz.

Mir gegenüber saß nämlich »die Erika aus Chemnitz«, die erst seit zwei Jahren in Berlin lebte. Erika hatte es besonders hart getroffen. Lediglich vier Kirschliköre an Onkel Werners Geburtstag, wie ich später herausfand, hatten sie in einer Mausefalle zu Fall gebracht. Im schönsten und breitesten Sächsisch erinnerte sie sich an den dunkelsten Moment ihres Lebens. Als sie zur Kriminellen wurde. Sie tat mir wirklich leid, weil sie mit Sicherheit nie trank und gar nicht bemerkt hatte, wie breit sie nach dieser Kirschlikör-Orgie gewesen war.

Anders als der »südländisch wirkende junge Mann«, der mit zweihundert Sachen durch eine Dreißiger-Zone gekracht war, dabei zwölf Autos demoliert und den Polizisten, der seine Fahrt mit einem hollywoodreifen Stunt stoppte, auf das Übelste beschimpft und unter anderem behauptet hatte, dass es sich bei dessen Mutter um eine läufige Hündin gehandelt haben musste. Ich zweifelte stark, ob er die nötige Reife besitzen würde, diesen Tag mit Anstand hinter sich zu bringen. Wenn ich mir den so ansah, hatte ich dann doch ein gutes Gefühl.

Es war so weit. Ich war dran. Frau Manteuffel erklärte mit einer Engelsgeduld, als wäre ich schwachsinnig (blitzartig dachte ich an den goldkettenbehangenden Raser aus dem Aufenthaltsraum), was mich jetzt erwartete.

»Frau von Schretten. Das hier ist ein Reaktionstest. Auf der Tastatur vor Ihnen sehen Sie fünf Knöpfe in verschiedenen Farben. Richtig?«

Erst dachte ich, es handle sich um eine rhetorische Frage. Aber sie wartete so lange, bis ich ernsthaft antwortete. Ich zählte nach, bis ich mich vom ordnungsgemäßen Zustand der blöden Konsole überzeugt hatte. Richtig.

»Gut. Wenn jetzt auf dem Monitor die blaue Farbe erscheint, drücken Sie …?«

Grün, wollte ich eigentlich sagen, als Özgürs warnende Worte mir zwischen Hammer und Steigbügel erschienen. *»Blau* natürlich«, lächelte ich sanft und fühlte schon das Siegerkränzchen auf meinem glänzenden Haar.

»Gut«, sagte sie wieder. »Des weiteren haben wir hier zwei Töne. Einen hohen und einen tiefen. Wenn der hohe erklingt, drücken Sie die hellgraue Taste, bei dem dunklen … na?«

Ich kannte die Antwort und lächelte höflich. Langsam wurde mir klar, wie es zu dem Begriff »Idiotentest« kam. Aber dass diese Testreihe nicht jeder Idiot besteht, wurde mir auch relativ schnell bewusst. Zu all den Tasten kamen nämlich noch zwei Pedale, rechts und links – der Ordnung halber. Mit einem Augenzwinkern ermahnte mich Frau Manteuffel, nicht an der Maschine zu zweifeln. Denn was immer jetzt auf diesem Display erscheinen würde, müsste ich drücken oder treten. Es konnte eigentlich nichts schiefgehen. Was ich allerdings nicht bedacht hatte, war die Schnelligkeit, in der die Symbole eine Reaktion erwarteten.

»Es wird sehr schnell gehen. Aber wir wollen Sie ein klitzekleines bisschen unter Stress setzen.«

Schnell? Stress?

»Und das um neun Uhr morgens auf leeren Magen«, sagte ich laut, um mich gleich für mein mögliches Versagen zu entschuldigen. »Na, dann wollen wir mal.«

Die nächsten sieben Minuten waren die Hölle – die gute Frau Manteuffel machte ihrem Namen alle Ehre. Ich schwitzte, stand definitiv unter Stress und zweifelte ernsthaft, ob mein Vergleich mit Disneyland jetzt noch Bestand hatte. Das Gleiche musste ich dann noch mit geometrischen Formen machen. In ähnlichem Tempo.

Anschließend wertete sie meine Ergebnisreihe aus. »Ah ja. Gut. Sehr gut. Oh. Oh, oh, oh, oh! Das muss sich der Psychologe genauer anschauen.«

Meine Hoffnung sank. Und ich war aus zweierlei Gründen geschockt: Wieso so viele Ohs? Und wieso *der* Psychologe? Ich hatte fest damit gerechnet, dass solche Scheißjobs nur Frauen machen.

Der Besuch zuvor bei der Ärztin munterte mich schnell wieder auf. »Soweit ich erkennen kann, ist ihre Leber im Normalzustand.« Sie hatte gewissenhaft auf meinem Organ herumgedrückt, da die meisten doch wegen Alkoholproblemen hier landeten. Meine Güte, war ich jetzt froh, dass der Rotwein auf dem Teppich war und nicht durch meine Blutbahnen schoss …

Danach landete ich wieder mit Erika, die noch verwirrter war als vorher, im Aufenthaltsraum. Mit Blick hinter den Empfangstresen. Dort konnte ich sehr gut eine Torte mit einer Fünfzig darauf erkennen. Sie stand auf einem Schreibtisch, an dem ein Mann arbeitete. Und da der Psychologe offenbar der einzige Kerl hier war, schloss ich hammerhart, dass es sich bei ihm wohl um denselben handeln musste. Weiter kombinierte die Miss Marple in mir, dass es ja dann wohl *er* sein musste, der Geburtstag hatte. Heute! Welch Triumph! Ich würde ihm jovial, charmant, souverän gratulieren, egal, wie das Gespräch verlaufen würde. Das letzte Wort würde ich haben.

Und dann kam er auch schon – der Psychoteil –, vor dem mich alle eindringlich gewarnt hatten. Als ich die Tür zum Behandlungszimmer öffnete, verfluchte ich den Moment, an dem ich beschlossen hatte, ungeschminkt zu dieser Veranstaltung zu gehen. Was für Mann. Er sah umwerfend aus und versprach gleichermaßen Spaß und gute Umgangsformen.

Nur leider war das hier kein Speed-Dating, wo der Wecker nach sieben Minuten klingelte. Dieser Mann wollte mich mit Haut und Haaren – und zwar für die nächsten zwei Stunden.

Wir saßen uns an einem kleinen Tisch gegenüber. Zunächst suchte ich nach der richtigen Körpersprache – das ist ja schon mal die halbe Miete, wie jeder Hobbypsychologe weiß. Ich hatte das Gefühl, es könnte doch noch ein guter Tag werden.

»Leben Sie gerade in einer Beziehung?«

Na bitte. Geht doch. Wer braucht schon Wimperntusche?

»Nein«, flötete ich und fand ihn doch ein wenig unprofessionell.

Ein Irrtum. Die nächsten Fragen kamen wie aus der Rakete geschossen und trieben mich in die Enge. Wann war Ihre letzte Beziehung? Wie lange hielt sie? Von wem ging die Trennung aus? Das waren mit Sicherheit nicht meine Lieblingsthemen und gingen die Parkraumbewirtschaftung Berlins auch gar nichts an.

So ging es eine ganze Weile weiter, bis er wohl meinte, mich durchschaut zu haben. »Warum kämpfen Sie denn gegen den Polizeipräsidenten?«

»Ich bin durch und durch Pazifistin und Ökonomin. Ich kämpfe nicht. Aber es ist preiswerter, fünf Euro Strafe fürs Parken zu bezahlen als ein Taxi. Und bekloppt ist es, sich für viel Geld ein Parkticket zu ziehen, fünf Minuten zu überziehen und dann gleich fünfzehn Euro Strafe zu zahlen.« Ich fühlte wohl, dass meine Äußerung dem Staat und dem Psychologen so nicht gefallen konnte, und bemühte mich, Einsicht zu demonstrieren: »Ist allerdings jede Menge bürokratischer Aufwand mit mir. Verstehe ich durchaus.«

»Abgesehen davon, ist Ihr Verhalten schlicht asozial! Sie nehmen sich das Recht heraus, anders zu sein als andere.«

Ich fand ihn plötzlich gar nicht mehr so attraktiv. Er trug im Übrigen lächerliche Schuhe und fuhr mit großer Wahrscheinlichkeit Fahrrad.

»Sie denken sich: Scheiß was drauf, ich bezahle dafür, dass ich hier parken kann. Mir doch egal, ob ich hier den Verkehr behindere und gegen die Regeln verstoße. Hauptsache, ich spare ein paar Euro.«

Jetzt wurde er persönlich. Dieser Mann hatte offensichtlich keine Ahnung, wie kurz ich vor dem finanziellen Ruin stand!

Da schenkt man der Polizei kein Geld. Auch nicht, wenn sie sich davon endlich anständige Uniformen kaufen könnte.

Na gut, ich schluckte die bittere Pille und sagte: »Seit fünf Monaten weiß ich, dass ich zu diesem Test muss. Dass mein Führerschein auf dem Spiel steht. Seit dieser Zeit habe ich ganze fünf Tickets gesammelt. Das ist für andere viel, für mich ein Mückenstich. Ich kann Ihnen nicht versprechen, nie wieder ein Ticket zu bekommen. Dazu bin ich zu chaotisch, spontan und unpünktlich.« Den Strafzettel vom heutigen Morgen hatte ich irgendwie verdrängt. Ich stand schließlich unter Stress. Ich fuhr mit meiner Reuelitanei fort: »Ich fahre jetzt immer eine Viertelstunde früher los, um einen richtigen Parkplatz und die dazugehörige Parkuhr zu finden. Und ich sage noch einmal, ich habe nicht einen einzigen Punkt in Flensburg, Herr Psychologe.« Jetzt war ich in Fahrt: »Machen Sie eigentlich nur das hier, oder bearbeiten Sie auch ernsthafte psychologische Probleme, die nichts mit Verkehr zu tun haben?« Diesmal erschien mir Özgür, Hand in Hand mit Ayşe, vor dem geistigen Auge.

Der Psychologe reagierte überraschend. »Es wäre unnatürlich und äußerst schade, wenn Sie sich komplett ändern würden. Ihre chaotische Art ist doch sehr charmant.«

Jetzt wusste ich überhaupt nicht mehr, ob ich dies für einen guten oder schlechten Tag halten sollte. Die Antwort auf diese Frage kam eine Sekunde später. Er beendete das Gespräch und versprach, dass vierzehn Tage später ein Gutachten käme. »Aber ich denke, es sieht gut aus«, sagte er lächelnd.

Auf diesen Moment hatte ich gewartet. Ich stand auf, lächelte zurück, reichte ihm die Hand, und da fiel es mir wieder ein: der Geburtstag! »...und übrigens: Herzlichen Glückwunsch zum Fünfzigsten!« Noch während ich meine eigenen Worte hörte, fiel mir auf, dass dieser Mann viel jünger aussah als fünfzig. Warum bloß war mir das nicht früher aufgefallen? Ich betete, dass er sich einfach nur gut gehalten hätte, und fühlte Fluchtreflexe im ganzen Körper.

»Danke, aber ich habe heute nicht Geburtstag.«

»Und Sie sind auch nicht fünfzig, stimmt's?

»Stimmt.«

»Na, ich höre dann von Ihnen?!«

»So wird es sein.«

»Und, wie ist es gelaufen?«, zwitscherte Frau Manteuffel über Ihre Theke.

»Kennen Sie das Gefühl, wenn eine Magen-Darm-Grippe im Anflug ist? Und ich möchte Sie gern mal fragen, was es hier eigentlich zu feiern gibt. Während andere um ihren Führerschein kämpfen, essen Sie Torte mit 'ner Fünfzig drauf.« Frau Manteuffel verstand nichts von dem, was ich sagte, aber eine gesunde Männerstimme lachte hinter mir laut auf.

Ich machte mein Handy wieder an und trabte zu meinem kleinen Auto. Es klingelte prompt, und Achim war dran, mein Chef. »Na, Uschi, wie ist es? Sitzt du auf dem Fahrrad, in der Bahn oder doch noch im Auto? Ich würde ja *allen* Frauen den Führerschein wegnehmen.«

Achims provokante Art, das Leben zu sehen, machte unseren Radiosender erfolgreich. Ich hasste es, wenn er mich »Uschi« nannte, und gewöhnen konnte ich mich auch nicht daran. Achim war ein bisschen simpel gestrickt – aber er hatte Herz. Zumindest glaubte ich ganz fest daran.

»Nö. Ich sitze im Auto. Alles spitze gelaufen.« Ich war mir selbst nicht ganz sicher, ob das eine Lüge war. In dieser Sekunde piepste mein Handy wieder. Und wieder. Und wieder. Sieben SMS – alle von Özgür. Das war kein gutes Zeichen. Ich verabschiedete mich von Achim und versicherte, dass ich ganz bestimmt, hundertprozentig und vor allem pünktlich und vorbereitet zu meiner Sendung erscheinen würde. Ich guckte auf die Uhr – sieben Stunden hatte ich noch. Viel Zeit, um diesen Tag noch zum Guten zu wenden. Dieser Gedanke änderte sich schlagartig, als ich die SMS von Özgür las.

Inge kackt!

Immer noch.

In meinen Laden.

Komm sofort.

Wenn dir dein Hund lieb ist.
(Och, dachte ich …)

Sie hängt gleich am Dönerspieß.

Ich kann nicht mehr. Bitte komm.

Die Sache sah nicht gut aus. Weder für Inge noch für mich. Aber erst einmal brauchte ich Nahrung. Und das am besten, bevor ich Inges Hinterlassenschaften, Häufchen für Häufchen, bei meinem türkischen Kioskbesitzer beseitigen musste. Außerdem konnte ja jetzt auch nicht mehr so viel in Inge drinstecken. Ich ging eine Pizza essen.

Die Stimmung war extrem gereizt, als ich eine Stunde später bei Özgür auftauchte. Zwischen fünf kleinen Haufen, die eine ganz persönliche Duftmarke hinterlassen hatten, lag Inge, sichtlich erschöpft. Özgür hatte einen roten Kopf – Herzprobleme? Das hatte er mir nie gesagt, der arme Mann.

»DOROTHEA!« Er schrie wie meine Mutter. Vielleicht doch keine Herzprobleme, sondern blanke Wut. »Mach sofort die Scheiße weg.«

»Willst du nicht wissen, wie es gelaufen ist?«

»Willst du Ärger mit meinen Brüdern? Ich habe viele …«

Okay, er wollte es nicht wissen. Mit einer Zewarolle, Glasreiniger und stoßartigen Anfällen von Übelkeit putzte ich den kleinen Kiosk meines ehemaligen türkischen Kumpels blitzsauber.

Zwischendurch versuchte ich, ihn mit einer kleinen Showeinlage ein bisschen aufzuheitern – ich spielte abwechselnd Meister Propper, den General und Klementine –, ohne nennenswerten Erfolg. Sein Gesicht hellte sich erst wieder auf, als ich wahllos in die Regale griff und ihm zehn Hochglanzmagazine abkaufte. Hier zahlte ich gerade einen hohen Preis. Die Zeitungen beschäftigten sich mit Themen wie »Wie viel Sex ist gesund?«, »Sind alle Männer untreu?«, »Zehn Tipps für einen gelungenen Seitensprung«, »Lidschatten, Gloss und Co« und dem großen Sommer-Liebes-Horoskop. Egal, das war mir die Freundschaft wert, und wer konnte es wissen, vielleicht war das ja eine Investition in meine Zukunft. Ich zahlte neununddreißig Euro – und war damit pleite.

Der Tag wurde immer besser. Ich schnappte mir die Kackbratze und fuhr los. Seit einer Woche war übrigens auch meine Waschmaschine kaputt – ich hatte einen Lauf. Katastrophe reihte sich an Katastrophe. Immerhin – die Wäsche war zwar schmutzig, aber ich schaffte es tatsächlich, sie ohne besondere Vorkommnisse von meiner Wohnung ins Auto zu bugsieren. Kein Schlüpfer auf der Straße, kein Hemdchen auf dem Treppengeländer. Langsam lernte ich, auch für Kleinigkeiten dankbar zu sein.

Auf dem Weg in den Waschsalon war ich aufgeschlossen, gespannt und neugierig, ob ich zwischen Vorwäsche und Schleudergang meinen Traumprinzen treffen würde. So, wie es jetzt in jedem guten Hollywood-Streifen passieren würde. Der Salon war fast leer. Hinten saßen ein Punk in Unterwäsche, eine ältere Dame und ein Mann mittleren Alters, der irgendwie aussah, als müsste er sich plötzlich und unerwartet selbst um seine Wäsche kümmern. Man sollte sein Glück eben nicht überstrapazieren.

Ich verschaffte mir einen Überblick, war entzückt von den ausführlichen Beschreibungen in Wort und Bild, kramte mein letztes Kleingeld zusammen, stopfte meine weiße Wäsche in die hübscheste aller Maschinen, schmiss das Ding an und nahm mir zwei von meinen neu erstandenen Zeitschriften: Auf die eine setzte ich Inge, die zweite beschloss ich zu lesen.

Nach ein paar Minuten gelangweilten Blätterns dachte ich noch mal an den Vormittag. Wann war denn Ihre letzte Beziehung?, hörte ich den Psychologen im Geiste sagen. Was für ein Vollpfosten! Er hatte genauso wenig Feingefühl wie all die Experten, die sich Psychotests für Zeitungen ausdachten. Ich überlegte mir, wie die Dame vom Ordnungsamt reagieren würde, wenn sie mich das nächste Mal aufschrieb und ich sie nach ihrem traurigen Liebesleben fragte. Wie kann man so attraktiv sein und so bescheuerte Fragen stellen?

Versonnen betrachtete ich die sich drehende Trommel – und bekam einen Herzinfarkt. Mitten zwischen meinen vormals weißesten Textilien sah ich etwas Rotes – mein neues T-Shirt! Ich hatte es wohl aus Versehen mitgegriffen. Wie hatte denn das passieren können? Die Suppe färbte sich langsam flamingorosa. Meine Belastbarkeit stieß allmählich an gewisse Grenzen.

Verzweifelt schrie ich um Hilfe. Alle drei Mitwaschsalonnutzer reagierten nicht auf meine flehentlichen Rufe. Ich wollte doch nur meine Wäsche retten! Keiner schien den Ernst der Lage zu verstehen: »Freunde, hier geht es um ein Wäscheensemble von Princess Tam Tam!« Verwirrtes Schweigen, aber immerhin so etwas wie eine Reaktion. Wenigstens Inge fing an zu bellen. Guter Hund, sie spürte meine Verzweiflung.

Dann sah ich den Stopp-Knopf. Endlich. Dummerweise war das gleichzeitig die Stromversorgung für den kompletten Salon. Alle Maschinen standen still, auch die vom Punk. Hui, der guckte nicht schlecht. Ich wusste, ich musste hier raus. Ich riss meine Maschine auf. Keine gute Idee: Das mittlerweile miamischwul-dunkelrosafarbene Wasser ergoss sich in den Salon. Ich schaufelte blitzschnell meine nasse, verfärbte und immer noch schmutzige Wäsche in den Korb, pfiff nach Inge, rannte auf die Straße, stopfte den ganzen Müll zurück in meinen Kofferraum und fuhr mit quietschenden Reifen davon. Was für ein Scheißtag.

Ich brauchte eine Pause. Vor allem sollte Inge auch mal auf natürlichem Material ihre Geschäfte verrichten, und nicht nur auf Papier oder PVC-Böden. Ich fuhr an den See und trottete lustlos neben meinem Hund her. War der gestrige Tag eigentlich auch so gewesen? Ja, stellte ich kleinlaut fest. Ähnlich. Irgendwie ging bei mir immer etwas schief. Im Job, in Beziehungen, zu Hause. Sogar das Verhältnis zu meiner Schwester war zurzeit schwierig – bei Diana schien immer alles zu flutschen. Okay, für ihren Knackhintern musste sie schon einiges tun – dreimal in der Woche laufen zum Beispiel. Den Rest erledigten die Situps beim Liebesspiel, die baute Diana geschickt mit ein. Sie hatte einen Waschbrettbauch – was dafür sprach, dass sie viel Sex hatte.

Ich wäre noch tiefer in Selbstmitleid versunken, hätte Inge nicht versucht, einem erwachsenen Schwanenmännchen an die Gurgel zu gehen. Auf diesen Kampf konnte ich mich jetzt wirklich nicht mehr einlassen. Inge zurück an die Kette, und ab in den Sender. Im Studio wäre ich allein. Was sollte da passieren? Es redeten ja sowieso mehr die anderen. Ich hörte nur zu und stellte lediglich die eine oder andere Frage.

»Na, Uschi, nicht dein Tag heute, was?« Achim grinste breit. »Und pass auf deine Töle auf, dass sie dir nicht wieder in die Moderation bellt. Jedenfalls nicht, wenn einer deiner Zuhörer dir gerade erklärt, dass er das letzte Mal, als er Frauenkleider anprobiert hat, dabei von seiner zweiundachtzigjährigen Mutter erwischt wurde.« Er lachte dreckig, weil er wusste, dass es so etwas in meiner Sendung noch nie gegeben hatte.

Ich verzog mich ins Studio und wartete darauf, dass Tom, der nette Techniker, mir alles einstellte. Ich hatte davon keine Ahnung. Ich war ja auch erst seit vier Wochen hier. Das Einzige, was Achim und meine Hörer von mir erwarteten, war, dass ich zuhörte, die richtigen Fragen an der richtigen Stelle stellte und möglichst eine Meinung zu den Problemen, Sorgen und Befindlichkeiten meiner Mitmenschen hatte.

Stadtradio Caro gab's seit einem Jahr, die Hörer kamen aus allen Lebensbereichen. Meine Sendung hieß *So So, Dodo.* War nicht meine Idee. Achim fand's genial, ich daneben. Der musste das ja auch nicht fehlerfrei aussprechen. Was mir nur jedes dritte Mal gelang.

Im Grunde war das Konzept extrem simpel. Ich gab ein Thema vor, meistens ging es um Liebe. Manchmal um Sex. Die Leute redeten über Alltagsprobleme wie zum Beispiel die lästigen Hundekackhaufen überall in der Stadt, Nachbarschafts- und Liebeskummer, Astrologie und andere kleine Imponderabilien des Lebens. Meistens waren meine Hörer sehr nett; hin und wieder rief aber auch mal ein Idiot an, der sich einfach Luft machen wollte. Solange es einen gewissen Unterhaltungswert hatte, ließ ich sie gewähren – sonst drehte ich ihnen einfach den Hahn ab. War ja nur ein Knopfdruck. Und den beherrschte ich inzwischen perfekt.

Nach den Acht-Uhr-Nachrichten war ich dran. »Guten Abend und hallo bei *So So, Dodo.* Ach, welch Freude – ohne Knoten in der Zunge. Das wundert mich jetzt echt. Mein Tag war nämlich eher Kacke. Entschuldigen Sie die Wortwahl. Aber genau die zog sich durch meinen Tag. Wie war's bei Ihnen? Hatte Ihr Hund auch Durchfall? Mussten Sie auch zum Idiotentest? Mussten Sie sich auch fragen, während sich Ihre Wäsche rosa färbte, warum Punks eigentlich Unterwäsche tragen und warum Ihr Chef Sie Uschi nennt? Da ist doch bestimmt auch was für Sie dabei. Rufen sie an … Am Mikrofon Ihre Dodo von Schretten.«

Dann fuhr Tom den ersten Titel der Stunde ab, und ich wartete. Nicht lange. Nach zehn Sekunden leuchteten alle Leitungen. Okay, es waren ja nur zwei. Wir waren ein kleiner Sender. Meine erste Gesprächspartnerin war Giselle aus dem Wedding. Eigentlich Gisela – aber französisch gefiel ihr der Name besser. Auf diesem Niveau spielte sich im Übrigen auch der Wortwitz ihrer Beiträge ab. Ich war trotzdem dankbar für Giselas, äh, Giselles Anrufe. Manchmal schleppte sich die Sendung nämlich auch nur so dahin, und keiner wählte meine Nummer. Gisela schwatzte über ihr buntes kleines Leben und darüber, dass bei ihr heute auch einiges schiefgegangen war. Frau Meier aus der Buchhaltung und Frau Hirse vom Vertrieb hatten in der Kantine gesessen und getratscht – offensichtlich über Giselle. Sie waren nicht nett. Gisela wollte daher an diesem Abend einen Appell an alle Läster-Schwestern richten.

»Wie niedlich, Uschi«, hörte ich plötzlich hinter mir. Achim war lautlos ins Studio gekommen und weckte Inge und wahrscheinlich auch mich aus dem Tiefschlaf.

»Was soll ich denn machen«, fragte ich.

»Na, biete den Leuten was an.« Er wischte mit einer Handbewegung unwirsch über meine ganzen Zeitungen, die verteilt im Studio lagen. »Hier, Themen, Themen, überall Themen. Liegen doch auf der Straße. Red über Sex. Das kommt immer gut.«

»Och, ehrlich? Ich weiß nicht«, stöhnte ich.

»Mach das Mikro auf, und frag deine Hörer, wie viele Dates sie haben, bevor sie in die Kiste springen. Musst ja nicht über dein eigenes Sexualleben reden. Sieht wahrscheinlich eh traurig aus, Uschi ...«

Dann ließ er mich mit meinem Fragezeichen im Gesicht allein. Ich war wütend und wollte nicht reduziert werden auf Achims Niveau. Aber ich mochte diesen Job, und Achim war Profi.

»Okay, genug geplaudert über die Pleiten von heute. Es ist Donnerstag, und das Wochenende steht vor der Tür ... Und – ganz im Ernst – wer will das schon alleine verbringen! Was macht ihr, um jemanden kennenzulernen? Und – wie sieht's aus – landet ihr gleich beim ersten Date auch im Bett? Ist das völlig in Ordnung, oder werden Frauen heute noch schnell zu Schlampen, nur weil sie einfach Lust haben ... Ruft an ...«

Das schien zu funktionieren. Die Leitungen waren wieder rot. Die erste Hörerin war eine gewisse Birgit, die richtig sauer war. »Also, Dodo, ich fand deine Sendung ja bisher immer ganz gut. Aber wie kannst du so eine bescheuerte These in den Raum stellen? Das ist doch heute gar nicht mehr so – Männer und Frauen haben doch inzwischen die gleichen Rechte. Zumindest sexuell.«

Besser konnte es nicht laufen. Ich quatschte mich in Schwung, und die Leitungen liefen heiß. Ich provozierte meine Hörer noch mehr: »Eine Beziehung kann doch gar keinen

Bestand haben, wenn man gleich beim ersten Mal in der Kiste landet, oder?«

Helga bewies das Gegenteil. »Ich habe meinen Mann vor fünf Jahren auf einem Gartenfest kennengelernt, und wir sind sofort hinterm Häuschen verschwunden. Der erste Sex war im Stehen und super. Heute liegen wir dabei und sind immer noch glücklich«, lachte sie.

So wollte es Achim haben. Ich setzte noch einen drauf. »Gut so, meine Damen. Holen Sie sich, was Sie brauchen. Und pfeifen Sie auf die Meinungen Ihrer frigiden Nachbarin oder neidischen Freundin.« Ich war selbst erschrocken über so viel Oberflächlichkeit, Unmoral und Plattheit aus meinem Mund. Vielleicht war Radio ja doch nicht mein Ding.

Jetzt musste ich aber durch diese Sendung und hoffte auf einen möglichst überschaubaren Kreis von Zuhörern. Ich drückte die nächste Leitung frei.

»Hallo, hier ist Max. Und du bist echt 'ne saublöde, ahnungslose, frustrierte, bedürftige …«

»Hallo, Max, freut mich auch«, plapperte ich in seinen Wortschwall und fühlte den dicken Kloß in meinem Hals. Ich war verletzt und vor allem komplett überfordert. Vor dem Studio stand Achim und zeigte mit beiden Daumen siegreich in den Himmel.

»Mich freut hier schon lange nichts mehr. Und wenn ich so einen Mist höre, weiß ich auch, warum.« Seine Stimme klang so, als habe er eine Scheißstinkwut auf die beschissene fucking Welt.

In dieser Sekunde bellte Inge lautstark in die Moderation. Meine Panik kündigte sich am Hinterkopf an. Mein Hirn war leer.

»Die Frauen heute wissen doch gar nichts mehr. Ich bin jeden Tag mit diesen ungebildeten Hühnern zusammen. Da geht's nur um Kerle und Kohle. Keine will mehr warten. Auf gar nichts. Weder auf die Karriere noch auf Sex …«

»Siehst du das nicht ein bisschen zu negativ und vor allem zu allgemein?« Meine Antwort war vielleicht nicht das Gelbe vom Ei, aber besser als nichts – das kommt nie gut im Radio.

»Nerv nicht! Es ist genauso. Alles muss möglich sein heute. Keiner lebt mehr nach Werten wie Treue, Moral, Ehrlichkeit. Es sind alles abgefuckte Miststücke da draußen …«

»Wow, bist du wütend. Was ist dir denn passiert? Hast du Ärger mit einer Frau?«

»Ich und *eine* Frau! Ich bin das, was ihr Frauen doch alle wollt: sexy, einflussreich, unabhängig und Porschefahrer. Und glaub mir, Schatz: Auch du würdest schneller bei mir in der Kiste liegen, als dir lieb wäre.«

»Wohl kaum«, platzte es aus mir heraus. »Was bildest du dir eigentlich ein? Vielleicht bin ich ja ganz anders …«

Das Gespräch lief in die falsche Richtung. Ich hätte ihn längst aus der Leitung geschmissen, wenn Achim nicht vor Freude vor dem Studio herumgehüpft wäre wie ein Floh. Der Kloß in meinem Hals wurde immer dicker. Mir fehlte gänzlich die Professionalität, mich nicht provozieren zu lassen.

»Erzähl mir nichts. Du machst doch auch vor keinem Halt, wenn er dir was verspricht. Oder wenn du dir was versprichst. Du kannst sie doch auch nicht mehr zählen, deine kleinen Sexabenteuer, mit denen du dann am nächsten Tag vor deinen Freundinnen prahlst und die gesponserte neue Uhr am Handgelenk zeigst.«

Ich brodelte vor Wut. Während ich verzweifelt nach einer vorzeigbaren Antwort suchte, anstatt Max einfach lauthals zu bepöbeln, quatschte mir Achim über die Gegensprechanlage ins Ohr.

»Verlänger die Sendung. Verschieb die Nachrichten. Es läuft super.«

Ich wurde noch nervöser. Inge auch. Sie verbiss sich in meinem Hosenbein, während sie abwechselnd knurrte oder bellte.

»Raus mit diesem Viech!«, brüllte Achim vor der Studiotür.

Ich hielt Inge die Schnauze zu, während ich noch immer fieberhaft nachzudenken versuchte. Mein Blick fiel auf eins von meinen am Mittag gekauften Hochglanzmagazinen. Ich las die Schlagzeile: *Keusch in die Ehe! Der neue Trend aus Amerika. Warum sich immer mehr Frauen für die eine, wahre Liebe aufheben.*

Und wie in Trance antwortete ich, ohne auch nur eine Sekunde zu überlegen: »Ich bin zweiunddreißig und übrigens noch Jungfrau! Das war's für heute mit *So so, Dodo,* gleich die Nachrichten. Wir hören uns, wenn Sie wollen, am Montag wieder. Gute Nacht …«

Mein Kopf schlug auf die Tischplatte. Das hatte ich jetzt nicht gesagt, oder?

Achim schnaufte puterrot: »Welchen Teil meiner Anweisung gerade hast du nicht verstanden? Ich sagte: *verlängern*!«

Mein Kopf lag immer noch auf der Tischplatte, und Inges Schnauze steckte noch immer in meiner Hand.

»Mein kleines Bienchen«, säuselte Achim plötzlich. »Du bist ja eine Rarität. Du gehörst in eine Vitrine, mein jungfräuliches Schneewittchen. Jetzt verstehe ich so einiges …«

Langsam hob ich den Kopf und ließ Inge wieder atmen. Sollte Achim doch denken, was er wollte. Pah! Schön verarscht. Ich würde es überleben. Hatte wahrscheinlich sowieso keiner gehört …

Am Pult der Sendeleitung klingelte das Telefon. »Du, Dodo, da ist irgendwer vom Lotto dran.«

Genervt nahm ich den Hörer. »Na, meine Lütte, ich bin's, Tante Lotto.«

Sie war meine Lieblingstante, und wir nannten sie Lotto, seit sie nach nur zweitägiger Ehe steinreich geerbt hatte. Eigentlich hieß sie Lotte. »Aha, wir haben also eine erwachsene Jungfrau in der Familie. Lütte, wenn das außer mir noch jemand gehört haben sollte, könntest du ein kleines Problem bekommen. Hast du auch nur eine Sekunde nachgedacht, bevor du auf diesen Max reingefallen bist? Ich muss dir wohl noch viel beibringen.»

Nein, ich hatte nicht nachgedacht. Wie auch! Und dieser Tag endete, wie er begonnen hatte: Scheiße!

Kapitel 2

Max starrte wütend auf sein Handy. Da hatte ihn diese Tussi vom Radio einfach weggedrückt. Typisch, wie alle Frauen. Wenn's ein bisschen in die Tiefe ging, machten sie die Flatter.

Frustriert warf er sich auf sein zebragestreiftes Designersofa. Beinahe wäre ihm der Rotwein drübergekleckert. Auch scheißegal inzwischen. Seitdem sich Nadine nicht mehr meldete, war ihm sowieso alles scheißegal. Er kannte Nadine aus seiner Agentur. Sie war hübscher als die anderen und versprach auch sonst mehr.

Seit Jahren bediente sich Max »à la carte«. In seiner Firma, und auch drum herum. Er konnte alle und alles haben. Besitzer mehrer verschiedenfarbener Kreditkarten – von gold bis schwarz – und durchaus bekannt mit den besten Dealern der Stadt. In letzter Zeit hatten die Exzesse wieder zugenommen – Nadine war noch haltloser als er. Sie hatte zum Spaßprogramm am Wochenende immer mehr gefordert. Mehr von allem – Drogen, Champagner, Party, Geld. Der Preis war hoch gewesen. Dabei sehnte er sich doch nur nach Nähe und Ruhe nach all den Jahren. Nach etwas, auf das er sich verlassen konnte. Doch gerade das war nicht für Geld zu bekommen. Und schon gar nicht von einer wie Nadine zu erwarten.

Er hatte die Nase voll. Nicht nur vom Koks. Auch von Oberflächlichkeiten, Unverbindlichkeiten, Null-Gesprächen. Max war auf dem besten Weg, ein Zyniker zu werden. Er hatte eine

Sinnkrise. Und es war kurz vor zwölf – auf seiner Uhr und in seiner Seele. Er war satt, obwohl er so hungrig war. Und nun hatte ihn die Alte auch noch verlassen. Sie zog jetzt mit einem Bauträger los, der ihr gleich einen Satz neuer Brüste versprochen hatte. Neue Brüste?! Pah ... Wie bescheuert.

Die Wahrheit war, dass Max zum ersten Mal verlassen worden war. Verlassen von einer Frau, die ihm nicht das Wasser reichen konnte. Es ging ihm im Grunde auch nicht wirklich um diese Frau. Es ging um sein Leben. Er wollte endlich ankommen – eine Familie gründen, eine Zukunft haben, ein Kind aufwachsen sehen. Zurückfinden zu seinen eigentlichen Werten. War denn schon immer alles versaut und egal gewesen? Abgefuckt und schal?

Wäre er nicht so wütend gewesen, hätte er sicher nie beim Radio angerufen. Aber es war wie ein Reflex. Anstatt eine Bombe in den Nachtclub zu werfen, in dem Nadine seinen Nachfolger klargemacht hatte, beschimpfte er diese Radio-Moderatorin. Mehr noch – er konnte seinen Kummer mit der ganzen Stadt teilen. Das war der Plan. Und er hätte noch viel zu sagen gehabt, wenn sie ihn nicht abgewürgt hätte. Diese Jungfrau! Das schien ja ein schöner Brocken zu sein – wahrscheinlich eine völlig verfettete, klugscheißende, besonders hässliche Negierung aller Männerträume. Armes Ding. Morgen würde er wieder anrufen und richtig schön nachtreten. Mit dieser Gewissheit und einer zweiten Flasche Barolo drehte er die Musik lauter. Stadtradio Caro spielte die Stones mit *Satisfaction.* Hatte er lange nicht gehört – und passte ja auch irgendwie.

⋆

I can't get no satisfaction, brüllte Thorsten Findler am Steuer seines Golfs durch die Nacht. Er war bestens gelaunt. Diese

Jungfrauen-Nummer war genial. Und mit etwas Glück hatte niemand seiner Kollegen das gehört. Wer hörte schon Stadtradio Caro. Die waren bisher nicht besonders erfolgreich gewesen.

Findler war Reporter bei der größten Boulevardzeitung der Stadt. Schon seit Jahren. Zurzeit lief es aber nicht richtig. Keine Ideen, keine Geschichten, keine neuen Promis in der Stadt – sein Chefredakteur bekam zusehends schlechte Laune, wenn er in der Frühkonferenz wieder mit alten Kamellen und hundertmal geschriebenen Storys ankam.

Morgen früh würde es anders sein. Der Hammer. Er war inzwischen achtunddreißig, und in seiner Karriere hatte es schon lange keine Highlights mehr gegeben. Dabei hatte er eine Nase für Schlagzeilen. Er sah sie schon vor sich: *Jungfrau mit zweiunddreißig!* Das reichte aber noch nicht. Was war das für eine Sendung? Ratgeber. Aha. Hatte sie nicht auch über Sex geredet?

In dieser Sekunde flammte sein Journalistenherz auf: Er hatte es! Er wusste, wie er am nächsten Morgen in der Konferenz siegen würde. Grinsend parkte er sein Auto und pfiff fröhlich die letzten Takte der Stones mit.

Kapitel 3

Verdammt. Es war acht Uhr, und schon wieder klingelte dieser Wecker. Zwar zwei Stunden später als gestern, aber dennoch viel zu früh für mich. Unsere Chefin Mutter hatte zum Frühstück gepfiffen. Wir sollten alle antreten – ich, meine Schwester Diana, Tante Lotto, und wahrscheinlich würde sogar Papa da sein müssen. Das Frühstück war natürlich nur ein Vorwand. Der Dachboden wurde renoviert, und wir sollten alle beim Gerümpelschleppen helfen. Es hatte sich viel angesammelt im Laufe der Jahre.

Ich blieb noch ein bisschen liegen. Inge schnarchte am Fußende meines Bettes. Wenn sie schlief, sah sie sogar fast ein bisschen niedlich aus. Aber dieses Schnarchen! Fast wie ein Kerl. Ob der Psycho auch schnarchte? Wahrscheinlich hatte er sich das wegtherapiert. Wie der wohl lebte? Seit zehn Jahren mit einer Lehrerin? Oder mit seinem Freund? Der war doch nicht schwul? Oder doch? Schlecht war der jedenfalls nicht. Irgendwie hatte er was. Eine sehr angenehme Stimme zum Beispiel …

Es klingelte an der Tür. Wie eine Sirene fing Inge an zu bellen. AUS!, schrie ich. AUS! AUS! Von einer Zehntelsekunde auf die andere war sie einfach wieder nur hässlich! Ich rannte zur Tür, schlug fast der Länge nach über den keifenden Köter und ließ meine Lieblingstante ins Haus. Tante Lotto wollte mich abholen zu meinen Eltern. Sie stapfte die Treppe rauf, hielt sich dabei die Ohren zu und brüllte gegen das Bellen der kleinen schwarzen Töle an: »WANN GEHT IHR DENN ENDLICH ZUR HUNDESCHULE?«

»Ich freue mich auch, dich zu sehen. Auch eine Stunde früher als verabredet.«

Sie sah aus, als würde sie jeden Moment platzen.

»Musst du mal?«, fragte ich. Nachdem Inge unterm Küchentisch eine alte Socke gefunden und sich an Tante Lottos Anblick gewöhnt hatte, rollte sie sich auf dem Sofa zusammen, pupte ein bisschen vor sich hin und hielt endlich die Klappe.

»Nein, aber wir müssen dringend über gestern reden. Mach mal einen Kaffee.«

»Über mein Gestern oder über dein Gestern?«, nuschelte ich.

»Hübsch der Reihe nach, Liebes. Wir fangen bei dir an. Ich liebe Katastrophen.« Sie machte eine Kunstpause, holte tief Luft und stellte eine mehr oder weniger rhetorische Frage. »Du bist also noch Jungfrau?«

Die Pause wurde länger und länger, da mir keine passende Antwort einfiel. »Mhhh«, brummte ich in meine Kaffeetasse.

»Und wie war's gestern Abend im Café Keese?« Das Café Keese war eine Berliner Institution. Seit fünfzig (!) Jahren war hier jeden Abend Damenwahl – mit Lifemusik, früher noch mit Tischtelefonen, heute nur noch mit Nummern und jeder Menge einsamer Herzen fortgeschrittenen Alters.

»Walter hatte einen Schwächeanfall, sodass der Notarzt kommen musste, und das Damenwahl-Schild war defekt. So – und jetzt weiter. Wieso behauptest du so einen Quatsch? Oder hast du mit Sven, Boris, Martin und Sascha nur Minigolf gespielt? Aber halt, warte mal, da locht man ja auch ein!«, schmunzelte sie beinahe bösartig.

»Tante Lotto!« Ich war empört. Meine Tante schien mehr

sexuelle Fantasien zu haben als eine Horde Dreizehnjähriger beim Bravo-Lesen. »Der Typ am Telefon hat mich einfach furchtbar provoziert. Und hat so getan, als würde jede gleich mit jedem Geschlechtsverkehr haben.«

»Na ja, Liebes, im Café Keese ist das so. Na gut, da haben die meisten Gäste auch nicht mehr so viel Zeit zu verschenken. In unserem Alter nimmt man, was man kriegt. Und was das Wort Geschlechtsverkehr betrifft … Diese Spießigkeit hast du definitiv nicht von mir! Die hast du von deiner Mutter. Die behauptet ja immer noch, euch hätte der Storch gebracht.«

»Ist ja auch so. Diana und mich hat der Storch gebracht. Eltern haben keinen Sex.« Am liebsten hätte ich mir die Ohren zugehalten und laut gesungen. Das war nicht mein Lieblingsthema. Wer denkt schon gern über die eigene Entstehungsgeschichte nach …

Tante Lotto schüttelte resigniert ihre frisch ondulierte Mähne. Sie trug sie immer noch in so einer Art Rotblond und schulterlang, obwohl sie schon in einem Alter war, in denen Frauenzeitschriften ihren Leserinnen maximal Kinnlänge empfehlen. Sie war achtundsechzig und stand dazu. Ihren Geburtstag zelebrierte sie jedes Jahr, ließ für sich Rosen werfen und erwartete auch genauso viele Kerzen wie Jahre – am liebsten präsentiert von jungen, attraktiven Kellnern im Keese. Einmal im Jahr engagierte der Geschäftsführer deshalb eine Horde Sportstudenten von der FU. Ein ähnlich lukrativer Job wie der des Weihnachtsmannes an Heiligabend – nur viel lustiger. Die Jungs rissen sich um dieses Engagement, denn die alten Damen sorgten immer für viel Spaß und zusätzliches Taschengeld.

»So, Schatz, jetzt mach mal hinne. Du siehst aus, als kämst du gerade aus dem Bett.«

Kunststück – ich *kam* gerade aus dem Bett. Also flitzte ich ins Bad und überließ meine Tante dem Kaffee und der pupenden Inge. Ich war wie immer zu spät dran, und Mama hasste es, wenn ich unpünktlich war.

Mit geschmeidigen fünfzehn Minuten Verspätung standen wir zu dritt vor meinem Elternhaus. Lotto, Inge und ich. Mama riss die Tür auf, umarmte mich, schielte nach dem Hund und küsste ihre große Schwester auf die Wange. »Hu, ganz schon röt! Dein langes Haar.«

»Frrreiheit in meiner Sprrrrrrache heißt Liberrrtà«, trällerte Lotto, die schlechteste Milva-Imitatorin Berlins. Wir lachten und freuten uns auf einen ruhigen gemeinsamen Familienvormittag. Auch Papa war da. Er hing schon wieder am Telefon. Diesmal war's ein Gorillaweibchen mit Karies, und der Tierarzt war nicht erreichbar.

»Papa«, nölte ich, »die Inge hat eine unangenehme Magen-Darm-Geschichte. Gestern hat sie den Kiosk von Özgür vollgeschissen. Blut ist dicker als Wasser. Inge geht vor. Umarm jetzt deine Tochter. Tschüs, Gorilla …«

»Dodolein, ich bin gleich für dich da«, flüsterte er und sah mich an, als wäre ich gerade fünf geworden. Okay, ich benahm mich ja auch so.

»Dorothea, zieh doch bitte deine Turnschuhe aus. Du weißt, dass diese Dinger mir den ganzen Dreck mit reinschleppen.«

»Rede nicht von Schmutz im Zusammenhang mit deiner Tochter«, platzte Lotto jetzt in die Runde: »Sie ist nämlich noch rein! Dieses Kind ist unbefleckt! Taratata! Darf ich vorstellen: eure Tochter, Dorothea von Stretten, Jungfrau mit zweiunddreißig!«

Papa unterbrach kurz sein Telefonat und machte schon jetzt, nach zwei Minuten Präsenz von Tante Lotto, einen erschöpften Eindruck. Und Mama verstand nix – wie immer, wenn ihre große Schwester eine imaginäre Bühne betrat und ihren großen Auftritt hatte.

»Charlotte«, schrien meine Mutter und ich aus einem Mund – aber aus unterschiedlichen Gründen.

Ich hatte nicht im Traum die Absicht, mit meinen Eltern über den Zustand meiner Vagina zu plaudern. Und meine Mutter war generell über den provokanten, für alle anderen peinlichen und aus ihrer Sicht völlig unnötigen Wortschwall genervt, den meine Tante häufig von sich gab.

»Entschuldige, aber wenn die Öffentlichkeit informiert wird, müssen es doch auch die Eltern erfahren, oder? Sonst meckerst du hinterher wieder, dass dir keiner was sagt!«

»Charlotte, für diesen Unsinn habe ich jetzt wirklich keine Zeit. Kannst du dir ungefähr vorstellen, wie der Dachboden aussieht?! Und glaubst du, dass Hans einmal mit anpacken würde? Nein, da muss nur ein Nashorn Depressionen kriegen, und ich stehe wieder mit allem allein da!«

Arme Mama – sie steckte mal wieder bis zum Hals in einer Krise: Schaffens-, Sinn-, Lebens-, Menopausen- oder Dachbodenkrise: egal, Hauptsache Krise. Mama brauchte Krisen. Vielleicht lenkten die sie von ihrer Unzufriedenheit ab, die über sie gekommen war, als sie sich eingestehen musste, dass aus der selbstbewussten Kämpferin von damals eine Mutter und Ehefrau ohne Anerkennung geworden war. Die Kinder aus dem Haus, der Mann meistens auch und die berufliche Selbstverwirklichung irgendwann auf der Strecke geblieben. Sie steckte in einer emotionalen Sackgasse. Dabei könnte sie eigentlich eine glückliche Frau sein – sie hatte nämlich einen Mann, der sie abgöttisch liebte, auch nach fünfunddreißig Jahren Ehe! Er hatte sogar dann noch zu ihr gehalten, als sie sich in meinen Kindergärtner verliebt hatte. Das war im Übrigen die einzig echte Krise im Leben meiner Eltern gewesen. Und er hat es ihr im Laufe der vergangenen fünfundzwanzig Jahre nicht ein einziges Mal vorgeworfen. Dafür holte sie einmal im Jahr an die Oberfläche, dass er den Kindergärtner verprügelt hatte, damals.

Muss eine schöne Szene gewesen sein: Mein friedliebender Papa scheuert dem Waldorf-Kindergärtner im Kostüm einer Butterblume mitten in die Fresse. Mit Fingerfarbe an den Händen. Grüner Fingerfarbe. Man hatte sich nämlich damals zu einem gemeinschaftlichen Bastel-Event getroffen. Ich wechselte danach sofort in einen staatlichen Kindergarten – da gab's nur Frauen!

Die Damen in unserer Nachbarschaft sahen Papa seit diesem Vorfall vorübergehend sabbernd und ein bisschen lüstern auf den Bizeps. Er hatte für eine kurze Zeit die Ausstrahlung des Malboro-Man. Ansonsten war Papa Zoodirektor und studierter Tierarzt. Das war sein Traumjob. Er wollte nie etwas anderes machen. Seine große Leidenschaft waren die Enten. Weil sie sich finden und ein Leben lang zusammenbleiben. Er hätte beim Chinesen niemals Ente süß-sauer bestellt – im Gegensatz zu mir. Ansonsten war er nicht sehr emotional. Liebevoll, aber distanziert. Große Umarmungen zum Beispiel fielen ihm schwer. Vielleicht war das auch der Grund, warum Mama immer ein bisschen verloren wirkte.

»Passen Nashörner denn auf eine Couch?«, fragte Lotto ernsthaft interessiert in die Runde.

»Was?« Mama war genervt.

»Wenn so ein Nashorn Depressionen hat, gehört es doch auch auf die Couch, oder?« Lotto schien das Thema zu faszinieren.

»Depressionen bei Nashörnern kommen selten vor, müssen aber ernst genommen werden. Wir arbeiten dann lieber mit Beschäftigungstherapien als mit starken Beruhigungsmitteln«, sagte Papa, und ich fragte mich, ob wir alle einen an der Waffel hatten.

Ich musste sofort an meinen Psycho denken – ob der auch eine Couch hatte? Gott sei Dank war unser Gespräch im Sitzen verlaufen – so wie ich seine erste Frage, ob ich in einer Beziehung lebte, falsch verstanden hatte, mochte ich nicht darüber nachdenken, welches Desaster ich im Liegen angerichtet hätte …

Zum Glück klingelte es gerade rechtzeitig, bevor ich am Frühstückstisch meiner Eltern in einen erotischen Traum mit einem fast fremden Mann abtauchen konnte.

Diana kam braungebrannt und wie immer bestens aufgelegt in die Küche. »Mensch, Leute, habe ich wieder Spaß gehabt.« Sie kam gerade frisch aus dem Urlaub – sie bevorzugte Single-Cluburlaube im mediterranen Ambiente inklusive Sextourismus, in Begleitung zahlreicher, ähnlich gestrickter Freundinnen. »Und ratet, an wen der Pokal für die meisten Eroberungen dieses Jahr ging?« Sie strahlte übers ganze Gesicht.

Jetzt flippte Mama komplett aus: »Die eine Jungfrau, die andere Nymphomanin. Was habe ich nur falsch gemacht?« Ihre Stimme zitterte, und sie schluckte die ersten Tränen runter. Das ließ Diana kalt, aber die Jungfrauen-Bemerkung traf genau ihren Nerv. Tante Lotto fasste für die Rückkehrerin die letzten Stunden kurz zusammen. Für einen Moment war selbst Diana sprachlos.

»Jungfrauensex! Donnerwetter. Das toppt alles. Ich wusste gar nicht, was alles in dir schlummert, Dodo.«

Diese Familie erklärte doch einfach jeden Schaden … Bei diesem Stichwort musste ich schon wieder an den hübschen Psychologen denken. Das häufte sich jetzt langsam bedenklich!

»Meine Herren, nervt ihr mich. Kein Mensch interessiert sich auch nur annähernd so sehr für diese angebliche Katastrophe wie meine eigene Familie. Was glaubt ihr denn, was jetzt passieren wird, hä? Weder wird sich einer meiner Ex-Männer melden, noch wird sich die Kirche für mich interessieren. Ich werde keine Blumen von keuschen Erwachsenen kriegen und mit Sicherheit nicht in irgendwelchen Talkshows erklären, warum ich so eine ausgeprägte Meise habe. Und jetzt Schnauze! Verdammt.«

Kapitel 4

Thorsten Findler freute sich auf seinen großen Auftritt. Seit langem saß er mal wieder völlig entspannt in der täglichen Redaktionskonferenz. Endlich würde sein Chefredakteur mal nichts zu motzen, schnauzen und niedermachen haben. Mit der Zigarre zwischen den Zähnen würde er einfach zustimmend nicken und ihn rausschicken, um die Geschichte rund zu machen. Schlagzeile und Mittelseite. Da war er sicher. Zum ersten Mal seit Wochen hatte er kein Magengrummeln und kaute nicht mehr an den Nägeln, er hatte ein gutes Gefühl. Bis zu seinem Einsatz lief die Konferenz wie immer. Die Ressortleiter wurden vorgeführt, jeder musste seine Themenvorschläge abgeben, die fast alle abgeschmettert wurden. Die Stimmung war eisig. Langsam schwitzte Findler zwischen den Fingern. Dann war er dran.

»Herr Findler, ich gehe mal davon aus, dass Sie wie immer die Schlagzeile für morgen vorbereitet haben.« Blanker Zynismus tropfte aus seinen Worten.

»Richtig, Chef.«

Pause.

»Natürlich: Elvis lebt, und wir haben das Exklusiv-Interview. Klasse. In diese Richtung geht's doch, oder?« Fast widerwillig zog er an seiner Zigarre und hüllte sich in den stinkenden Qualm. Drei Mitarbeiter konnten sich überlegen, jetzt an Atemnot einzugehen oder eine Kündigung zu riskieren.

»Es geht mehr in Richtung Sex.« Thorsten wusste, dass dieses Wort immer reizte.

Der Chefredakteur zog die Augenbrauen zusammen und starrte konzentriert auf seinen Mitarbeiter. »Lassen Sie mal hören.«

»Eine zweiunddreißigjährige Lebensberaterin gesteht öffentlich im Radio, dass sie noch Jungfrau ist. Dabei berät sie andere in Liebesdingen.«

»Wo ist da der Sex?«

»Eben, Chef, verstehen Sie nicht? Die hat keinen, obwohl sie mit anderen immer über deren Sex redet.«

»Okay. Machen Sie mal. Um sechs ist Redaktionsschluss. Bis dahin will ich die Geschichte plus Foto. Guten Tag, meine Damen und Herren.« Damit löste er die Runde auf.

Findler raste zu seinem Schreibtisch und dachte kurz über seine Strategie nach.

Einfach anzurufen war wohl der beste Weg. Er wählte die Nummer von Stadtradio Caro.

Die Praktikantin am Telefon war sehr fröhlich. »Nö, ditt is jetz doof. Aber die Dodo iss nich da. Die hat am Wochenende nie Sendung. Ick gloobe, die muss bei ihren Eltern ran. Aber ich könnte Ihnen den Chef jeben.«

»Achim Alberts, guten Tag. Was kann ich denn für meine Lieblingszeitung tun?«

Professionell lullte Thorsten Findler seinen Gesprächspartner ein. Nie mit der Tür ins Haus fallen: »Das ist doch super. Und Sie sind mein Lieblingssender. Hey, das läuft doch spitze für uns. Herr Alberts, es wird Zeit, dass mal jemand eine richtig große Geschichte über euch macht. Oder sehe ich das falsch?«

Hier fand jetzt definitiv der Tanz der dicken Eier statt. Beide wussten, dass die Bombe noch lange nicht geplatzt war.

»Herr Alberts, Sie haben da so eine Moderatorin, ein ganz kesses Ding. Ich hör die ja sehr gern. Es tut gut, auch mal von seinen eigenen Problemen abgelenkt zu werden und sich auf die Schicksale anderer zu konzentrieren.«

»Schön, dass Sie das auch so sehen. Ich wusste, dass dieses Konzept aufgeht. Ich finde meine Idee immer wieder gut. Mutig, aber gut!« Es waren seine Eier, die gerade mächtig anschwollen. »Schreiben Sie ruhig, dass ich hundert Pro hinter meinem Konzept und meiner Mannschaft stehe.« Er schien keinerlei Zweifel zu haben, der nächste Träger des Radio-Awards zu sein.

»Ja, ihr scheut euch auch nicht, heiße Themen anzugehen. Zum Beispiel auch eine Jungfrau einzustellen. Da muss man erst mal draufkommen. Eine Jungfrau als Sexberaterin. Donnerwetter.«

Jetzt wusste Achim, woher der Wind wehte. Er witterte seine Chance, auch wenn er die leise Befürchtung hatte, es könnte Dodo die Flügel verbrennen und ihr den Tag versauen. »Das ist doch mal was ganz anderes. So ein keusches Mädchen hat doch eine ganz andere Sicht auf die Dinge.« Während er das sagte, spürte er einen Kloß im Hals, und seine Eier schrumpften auf Rosinengröße.

»Kann ich sie denn mal sprechen?«, fragte der Reporter.

»Äh, nee, also ... Warten Sie mal. Ach ja, genau. An diesem Wochenende ist sie mit ihrer Truppe auf einem Schweigeseminar. Unerreichbar. Aber fragen Sie mal ruhig – ich weiß ja alles.«

*

»Ich weiß doch genau, wie es dir geht, Schatz. Nun schmoll doch nicht mehr.« Nadine gab alles. Sie schnurrte wie ein Kätzchen am Telefon.

Max war hin und her gerissen. Im Grunde kotzte ihn das alles an. Wie weit konnte er dieser Frau vertrauen, die sich doch nur zwischen Koks und Champagner bewegte und sich ja gerade erst von ihm getrennt hatte? Aber die Einsamkeit der letzten Nacht lag noch wie Blei auf seiner Seele. Kein sehr ehrenwertes Motiv für eine Wiedervereinigung, aber er konnte nicht anders. »Ja, Süße, das weißt du.«

»Wir gehören doch zusammen. Mäxchen, Mäxchen, Mäxchen. Komm, hol dein Kätzchen.«

»Was wollen wir denn tun, Schatz?« Max wusste, das war ein Riesenfehler. Und das würde ihm weder im Leben noch auf seiner Karmaleiter auch nur eine einzige Stufe weiterbringen. Er spürte schon jetzt, wie unsanft er mit dieser Nummer auf dem Arsch landen würde.

»Lass uns spazierengehen. In Mitte.« Damit war klar, dass kein Waldspaziergang gemeint war, sondern der Weg direkt in den Asphaltdschungel führte: Gucci, Prada, Todd's, Chanel.

»Ich habe so ein unglaubliches Kratzen im Hals. Ein Pelz könnte helfen. Weißt du, wie sanft ein Pelz an meiner nackten Haut hinuntergleitet?«, gurrte Nadine.

Er fragte sich selbst, wer ihm wohl Luft ins Gehirn gepumpt hatte, dass er sich wieder und wieder auf diese Nummer einließ, aber eine Viertelstunde später hatte er sie im Auto und sofort auch wieder am Hals. Seine Ernüchterung setzte quasi augenblicklich ein. Zu ertragen war das nur mit viel Alkohol. Er steuerte das nächste Restaurant an und bestellte Champagner. Das Essen war unwichtig. Die zweite Flasche folgte ziemlich schnell. Mit ein paar Umdrehungen würde es auch leichter sein, beim Shoppen die Kreditkarte zu zücken. Ja, Nadine sollte ihren Pelz bekommen.

Sie landeten in der nächsten Szenebar – sie musste ja sofort ihre neue Errungenschaft präsentieren. Nadine catwalkte zwischen Bar und Klo – immer wieder, immer wieder. Max war's inzwischen egal, ob sie kokste oder kotzte. Er ertränkte seinen Leidensdruck in noch mehr Champagner. Die Runde wurde immer größer. Es wurde lauter, greller. Nadine sprang auf den Tisch und tanzte wild zur Musik. Sie warf die Beine, schmiss dabei alle Gläser um, ihr Rock wirbelte um die Hüften, und sie sang laut und falsch. Sie zog den neuen Pelz durch den Dreck der Nacht, den Dreck der Oberflächlichkeit und Bedeutungslosigkeit.

Das war der Punkt, an dem Max ein paar Hunderter in die Runde der Schmarotzer warf, wortlos die Bar verließ und müde in ein Taxi fiel.

Kapitel 5

»Juhu … Fertig. Mann, war das eine Buckelei. Wie kann man nur so viele tote Tiere sammeln.« Diana wischte sich den Staub aus dem Gesicht und ließ sich auf die alten, knarzenden Holzdielen plumpsen. »Hat Papa noch alle Tassen im Schrank? Oder soll ich sagen: noch alle Schmetterlinge auf der Nadel?«

Wir hatten im Laufe der letzten zwei Stunden ungefähr zweitausend aufgespießte Insekten und Schmetterlinge vom Dachboden in den Keller geschleppt, nicht zu vergessen die dreiundachtzig Einweckgläser mit toten Schlangen und Eidechsen. Alles war verstaubt und sah noch toter aus, als es ohnehin schon war. Nur Inge knurrte vor Spaß und hätte die Chitinkörper wohl zu gerne aufgeknabbert. Ich gebe zu, auch wir hatten den Kreaturen nicht den Respekt gezollt, den Papa sich gewünscht hätte.

»Ich hab völlig vergessen, wie viele Haustiere wir haben«, versuchte ich zu witzeln.

Tante Lotto verdrehte die Augen. »Es hat Jahre gedauert, bis eure Mutter es geschafft hatte, euren Vater zu überzeugen, das Zeug aus dem Wohnzimmer auf den Dachboden zu verfrachten. Es wollte schon keiner mehr zu Besuch kommen.«

Papa hatte mit sieben Jahren angefangen, sich für Tiere zu interessieren. Vor allem für Enten und Insekten. Da es aber politisch unkorrekt und sehr hässlich war, Enten aufzuspießen, tat er das mit Schmetterlingen und Käfern. Die Kadaver wurden dann in Glaskästen sortiert. Als Kind hatten sie mich immer an das tote Schneewittchen im Glassarg erinnert. Nur dass ich schütteln und rütteln konnte, wie ich wollte, und keines der Tiere einen Apfel ausspuckte, um jäh wieder zu erwachen.

Gesammelt hat er übrigens so lange, bis er eines Tages eines Besseren belehrt wurde. Meine Eltern waren zu einer Hochzeit eingeladen. Es war fast schon eine Promi-Hochzeit, zumindest wurde in der Zeitung davon berichtet. Jeder Gast bekam zu Beginn einen kleinen Umschlag in der Größe einer Streichholzschachtel in die Hand gedrückt, der zu einem bestimmten Zeitpunkt auf Kommando von allen gleichzeitig geöffnet werden sollte. Plan war, fünfhundert bunten Schmetterlingen beim fröhlichen Hin- und Herfliegen zuzuschauen. Ein romantischer Gedanke. Doof war nur, dass lediglich zwei Schmetterlinge müde in die Freiheit taumelten – der Rest war tot, klebte im Couvert, hatte eingerissene Flügel, oder die zarten Körper waren einfach zerquetscht. Die engagierte Hochzeitsplanerin hatte die Tiere schockgefroren, sie dann in die Umschläge verfrachtet, um sie anschließend, auf den Punkt genau wie Phönix aus der Asche auferstehen zu lassen. Scheißphönix! Es gab einen riesigen Skandal.

Papa war wirklich sauer und schien noch einmal zuhauen zu wollen – wie damals bei dem Kindergärtner. Aber Papa haute ja keine Frauen. Das einzig Gute war, dass seine Sammelleidenschaft für tote Insekten schlagartig erlosch. Kein Schmetterling sollte mehr seine hauchdünnen Flügelchen in einer Guckkastensituation zur Schau stellen müssen. Und schon gar nicht tot.

»Dieses Ehepaar ist übrigens schon längst wieder geschieden«, stellte Diana mit einer gewissen Häme in der Stimme fest.

»Ja, aber eure Eltern stehen immer noch zueinander.« Tante Lotto war sehr überzeugt von ihrer Aussage.

Diana verdrehte die Augen. »Mama und Papa? Bei denen läuft doch seit Jahren nichts mehr. Die reden ja kaum noch miteinander. Also ich finde, man sollte überhaupt nicht heiraten. Das Ehe-Prinzip ist doch auch völlig überschätzt. Sobald du dich bindest, suchst du nach dem neuen Kick. Ich kenne jedenfalls keine glückliche Ehe.«

»Red du nur für dich, mein Kind! Ich nämlich war sehr glücklich verheiratet.« Tante Lotto strahlte.

»Hmm, und das Ganze für etwa siebenunddreißig Stunden – oder so. Dann ist dein guter Gatte ja leider verstorben, plötzlich und unerwartet. Schrecklich war das. Und dann der Schock mit dem Millionenerbe. Genau genommen stehen dir die Häuser und Aktien gar nicht zu. Schließlich ist die Ehe ja nicht mal vollzogen worden – aus Konditionsmangel!« Ich grinste meine Lieblingstante schief an.

Bis zu ihrer Frühpensionierung war sie bei einer Bank angestellt gewesen. Tagein, tagaus ging sie da zur Schicht. Sie war sehr hübsch, wenn auch etwas spröde. Und sie hatte zahlreiche Verehrer. Einer davon war ein gewisser Lothar. Er hatte ihr tatsächlich dreißig Jahre lang regelmäßig den Hof gemacht und ihr jeden ersten Mittwoch im Monat einen Rosenstrauß in die Filiale gebracht. Sie war nie mit ihm ausgegangen, aber immer sehr freundlich zu ihm gewesen – am Schalter. Lothar hatte Lotte immer geliebt, wenn auch heimlich. Als seine Frau verstorben war und er Krebs im Endstadium hatte, bat er Tantchen um ihre Hand. Geheiratet wurde im Krankenhaus. Gestorben auch.

Die Erbschaftsangelegenheiten erledigte ein verschwiegener Notar, und aus Tante Lotte wurde Lotto. Sie ging augenblicklich in Frührente. Denn nach diesem Schock sah sie sich nicht mehr in der Lage zu arbeiten. Dafür hatte sie auf einmal viel mehr Spaß am wirklichen Leben, und das Keese mit den Tischnummern und -telefonen wurde ihr Stammladen.

Diana sinnierte: »Das wäre auch ein Konzept für mich – ein neunzigjähriger Millionär auf dem Totenbett.«

Lotto schüttelte ihre rote Mähne: »Nee, Mädels. Besser ein knackiger junger Kerl mit muskulösen Oberarmen und ohne Brustbehaarung. So wie der Animateur aus … Wo war denn das noch? Mallorca oder doch Fuerteventura? Sag mal, Dianachen, und wie viele waren es denn in diesem Urlaub? Wieder fünf?«

Tante Lotto war wieder mal sichtlich beeindruckt vom wilden Liebesleben ihrer kleineren Nichte. Vor allem die Pokal-Idee fand sie aufregend, wenn auch nicht ganz gesellschaftskonform. Den Pokal bekam natürlich, wer die meisten Telefonnummern sammelte. Diana hatte sich angewöhnt, regelmäßig mit ihren Mädels in Urlaub zu fahren. Und dann ließen es die Damen richtig krachen. Auch im letzten Urlaub war es wohl wieder wild zugegangen. Allerdings war Diana dann doch etwas verhaltener gewesen als gewöhnlich. »Diesmal waren es nur zwei. Und ich glaube, wenn ich noch länger geblieben wäre, hätte ich mich wirklich verliebt. Und wenn ich ehrlich bin, wäre ich sehr gerne länger geblieben.«

»Oh, was für Worte aus deinem Mund. Solltest du tatsächlich irgendwann noch mal dein Herz verlieren?« Lotto strahlte und sah aus wie ein Kranker, dem der Arzt gerade Heilung in letzter Minute versprochen hatte.

»Mensch. Ja. Ich wollte auch keinen anderen mehr nach dem zweiten! Den habe ich gesehen und dann den Pokal für dieses Jahr sehr gerne in Manuelas Hände übergeben. Da war sie endlich mal nicht die ewige Zweite.«

»Und – seht ihr euch wieder?«, fragte ich meine große

Schwester, die einen Augenblick wirklich einen verschleierten Blick hatte.

»Ich weiß nicht. Ich habe seine Telefonnummer weggeschmissen. War mir zu riskant. Wer will sich schon verlieben …«

Lottos Lächeln vertiefte sich noch: »Meine Kleine, jeder will sich verlieben. Und träumt von der einen wahren, richtigen, großen Liebe. Auf die Dauer ist es nämlich auch langweilig, jeden Abend einem anderen Kerl die gleichen Geschichten aus seinem Leben zu erzählen. Dann kannst du nämlich auch eine CD besprechen und die rumreichen … Also, ich stelle fest, dass bei dir noch nicht Hopfen und Malz verloren ist.«

»Woher willst du denn das wissen?« Diana guckte grimmig auf unsere rothaarige Tante, die ihre Abende mit viel jüngeren Männern verbrachte und im Leben nie länger als ein paar Monate liiert war.

»Schatz – man kann auch ein guter Coach sein, ohne als bester Spieler auf dem Platz zu stehen. Man muss nicht mal selbst gespielt haben, Hauptsache, man kennt die Regeln. Und die kenne ich. So, Mädels, und jetzt ran an den letzten Rest. Ich sterbe vor Hunger und Durst!«

Und damit wurde die Dachbodensäuberungsaktion offiziell für beendet erklärt. Sollten doch die anderen den Rest erledigen. Ich schnappte mir ein altes Katzenklo, das ich zwischen all den toten Tieren fand, und kletterte die schräge Leiter ein letztes Mal hinunter.

Kapitel 6

So, jetzt bist du dran, Fussel. Mit diesem Gedanken erwachte ich gegen zwölf Uhr mittags am Sonntag nach der Dachbodenentrümplung. Ich hatte einen körperlichen Zustand von gefühlten achtzig Jahren erreicht – verantwortlich dafür waren diverse Kisten, Schaukelstühle, Kinderräder und Koffer mit aussortiertem Spielzeug. Aber immerhin hatte ich einen echten Schatz gefunden – das olle Katzenklo von Blödie.

Blödie war mein Kater, als ich ungefähr zwölf war. Seine Mutter hatte ihn verstoßen, Papa schleppte das grau getigerte Straßenvieh mit nach Hause, und ich sollte spontan Mutter werden und ihn mit der Flasche großziehen. Ich habe die Verantwortung dann auch komplett übernommen – und zog meine Puppen aus, und ihn an. Für Blödie war das blöd, aber dass ihn das dermaßen traumatisieren würde, damit hätte ich niemals gerechnet. Noch mit neun Jahren und einem üppigen Gewicht von acht Kilo hing er regelmäßig an meinem Ohrläppchen, um daran zu nuckeln. Während er in selige Verzückung fiel, tropfte mir sein Sabber den Hals herunter. Er hieß übrigens Blödie wegen einer genetischen Fehlstellung des Unterkiefers, die dazu führte, dass er seine Zunge nie im Mund parken konnte. Sie guckte immer raus. Aber er war nicht zu blöd, um aufs Katzenklo zu gehen.

Dann würde es Inge ja wohl auch packen. Auf dem Nachhauseweg hatte ich am Vortag noch ein paar ökologisch korrekt abbaubare Pinkelsteine besorgt – jetzt konnte das Projekt »Wie erleichtere ich mir mein Leben« starten. Zum Glück regnete es wie aus Eimern – ich hatte also eine lückenlose Argumentationskette für Inge und alle engagierten Tierschützer parat. Ich hüpfte aus dem Bett und griff den Hund, der in freudiger Gassigeh-Erwartung wild um mich herumsprang.

»So, Fräulein Inge: Darf ich bitten? Hier steht WC drüber, das ist ein Klo, du musst mal – also bitte … Von mir aus kannst du auch im Stehen pinkeln!«

Inge glotzte mich aus ihren braunen Augen ratlos an. Irgendwie schien sie noch nicht zu begreifen, was diese Kiste hier so alles draufhatte. Ich gab ihr quasi eine Bedienungsanleitung mit auf den Weg, setzte sie ins Klo, ließ zur Stimulation den Wasserhahn tropfen und plante, mich davor zu setzen, um sie mental zu unterstützen. Wie auf einem Töpfchen, so funktionierte es bei Millionen Kleinkindern auch. Bevor ich allerdings überhaupt in die Knie ging, hüpfte sie schon wieder raus, nicht ohne dabei dreihundertsiebenundachtzig kleine Steinchen durch meine Küche zu verteilen.

»Nix da. Wirklich, Inge. Das ist ganz leicht. Bleib, und mach Pipi.«

»Inge, jetzt!«

»INGE!«

Nach dem dritten Anlauf setzte ich mich im Schneidersitz davor und hielt sie mit beiden Händen fest. Sie stemmte sich mit ganzer Kraft dagegen, die kleinen Beinchen steif durchgedrückt, und schielte ziemlich sauer Richtung Tür. Langsam nahm ich die Hände von dem Hund – und – es funktionierte! Sie blieb stehen wie in Beton gegossen. Dieser Etappensieg ging eindeutig an mich.

Es passierte aber nichts. Inge stand, und ich saß! Und beide guckten wir – ich aus blauen, sie ihren braunen Augen. Wir starrten uns direkt in die Pupille – ein bisschen wie beim Duell von *Spiel mir das Lied vom Tod.*

»Oh, wie langweilig. Inge, mach hinne. Ich hab Hunger.«

Nichts passierte. Inge stand immer noch bewegungslos.

»Na gut, dann hole ich mir jetzt mal einen Joghurt.«

Kaum hatte ich den Blickkontakt durchbrochen, nutzte sie die Chance und floh. Wieder flogen Tausende Steinchen durch die Bude, der Hund gab Vollgas, rannte Richtung Kleine Wolke und erledigte dort ein großes und ein kleines Geschäft. Ich hatte den Eindruck, sie grinste mich an! Forschen Schrittes rannte sie in mein Schlafzimmer und verkroch sich unter der Kommode. Es war nichts zu machen – wir waren verkracht. Hier hätte auch eine besonders engagierte Gewerkschaft nichts löten können, die Fronten waren verhärtet.

Ich erklärte das Experiment für misslungen und stopfte die Kleine Wolke zum zweiten Mal in dieser Woche in die Waschmaschine. Das Katzenklo stand einsam und unbenutzt in der Küche. Ich wollte es wegschmeißen, aber das hatte Blödie nicht verdient. Also schob ich es erst einmal unter den Küchenschrank, machte mir einen Kaffee und ging wieder ins Bett.

Fernbedienung, Schokolade und ein paar Zeitungen lagen obligatorisch in Griffnähe. Ich beschloss, mich der Langeweile eines verregneten Spätsommertages willenlos hinzugeben. War das jetzt schon verschwendete Lebenszeit, so wie Tante Lotto meinte? Allein im Bett, mit zweiunddreißig? Zu zweit waren ja solche Momente unendlich kostbar, allein der Gedanke ein Grund für eine tiefe Depression. Ich nahm mir vor, einfach mal ein bisschen zu träumen – von einer Zukunft zu zweit. Dann war der Tag nicht ganz so verschwendet.

Mein Mann und ich auf einem Psychologenkongress – dieser Ansatz gefiel mir spontan. Klar, alle Psychologen haben eine Macke – dennoch sind wir natürlich das schillerndste, aufregendste und attraktivste Paar weit und breit. Ich habe ihn motiviert, seinen Job am Medizinisch-Psychologischen Institut aufzugeben und sich mit einer eigenen, sehr schmucken Praxis in Kudammnähe selbst zu verwirklichen, ein idealer Standort für gelangweilte Millionärsgattinnen. Wir tragen das Geld dann in der neuesten Hermès-XXL-Tasche zur Bank, bevor wir das Wochenende abdüsen nach Sylt. Nichts Besonderes, aber mit unserer Privatmaschine leicht zu erreichen. Das Häuschen ist reetgedeckt – man bekommt ja nichts anderes auf Sylt. Aber innen: Bauhausstil. Sehr modern. Sehr teuer. Mit diesem sehr realistischen Lebensentwurf schlummerte ich ein.

*

Fünfzehn Kilometer weiter erwachte Dr. Sebastian Puttarski aus seinem Mittagsschläfchen in der Hängematte auf seiner kleinen Dachterrasse. Diesen Luxus gönnte er sich nur am Wochenende, aber er hatte sich am Morgen schon an seinen Schreibtisch gesetzt und Gutachten geschrieben. Die Arbeit war kaum noch zu schaffen. Zwei Berichte waren fertig – einer lag noch unbearbeitet auf dem Stapel. Dorothea von Schretten. Er lächelte, ohne es zu merken. Und ein bisschen schuldbewusst spielte er mit den beiden Ringen, die vor ihm lagen. Die Radiomoderatorin mit dem Hang zum Knöllchensammeln musste sie am Waschbeckenrand auf der Toilette liegengelassen haben. Frau Manteuffel hatte sie gefunden und in ihrer Schreibtischschublade versenkt, und er hatte sie heimlich wieder herausgefischt. Warum, war ihm eigentlich nicht klar. Nun lagen sie bei ihm zu Hause, wo er sie am nächsten Morgen auf keinen Fall vergessen durfte.

Er studierte seine Unterlagen. Handschriftlich hatte er sich während des Gesprächs Notizen gemacht. Sebastian vertiefte sich in Anlass und Fragestellung der Untersuchung. *Ist zu erwarten, dass Frau von Schretten auch zukünftig erheblich gegen verkehrsrechtliche Bestimmungen verstoßen wird?*, stand dort. Das war das, was der Polizeipräsident von ihm wissen wollte. Sebastian las weiter: *Frau von Schretten hat seit 2004 mehrfach gegen Bestimmungen zur Sicherung des ruhenden Verkehrs verstoßen. Gegen sie wurden innerhalb der letzten zwei Jahre zweihundertsechsunddreißig Ordnungswidrigkeitsverfahren geführt. Ihr Verhalten lässt auf Anpassungsschwierigkeiten, eine betonte Eigenmaßstäblichkeit und fehlende soziale Perspektivübernahme schließen. Es fehlt also die Fähigkeit und/oder Bereitschaft, sich als Teil eines sozialen Gefüges zu begreifen. Auch wenn ein wissenschaftlich begründeter Maßstab fehlt, ab wann eine Serie von Park- und Halteverstößen eine maßgebliche Beeinträchtigung des ruhenden Verkehrs darstellt, so ist die Deliktfrequenz bei Frau von Schretten gegenüber dem Durchschnitt doch um ein Vielfaches erhöht und somit sehr auffällig.*

Die hübsche Blondine war demnach eine Serientäterin. Nach all diesen Punkten hatte er sie routiniert befragt. Die Frage nach ihrem Familienstand hatte ihn aber auch außerhalb der beruflichen Aufgabenstellung brennend interessiert. Sie war also Single – süß, chaotisch, ein bisschen aufmüpfig und irgendwie anders als die anderen Delinquenten, die gewöhnlich auf seine Fragen antworteten. Sofort packte ihn das schlechte Gewissen. »Saumäßig unprofessionell, Alter«, dachte er, während er einen der geborgten Ringe schuldbewusst vom kleinen Finger zog.

Er war auch Single. Seit einem Jahr. Diese Auszeit hatte er auch gebraucht, nach zwölf Beziehungsjahren mit Andrea, die er in der Endphase seines Studiums kennengelernt hatte. Sie war die Tochter seines Doktorvaters – auch das war schon recht unprofessionell gewesen und hatte zu Verstimmungen geführt. Aber auch er war schon immer anders als die anderen und ein bisschen aufmüpfig. Zu Andrea hatte er nur noch sporadisch Kontakt. Die Beziehung war in guten Erinnerungskisten abgespeichert. Erst recht, seit er aus der gemeinsamen Wohnung ausgezogen und sich in diesem großzügigen, modernen Dachgeschoss eingenistet hatte. Er fühlte sich wohl in diesem neuen Leben. Auch als Single. Was allerdings kein Dauerzustand werden sollte.

Grundsätzlich hielt er das Lebensmodell »Partnerschaft« durchaus für sinnvoll. Aus verschiedenen Gründen. Unter anderem, weil er es für verschwendete Zeit hielt, alleine auf so einer Terrasse zu sitzen und Rotwein zu trinken. Diesmal tat er es trotzdem – und spielte dabei mit den beiden silbernen Ringen, die so gefunkelt hatten an der Hand dieser Fremden. Er lag wieder in seiner Hängematte und träumte sich davon … Er hörte Wellenrauschen und die Möwen schreien. Er fühlte sich am Strand entlanglaufen und sah die funkelnden Ringe – an der Hand, die er hielt. In dieser Sekunde riss die Verankerung seiner Hängematte aus der Wand, und er fiel unsanft auf den Hintern. Scheiße, es war auch wirklich zu schmalzig, fluchte Sebastian, rieb sich die schmerzenden Stellen und humpelte zu seinem Schreibtisch zurück.

Kapitel 7

Regen! Montage, an denen es regnet, sind ja besonders klasse. Da ist man doch gleich aufs höchste motiviert, zu arbeiten und die Woche gutgelaunt zu starten.

Inge stand mit eingeklemmtem Schwanz vor der Wohnungstür – sie musste mal und hatte die Nummer mit dem Katzenklo immer noch nicht drauf. Jede noch so blöde Katze lernte das innerhalb einer Viertelstunde. Nur diese Fluse kapierte offensichtlich gar nichts. Jetzt fing sie auch noch an zu jaulen. Bei dieser Frequenz bestand für mich die Gefahr, augenblicklich durchzudrehen. Damit wurde ich auch zu einer Gefahr für meine Mitmenschen.

Ich musste nur die Tür öffnen, und Inge rannte um ihr Leben, sozusagen um die Wurst. Im Jogginganzug lahmte ich dem Hund hinterher. Da ich kein Geld dabeihatte, musste ich bis zu Özgürs Kiosk laufen – für Brötchen und Zeitung. Da hatte ich Kredit, hoffte ich jedenfalls, wenn er nicht immer noch sauer war wegen Inges Durchfallattacke.

Inge rannte auf den einzigen Grünstreifen bei mir in der Straße. Sie saß selig mit rundem Rücken und erledigte ihre Geschäfte. Sie wirkte spontan extrem entspannt – ein bisschen wie bei einer Yoga-Übung. War's die Schnecke, die Schildkröte oder ein Geier? Was wusste ich. Inge sah äußerst zufrieden aus, irgendwie angekommen – im Hier und Jetzt.

Nach einer Minute zerstörte ich ihre Om-Stimmung, holte sie auf meine mentale Ebene und pfiff auf zwei Fingern den Radetzki-Marsch. Schwupp, da war sie. Wenigstens das schien zu klappen. Mit strammen Schritten sprang ich durch die Pfützen zu Özgürs Kiosk, die Kapuze tief ins Gesicht gezogen, um mich vor dem Regen zu schützen.

Beinahe im Vorübergehen fiel mein Blick auf die heutige Schlagzeile der Tageszeitung. Hui, dachte ich, wie witzig. Noch eine Jungfrau. Boa, und dann auch noch Sexpertin: ***Sexpertin noch Jungfrau!*** Und darunter las ich: **32-jährige Radiomoderatorin gesteht: Ich hatte noch nie Sex.**

Ich kam zu dieser Sekunde nicht im Entferntesten darauf, dass diese Beraterin in irgendeiner Form mit mir verwandt sein könnte. Jedenfalls nicht, bis ich Özgürs Blick sah. Er hatte etwas Respektvolles, Verschleiertes. Fast traute er sich nicht, mich anzusehen.

»Bist du noch sauer wegen Inge?« Zögernd kam ich etwas näher.

»Ich werde dir nie wieder wegen irgendetwas böse sein. Du reines Mädchen. Du bist wie meine Ayşe, als ich sie geheiratet habe. Da war sie fünfzehn. Ich wusste nicht, dass deutsche Frauen auch so sein können.«

»Ich verstehe kein Wort. Was brabbelst du da? Fünfzehn? Ayşe? Wie denn sein können?«

Wortlos reichte er mir die Zeitung über seinen vollgepackten Tresen, und ich sah … mich! Auf der ersten Seite. Ich mit Kopfhörern vor dem Mikrofon im kleinen Studio von Stadtradio Caro. Das Foto von der Homepage. Darunter mein Name und der Hinweis, dass auf den Mittelseiten die komplette Geschichte zu lesen sei. Mir schwante Schreckliches.

Es konnte sich nur um einen Alptraum handeln – wahrscheinlich stand ich gar nicht auf der Straße, sondern lag im Schlafanzug im Bett. Wer war ich denn, dass für mich hunderttausend Bäume geopfert wurden, um dieses Papier vollzudrucken? Ich verfiel in eine Art Trance, als ich die Zeitung aufschlug.

Da stand es: *Dorothea von Schretten, 32, outet sich vor Tausenden Menschen. »Ich hatte noch nie Sex.« Trotzdem berät sie ihre Hörer in Liebensdingen. Achim Albert, Chefredakteur: »Eine ungewöhnliche, aber richtige Entscheidung, ihr diese Sendung zu geben. Ich habe sie entdeckt und weiß, dass sie als Beraterin im Radio ein Naturtalent ist.« Sie sei etwas Besonderes, so der Chefredakteur weiter, und würde auch von allen Kollegen so behandelt. »Ich habe sie bei McDonald's gehört – einfach nur gehört. Sie nahm am Drive-in-Schalter meine Bestellung auf. Und diese kurze Begegnung hat mein Leben verändert.«*

Dorothea selber hatte vorher nichts mit Medien zu tun. Sie jobbte als Taxifahrerin, hatte einen Hunde-Gassi-Service und arbeitete – wie berichtet – zuletzt bei der US-Fast-Food-Kette. Ihre Tierliebe wurde ihr sozusagen in die Wiege gelegt – ihr Vater ist seit fünfzehn Jahren Zoodirektor in Berlin. Dorothea von Schretten war für diese Zeitung nicht zu sprechen, da sie sich am Wochenende auf einem Schweigeseminar befand. Torsten Findler.

Es war ein relativ kleiner Artikel. Die Reaktion in meinem Körper war dafür gigantisch. Ich kämpfte mit Übelkeit, Angst, Schweißausbrüchen, Wut und vor allem absoluter Gehirnleere. Als wären alle Sinne betäubt. Ich fühlte mich, als wäre ich vom Zehnmeterbrett gesprungen und in völliger Panik jetzt tief unter Wasser. Ich nahm die Zeitung, würdigte Özgür keines Blickes und lief langsam wieder zurück. Inzwischen nass bis auf die Haut. Zum Glück rannte Inge wie angeklebt hinter mir her – an sie hatte ich in diesem Moment überhaupt nicht mehr gedacht.

Wie unter Valium ging ich die Treppe hoch, schloss die Tür auf und setzte mich auf den Boden, die Eingangstür im Rücken. Ich brauchte Bodenhaftung, denn die hatte ich gerade eindeutig verloren. Gestern war mein Leben noch anonym und langweilig gewesen. Jetzt war es öffentlich und eine Katastrophe. Tante Lotto hatte recht gehabt. Und das Schlimmste: Alle trauten mir das zu! War ich wirklich so langweilig? Was stöberte dieser Schmierfink in meinem Privatleben herum? Und was sollte der Scheiß mit dem Schweigeseminar? Ja, hätte ich mal geschwiegen, dann müsste ich mir jetzt keinen Mordplan für Achim ausdenken. Der hatte sie wohl nicht alle. *Ich habe sie entdeckt! Sie ist etwas ganz Besonderes!*

Ich fühlte mich, als sei ich geopfert worden – geopfert von diesem Radio.

In dem Moment klingelte mein Handy. Achim. Er überschlug sich fast vor Freude. »Wir hatten noch nie so viel Presse. Wir waren noch nie auf der Seite eins! Genial, Mädchen. Bekloppt, aber so biste ja nun mal. Komm her. Schnell. Hier stehen alle Fernsehsender. Und werd mir jetzt nicht auf den letzten Metern schwach, Mädel. Finger weg von den Jungs.«

»Du Arschloch. Du hast mich für deinen blöden Sender verkauft.« Meine Stimme überschlug sich. Ich klang ein wenig hysterisch, nein, ich *war* hysterisch. »Das ist das Allerletzte! Wie armselig bist du, dass du es nötig hast, solche Lügen zu verbreiten. Und diese Scheiße mit dem Schweigeseminar – das kann doch nur von dir kommen!«

»Entschuldige bitte mal – du hast doch darüber geredet. Und nicht ich.«

»Aber das stimmt doch alles gar nicht.« Ich fing an zu weinen, mit einer Mischung aus Wut und Verzweiflung.

»Uschi, nun schnapp mal nach Luft. Was ist denn so Schlimmes passiert. Du hast eine geile Idee gehabt, und ich hab sie geil vermarktet. Die Leute wollen belogen werden. So funktioniert das Geschäft. Willkommen in der rauen Medienwelt. Und du ziehst das jetzt schön mit mir zusammen durch …«

Dann hörte ich nur noch sein Stammtischgelächter. »Ohne mich würdest du immer noch in dieser überteuerten Pommesbude sitzen.«

»Das wäre nicht so schlimm, wie die ganze Welt zu belügen.«

»Ich besorge ein paar Kirschstreusel und eine Flasche Prosecco, und dann machen wir erst mal einen Schlachtplan, Uschi.«

Ich brüllte nur noch: »DOROTHEA!« Aber das hatte er schon nicht mehr gehört.

Zwei Monate zuvor war ich noch unbekannt gewesen, hatte bei McDonald's am Drive-in-Schalter gesessen und das Gefühl gehabt, dass meine Welt in Ordnung war. Die Melodie meines Handys erinnerte mich wieder daran, dass das im Moment nicht so war. Ich guckte aufs Display … Mama. Das übertraf jetzt alle meine Kraftreserven.

Ich ließ das Telefon klingeln und entschied mich, doch noch meine Ringe zu retten, die ich offensichtlich im Badezimmer dieses Idiotenzentrums vergessen hatte. Reine Übersprunghandlung.

Nachdem ich die nassen Klamotten gewechselt und mich trotz des extrem verhangenen Himmels vorsichtshalber für eine sehr große und sehr dunkle Sonnenbrille entschieden hatte, verließ ich erneut die Wohnung. Ich setzte mich ins Auto und fuhr in Richtung Psychoanstalt. Da mir völlig unklar war, wie mein Leben zukünftig aussehen würde, wollte ich wenigstens meine Ringe retten. Der eine war von meiner Oma. Na, die wäre jetzt so richtig stolz auf mich. Keusch in die Ehe. Diese Idee hatte Oma schon vor fünfundsiebzig Jahren für sich abgeschafft.

Diesmal war es leise in meinem Auto – das Radio hatte Spielverbot. Allein der Gedanke, meine Geschichte in den Nachrichten von Stadtradio Caro zu hören, ließ mich nämlich zu einer sehr schlechten Autofahrerin werden. Ich war kurz davor, nicht nur den »ruhenden Verkehr« zu stören, sondern auch den fahrenden Verkehr zum absoluten Stillstand zu bringen. Ruhe in Frieden.

Plötzlich war ich da – und konnte mich nicht mehr erinnern, wie ich hergekommen war. Rote Ampeln? Wo war ich abgebogen? Ich wusste es nicht. Ich sah einen Parkplatz, übersah aber den schwarzen Saab, der ordnungsgemäß und mit eindeutigen Blinkzeichen in der Warteposition stand. Während er langsam und defensiv rückwärts in die Lücke manövrieren wollte, schoss ich vorwärts und, ohne zu zögern, in den Parkhafen.

Ich kannte die Gesetze des Großstadtdschungels – wer zögert, verliert. Es war einfach nicht der Zeitpunkt für Höflichkeiten und Anstand im Straßenverkehr. Es kam nur nicht zum Zusammenprall, weil der andere Stellplatzinteressent so vorausschauend war, rechtzeitig zu bremsen.

Ich stand schief, aber drin und guckte nicht mal schuldbewusst, als es an meine Scheibe klopfte. Inge sprang vom Rücksitz auf meinen Schoß und schien dabei ihren Sheriffstern an die zarte Brust geheftet zu haben, so laut bellte sie dem Mann direkt ins Gesicht. Die Situation war etwas unübersichtlich – nur so konnte ich mir später erklären, dass ich ihn nicht erkannte.

»Glauben Sie, ich warte hier auf den Bus?«

»Sie sollten aber Bus fahren. Sie sind ja eine Gefahr für die Menschheit. Und jetzt Pfoten weg von meinem Auto, Sie Klugscheißer. Sonst kriegen wir beide nämlich ein richtiges Problem.«

»Ihre Probleme kenne ich ja bereits, Frau von Schretten.«

Ich konnte mich nur entfernt an seinen Namen erinnern – Puttarski, Puratzli oder so ähnlich. Aber sein Beruf war mir noch in guter Erinnerung, war ja auch erst drei Tage her: Diplompsychologe im Medizinisch-Psychologischen Institut.

Scheiße.

»Äh …« Ich konnte mich nur noch irgendwie räuspern und wurde dann noch pampiger: »Wollen Sie mir den Führerschein vielleicht gleich hier auf dem Parkplatz abnehmen? Dieser Tag läuft so spitze für mich, ich kann Ihnen das Ding auch gleich schenken. Machen Sie damit, was Sie wollen. Jetzt ist sowieso schon alles egal.«

Er sah aus, als würde er schwanken, ob er gleich den Notarzt rufen oder mich doch lieber in den Arm nehmen sollte. »Nein, nein. Wir halten schon den Dienstweg ein. Was wollen Sie denn hier? Wollen Sie zum Institut? Haben Sie was vergessen? Das Gutachten kommt erst in zwei Wochen. Frühestens …«

Mir standen die Tränen in den Augen. »Nein, nein.«

Er verabschiedete sich ziemlich schnell, beinahe zu schnell, und lief mit großen Schritten Richtung Hauseingang. Ich zog gelehrig einen Parkzettel. Wenigstens das hatte die Situation gerade bei mir bewirkt. Inge ließ ich im Auto und machte mich erschöpft auf den Weg zu Frau Manteuffel. So langsam, dass ich hoffte, er wäre bis dahin in seinem Büro und längst mit dem nächsten Schwerverbrecher beschäftigt.

Die Stimme von Frau Manteuffel zwitscherte mir direkt ins Gehirn. »Frau von Schretten. Das ist ja schön, dass wir uns wiedersehen. Passiert ja nicht so oft, dass jemand so schnell wieder herkommt.«

»Es sei denn, man fällt durch. Was ich in meinem Fall nicht für ausgeschlossen halte. Jedenfalls jetzt nicht mehr.«

»Na, na. Ich weiß ja, warum Sie da sind.« Sie zog siegessicher eine Schublade auf – und ihr Lächeln vereiste augenblicklich. »Aber … ich bin mir doch ganz sicher. Freitag hatte ich sie doch selber noch … Das ist ja merkwürdig.«

Offensichtlich hatte sie meine Ringe gefunden, in Sicherheit gebracht, und jetzt waren sie geklaut und wurden wahrscheinlich gerade bei Ebay verschleudert.

»Frau Manteuffel mit Doppel-f, glauben Sie mir: Es gibt günstigere Momente für schlechte Nachrichten in meinem Leben. Seien Sie also ein liebes Mädchen, rücken Sie meine Ringe raus, und Sie sehen mich nie wieder – vor der Nachprüfung.«

Jetzt heulte ich wieder. Alle Dämme brachen.

»Das ist kein Wunder, dass die heult. Die ist nix Hartes gewöhnt. 'tschuldigung, war nich so gemeint, aber Sie sind doch die Jungfrau vom Radio? Darf ich Ihnen die Hand schütteln? So was lernt man ja nicht jeden Tag kennen … Ich meine, in Ihrem Alter.«

Frau Manteuffel rettete mir beziehungsweise ihm das Leben. »Herr Griese, müssten Sie nicht schon längst bei der Ärztin sein? Sie wurden doch bereits aufgerufen.«

Artig trottete der Verkehrssünder zu seinem Idiotentest. Da gehörte er auch eindeutig hin.

Das Chaos führte dazu, dass der Psycho aus seinem Büro kam. »Was ist denn hier los?«

Frau Manteuffel umriss kurz die Situation, die ja etwas Groteskes hatte. Jungfrau sucht Ringe. Herr Putarski oder wie auch immer er hieß, nestelte etwas verlegen in seiner Hosentasche und hatte plötzlich meine Ringe in der Hand.

»Hier, äh … Die lagen auf Ihrem Tresen, Frau Manteuffel. Sie sollten ein bisschen besser auf den Schmuck achten. Man weiß ja nie, nich … So, die Damen, ich muss dann mal wieder.«

Ich verstand gar nichts mehr, Frau Manteuffel machte einen ähnlichen Eindruck. »Aber ich hatte sie doch in meinem Schreibtisch? Ich glaube, ich brauche Urlaub.«

»Ja, vielleicht. Vielleicht gehört Ihr Chef aber auch zu den Männern, die heimlich Frauenkleider tragen. Ein Problem, um dessen Lösung ich mich nun wirklich nicht auch noch kümmern kann. Auf Wiedersehen.« Ich griff mir meine Ringe und ging.

Im Fahrstuhl guckte ich mir selber ins Gesicht: die Augen rot, die Wimperntusche verschmiert, das Elend hatte einen Namen: Dodo von Schretten, zweiunddreißig. Jungfrau. Es regnete immer noch, als ich zum Sender fuhr.

Kapitel 8

Vor der Redaktion stand unübersehbar das Auto eines kleinen Berliner Privatfernsehsenders. City TV stand da in großen grellen Lettern. Mir wurde sofort wieder übel. Kurzfristig fühlte ich mich wie zu meiner Schulzeit, als ich vor jeder Mathearbeit mit Magenkrämpfen auf dem Klo landete. Am liebsten wäre ich auf dem Absatz umgedreht. Aber ich wusste auch, dass ich diese Nummer jetzt durchziehen musste. Schließlich war Radio Caro mein Arbeitsplatz – noch!

Am Empfang saß wie jeden Tag Jaqueline, unsere Praktikantin. Die von sich selber nur als »Jacke-Line« sprach – warum auch immer. »Hallo, Jaqueline«, begrüßte ich sie, nicht so fröhlich wie gewöhnlich.

Dafür kicherte sie umso lauter. »Watt ham die kleenen roten Öhrchen von der Jackeline jehört – du hattest noch nie eenen drin? Mensch, ditt erledigt man doch vor vor dem Mopettführerschein. Ditt hat doch allet seine Reihenfolge in der Pubertät. Mit fuffzehn entjungfert, mit sechzehn die Pappe.«

»Bei euch auf dem Dorf vielleicht! Da ist ja auch sonst nichts los. Ich habe mich mit fünfzehn um meine Bildung gekümmert. Ist Post für mich gekommen?«

»Na, denn jeh mal rin. Allet schon drin, Frau Doktor.« Bei dem Wort »drin« lief sie feuerrot an; ich auch, kurzfristig.

Mein Schreibtisch glich weniger einem Büro als einem Blumenladen. Unübersehbar thronten zwei gigantische Sträuße auf meinem Arbeitsplatz. Auf den Kärtchen standen die Absender: Der scheußliche mit den gelben Nelken kam von einer Vereinigung mit dem malerischen Titel »Wahre Liebe wartet« und war gekrönt von einem Marienkäferchen auf einem Kleeblatt. Igitt.

Der andere kam von einem Max Liebertz. Das war mit Abstand der schönste Strauß, den ich je in meinem Leben bekommen hatte: Solche Sträuße stehen normalerweise im Ritz-Carlton in der Empfangshalle, mit achtzig Quadratmetern Platz drum herum.

Auf der Karte stand: *»Es tut mir leid. Ich habe nicht zu hoffen gewagt, dass es so etwas wie Sie gibt. Entschuldigen Sie meine Entgleisung. Liebe Dodo, Sie haben mein Leben verändert. Und ich meine es so, wie es hier steht. Darf ich Sie kennenlernen? Herzlich, Ihr Max Liebertz.«*

Puh. Ich vermutete, dass es sich um jenen Max handelte, der mir die ganze Suppe eingebrockt hatte. Wäre der Strauß nicht so schön gewesen, hätte ich ihn sofort in die Tonne getreten. Sein Leben verändert? Bullshit. Mein Leben hing hier gerade am seidenen Faden. Und er war schuld. Idiot. Was ging mich dieser Mann überhaupt an?

In dieser Sekunde riss Achim die Tür zu meinem Büro auf. »Jaqueline hat mich informiert, dass du bereits im Haus bist, Dorothea.« Meinen Namen betonte er besonders deutlich, offensichtlich hatte meine Brüllerei genützt. »Die Herrschaften hier sind vom Fernsehen.«

»Achim, ist mir egal. Wir müssen reden.«

»Ja, darum geht's: reden. Nur nicht mit mir, sondern mit denen. Ich kenne doch deine Geschichte schon, aber die noch nicht, Uschi ... äh, Dorothea. Und denen erzählst du jetzt eine hübsche, bunte Jungfrauengeschichte. »

Ich zerrte Achim in eine Ecke meines Büros und zischte in sein Ohr: »Das geht schief. Was soll ich denn sagen? Ich bin nicht bereit, diese Lüge weiter auf meine Kosten durchzuziehen.«

»Kleine. Hör mir zu: Mit einem Wort von mir bist du der Lächerlichkeit ausgesetzt – eine ganze Nation wird mit dem Finger auf dich zeigen und sich totlachen über die Lügenprinzessin von Berlin. Überleg's dir! Aber ganz schnell …«

»Du drohst mir?« Ich war fassungslos.

»Ich versuche nur, unseren Arsch zu retten, deinen und den des Senders. Geh jetzt. Du wirst das schon machen. Vertrau dir, du bist doch jetzt Moderatorin.«

Damit drehte er sich um, nahm mich an die Hand und zog mich in sein Büro.

»Guten Tag, Dodo. Wir dürfen doch Dodo sagen, so kennen Sie ja Millionen aus dem Radio.«

Achim grinste bei dieser Zahl wohlwollend, während diese merkwürdige Fernsehfrau mir erst die Hand und dann ein Mikrofon unter die Nase hielt. Sie sah aus, als hätte sie woanders keinen Job bekommen. Was heutzutage so alles beim Fernsehen arbeiten darf, schoss es mir durch den Kopf, bevor ich eine panische Leere spürte.

»Ja. Wir durften es ja heute in der Zeitung lesen. Sie sind tatsächlich noch Jungfrau. Wie kam es denn dazu, und wie fühlen Sie sich dabei?«

Ich starrte diese dusselige Kuh entgeistert an. Hatte ich die Frage richtig verstanden: Wie es dazu kam? Sollte es nicht eher heißen: Wie es *nicht* dazu kam?

Ich antwortete professionell erst mal mit einem vorsichtigen »Äh …«.

Sie spürte, dass es spitze lief zwischen uns beiden, und haute noch so eine super Frage hinterher: »Was sagt denn Ihr

Freund dazu?« Sie witterte wohl die Chance ihres Lebens. Ob sie ernsthaft mit dem Pulitzerpreis rechnete? In ihrem Fall ging ich mal davon aus, dass sie den für etwas Essbares hielt … Pumpernickel oder so.

Achim griff der Intelligenzbestie sympathisch unter die verschwitzen Arme. »Sie meinen doch sicherlich, wieso sich eine moderne, junge und schöne Frau wie Dodo entscheidet, auf den richtigen Mann zu warten, oder?«

Sie nickte glücklich. Endlich schien mal jemand ihre Fragen zu verstehen.

»Besser hätte ich es auch nicht sagen können.«

Stimmt. Ich holte tief Luft und begann: »Wissen Sie, die Welt ist so schnelllebig, so hart, so unaufrichtig. Keiner hat mehr Zeit, keiner schätzt mehr Werte wie Treue und Moral, ja, weiß im Zweifel nicht einmal mehr, was sie bedeuten …«

Die Reporterin verstand auch nichts. Aber der Kameramann war clever genug und ließ seine Mühle einfach laufen.

Ich fuhr fort. »Verantwortung für sich, für die Natur und vor allem für die Gefühle anderer sind ein hohes Gut, das es zu schützen gilt. Und als lebenswert wieder neu zu entdecken.«

O Gott, ich wusste gar nicht, welche Talente in mir schlummerten – viel Blabla um nichts, und das dumme Ding mir gegenüber schien das alles auch noch für hochintelligent und reflektiert zu halten.

Sie guckte plötzlich auf Inge, die die ganze Zeit ausnahmsweise geräusch- und geruchlos zu meinen Füßen saß, und sagte: »Ja, Ihre ganze Liebe gehört wohl Ihrem niedlichen kleinen Hund. Sie würden sicher alles für ihn tun …«

Ich musste laut lachen. Da sprang Achim angsterfüllt von der Seite ein – um eine Katastrophe zu verhindern. »Ja, und sie hat ihn auch vor der Todesspritze bewahrt …«

»…und die liegt immer noch aufgezogen auf meinem Nachtisch.«

Bescheuerter konnte ein Gespräch nicht laufen.

»…als Warnung. So was darf niemals vergessen werden.« Achim hatte offensichtlich mittlerweile einen Heidenspaß an dieser absurden Situation.

Der Reporterin konnte ich ansehen, dass sie jetzt noch verwirrter und mittlerweile sogar ein wenig verstört war. Deshalb kam sie schnell zum eigentlichen Thema zurück.

»Und wenn mal einer mehr wollte? Auf einer Party oder im Kino?« Sie schien jetzt richtig entflammt vor Interesse. So von Frau zu Frau. Sie sah nämlich so aus, als würde sie jede Disco-Toilette zwischen Berlin und Brandenburg ziemlich gut kennen.

Ich hielt ihre Dummheit nicht länger aus. »Natürlich ist es nicht immer einfach, nein zu sagen. Aber ich habe meine Ideale. Die haben mir über Zeiten der Schwäche hinweggeholfen. Danke, dass Sie sich für die Erhaltung dieser Werte mit einsetzen. Ich habe jetzt Sendung. Entschuldigen Sie bitte.«

Damit ließ ich die blöde Schnepfe stehen und ging runter ins Studio.

»Dürfen wir noch ein bisschen bleiben und Sie beim Senden filmen?«, rief sie mir hinterher.

»Nein«, schrie ich zurück.

»Aber natürlich«, fiel mir mein Chef inzwischen schon gewohnheitsgemäß in den Rücken. Ich funkelte ihn an. Seine Drohung lag mir noch schwer auf dem Gemüt.

»Du musst nicht sauer sein auf mich«, flüsterte er mir ins Ohr. »Ich wusste doch, dass du es kannst. Wir sind aus dem gleichen Holz. Ich habe die richtige Entscheidung mit dir getroffen. Du wirst sehen, das kann eine ganz große Sache werden. Wenn du es weiterhin richtig anstellst. Und jetzt viel Spaß beim Senden.«

Ich schwankte zwischen Entsetzen und Fassungslosigkeit. Was passierte gerade mit mir?

Im Studio bereitete ich alles vor. Diesmal musste ich mit Sicherheit nicht über schlecht gelaufene Tage oder das Baumsterben reden. Diesmal gab es nur ein Thema – mich!

Ich moderierte *So So, Dodo* wie immer an, und noch bevor ich die Telefonnummer sagen konnte, kochten die Leitungen heiß. Am Anfang holperte ich noch hier und da, kam aber immer mehr in Fahrt. Alle meine Anrufer führten intelligentere Gespräche mit mir als diese Aushilfs-Mikrofon-Halterin vom Fernsehen.

Den ganzen Abend rechnete ich mit dem Anruf von diesem Max. Er meldete sich aber nicht. Vielleicht kam er auch nur nicht durch. Auf jeden Fall war ich mir sicher, dass ich noch von ihm hören würde. Ich dachte an den großen, geschmackvollen und sicher teuren Strauß auf meinem Schreibtisch. Ich war beeindruckt und fragte mich, wie Max wohl aussehen würde. Einen »Big Spender« hatte ich noch nie gehabt. Wie auch, ich war ja Jungfrau!

Irgendetwas passierte mit mir. Natürlich wusste ich die ganze Zeit, dass ich hier die Vertreterin einer faustdicken Lüge war, aber ich merkte an der Neugier und Aufgeschlossenheit meiner Zuhörer, dass es ein echtes Interesse gab. Keiner wollte mich verarschen. Ich wurde tatsächlich bewundert. Für eine innere Stärke, die heute kaum noch jemand zu haben schien. Für Werte, Ideale und das nötige Selbstvertrauen, dazu auch zu stehen. Nach zwei Stunden stellte ich etwas Fatales fest: Ich glaubte mir beinahe selbst!

Kapitel 9

Alle saßen vorm Radio – Max, Diana, Herr und Frau von Schretten, Torsten Findler, Tante Lotto und ungefähr noch etwa hunderttausend andere Menschen, die an diesem Tag die Zeitung gelesen hatten und den Sender empfangen konnten.

Max verliebte sich. Er war bereit. Von Sekunde zu Sekunde verfiel er mehr – ihrer Stimme, ihrer Überzeugungskraft, ihrer Einzigartigkeit und ihrer wunderbaren Wahrheit. »Hilf mir, ein besserer Mensch zu werden«, flüsterte er ins Radio. Daneben stand ein brennendes Teelicht. Ayurveda-Duftkerzen würde er sich kaufen. Er spürte eine wundersame Veränderung in sich.

Er genoss jede Sekunde dieser Metamorphose. Er spürte eine einzigartige Sinnlichkeit, die komplett kanalisiert war auf das Radio, die Stimme und die Vorstellung, sich genau in diese Frau zu verlieben. Er wollte ihre Ideale beschützen und bewahren. In Gedanken sah er sich mit ihr durch ein SOS-Kinderdorf laufen, nachdem sie vorher ein paar gestrandete Delfine zurück ins Wasser gezogen hatten. So sollte sein neues Leben sein: aufopfernd, gut und sinnerfüllt.

Max verzichtete an diesem Abend auf alles, was sonst sein Leben bestimmte: Dates, Champagner und alle illegalen Betäubungsmittel. Beseelt ging er in seine Küche. Jetzt war's wohl Zeit für ein Teechen. Nacheinander durchstöberte er alle Schränke. Wo hatte Magdalena, seine Haushälterin, denn bloß den Tee verstaut. Seine friedliche Stimmung wich einer gewissen Nervosität. An diesem Punkt würde das Projekt »sinnvolles Leben« doch nicht schon scheitern.

»Mann, wo ist dieser Scheißtee.« Seine Stimme vibrierte in ungewöhnlich hoher Lage, als er endlich einen zerknautschten, einsamen Beutel Kamillentee fand. Der war offensichtlich übriggeblieben. Er zelebrierte den simplen Vorgang »Beutel in kochendem Wasser versenken« fast wie eine japanische Teezeremonie. Es schmeckte scheußlich und erinnerte ihn in fataler Weise an seine letzte Magen-Darm-Verstimmung. Die Versuchung war gigantisch, das Zeug wegzuschütten und jetzt doch noch mit einem Glas Champagner nachzuspülen. Es gab ja auch was zu feiern – die Stunde null seines neuen Lebens.

*

»Prost, Lotte. Auf deine Nichte, die so gar nicht nach dir kommt und trotzdem auf dem Weg ist, ein Star zu werden.« Lottos Freundin Helga machte sich fast in die Hose vor Lachen. Beide Damen hatten die letzten zwei Stunden staunend vorm Radio verbracht. Am Anfang war es Lotto noch gelungen, ihre Lieblingsnichte zu verteidigen, doch dann gingen ihr die Argumente aus. Was sollte sie auch sagen zu so viel Gutmenschengelaber.

»Ma hat ma Gandhi, ma hat ma Gaudi«, prustete Helga. »Juut, die eenen beten, die andren ham Sex.«

Jetzt wurde es Lotto zu dumm. »Mensch, Helga, schwör mir auf Ludwig, dass du es nicht weitersagst, wenn ich dir jetzt was erzähle.«

»Ludwig ist tot, Lotte. Und zwar schon lange. Deshalb suchen wir uns doch heute endlich einen anderen. Komm, trink noch ein Likörchen … Ist doch nicht deine Schuld, dass Dodo so aus der Art schlägt.«

»Hör doch mal zu, Helga. Dodo ist doch gar keine Jungfrau mehr. Die tut nur so …«

»Wie jeet denn ditt? Tesa rauf und juut, oder watt? Erzähl mir doch nüscht. Iss zwar bei mir ooch schon länger her, aber so watt wächst nich wieda zu. Gloobs mir. Ick bin der Beweis. Ditt iss nich wie mit Ohrläppchen.« Dabei kippte sie das vierte Gläschen Eierlikör hinunter und rannte im Affenzahn aufs Klo, damit das Pipi beim Lachen nicht unkontrolliert tröpfelte.

Lotto wartete, bis ihre beste Freundin vom Klo zurückkam, die Maskara inzwischen übers ganze Gesicht verteilt. »Pass auf: Dodo hat geschwindelt. Da kam aber auch so viel zusammen. Der Hund hatte Durchfall, der Rotwein auf dem schönen Teppich, dann dieser anstrengende Idiotentest, ihr Chef, der sie so unter Druck gesetzt hat, und dieser Blödmann, der da anrief in der Sendung. Das war einfach zu viel für das Kind. Deshalb hat sie geschwindelt.«

Helgas Reaktion war wie zu erwarten ein einfaches »Hä?«.

»Das Kind hätte alles gesagt, nur um diesen Mann am Telefon loszuwerden. Er war so aufdringlich. Und dann hat sie halt das vorgelesen, was da auf irgendeiner Zeitung stand. Sie ist vielleicht ein bisschen spontan, aber bestimmt nicht berechnend. Keiner wusste, dass daraus jetzt so eine Geschichte werden würde. Aber halt ja die Klappe.«

Helga hätte sowieso nichts erzählen können, weil sie die Zusammenhänge immer noch nicht verstand. »Ist ja juut«, sagte sie. »Ick lach ooch nich mehr über deine Kleene. Und damit et jetz nich doch noch zufällig zusammenwächst bei mir, sollten wir uns mal uff die Socken machen ins Keese. Jungs, wir kommen.«

*

»Junge, Junge, Junge«, sprach Diana laut ins leere Auto. Sie kam von einem Termin und musste vor Schreck erst mal in zweiter Spur halten, als sie die theatralischen Ausführungen ihrer kleinen Schwester hörte.

Sie dachte an den ersten gemeinsamen Skiurlaub der beiden ohne Eltern. Hatte er nicht Toni geheißen? Na gut, alle Skilehrer hießen Toni. Wenn Sie ganz ehrlich war, wurde die Pokal-Idee genau in diesen zehn Tagen im Schnee geboren. Da wollten sie sich nämlich Abend für Abend die Jungs aufteilen. Mit Diana hätte das geklappt, doch Dodo hatte sofort gegen die erste Grundregel verstoßen: niemals verlieben. Sie hatte sich nämlich sofort verballert in diesen hübschen, braungebrannten Kerl. Und die beiden hatten auch Sex gehabt. In ihrem Pensionszimmer. Am nächsten Tag hatte Toni schon den nächsten Skihasen im Arm und Dodo Scherben im Herzen. Der Rest des Urlaubs war dementsprechend schwermütig und ein bisschen langweilig verlaufen, nach Dianas Geschmack.

Jetzt hoffte sie inständig, dass man diesen Sender in Tirol nicht empfangen konnte. Vor ihrem geistigen Auge sah sie eine Lawine auf Dodo zurollen – nicht aus Schnee, sondern aus anderen Katastrophen: Ex-Männern, verschmähten Männern, vernaschten Männern und abgelegten Männern. All die hätten mit Sicherheit eine Menge zu erzählen, wenn man sie fragen würde und sie selber im Rampenlicht stehen wollten.

Diana betete, dass dieser Kelch an ihrer Schwester vorübergehen würde. Und dass diese Kerle genug Selbstwertgefühl hätten, um trotzdem zu schweigen. In dem Moment wurde ihr speiübel. Sie riss die Autotür auf und übergab sich in den Bordstein. »Mann, geht mir dieses Thema nahe.« Da fehlten selbst Diana die Worte.

*

Schweigend saßen Herr und Frau von Schretten im abgedunkelten Wohnzimmer und hörten seit eineinhalb Stunden ihrer Tochter im Radio zu. Auch ihnen fehlten die Worte. Und es sah auch nicht so aus, als würden sie ihre Sprache so schnell wiederfinden.

*

Auch Torsten Findler saß stumm vorm Radio und machte sich Notizen. Das war SEIN Thema. Er hatte die Geschichte gefunden und gemacht. Niemand hätte sonst je von dieser Frau erfahren. Eine journalistische Sternstunde für den glanzlosen Reporter. Er sah schon seinen Namen in Versalien über dem Artikel stehen. Eine Serie. Er könnte es über Wochen ziehen, die Frau begleiten. Ja, er war überzeugt, dass damit seine Position für die nächsten Jahre gesichert wäre.

Was er nicht wusste, war, dass sein Chefredakteur ganz andere Pläne hatte. Während der nämlich seiner Chefreporterin über den nackten Rücken streichelte und ihren Nacken küsste, säuselte er in ihr Ohr: »Ja, mein Seepferdchen, du kriegst die Geschichte ja. Ab morgen gehört die Jungfrau dir.«

Kapitel 10

»Hallo, Jacke-Line hier. Juut, dass du ans Telefon jehst. Ditt habe ick ja hier die letzten drei Stunden für dich übernommen. Hier brennt die Luft. Lauta Leute, die mit dir quatschen wollen. Wenn ditt hier so weiterjeht, werf ick hin. Holt euch doch 'ne Doofe, die ditt hier macht.«

Ich verkniff mir eine despektierliche Bemerkung über ihren Intelligenzquotienten und ließ Jaqueline reden. Sie war ziemlich in Rage, als sie mich endlich erreichte. Es war schon zehn, als ich mein Handy einschaltete und einhundertzwölf Anrufe in Abwesenheit auf meinem Display blinkten. Zwei Drittel waren von Jaqueline, der Rest von meiner Familie, Freunden und auch Menschen, von denen ich noch nie zuvor gehört hatte.

Unsere Praktikantin plapperte weiter. »Da hat mich ooch eener verarscht, gloobe ick. Da war jemand, der hat gesagt, er wär von der Redaktion Lukas D. Steiner. Ditt is doch diese Talkshooo. Watt wollen die denn von dir? Um watt soll's denn da jehn? Nee, jetzt sach nich, die laden dich ein, weil du noch nie jevögelt hast? Watt is denn ditt für 'ne Welt?«

Ja, was war das für eine Welt, in der Menschen wie Jaqueline sich Gedanken machten über die Welt? Ich schrieb die diversen Nummern auf. Redaktion Steiner, die Vereinigung »Wahre Liebe wartet« – der Blumenstrauß verwelkte wahrscheinlich gerade langsam auf meinem Schreibtisch –, die Boulevard-Zeitung, die den ersten Artikel geschrieben hatte, außerdem jede Menge Frauenzeitschriften, die ich bei Özgür immer durchwühlte und die mir ja irgendwie den ganzen Mist eingebrockt hatten.

Und Max hatte angerufen. DER Max. Seine Blumen hatte ich mitgenommen. Sie standen prächtig aufgeblüht in meinem Wohnzimmer und erfüllten den Raum mit einem aufregenden Duft. Eigentlich wollte ich ihn ja zum Kotzen finden, trotzdem verfehlten Anblick und Duft dieser Blumen ihre Wirkung nicht. Sie inspirierten mich. Und ich hatte schmutzige Gedanken. Das Allerletzte also, wenn ich diese Nummer noch weiter durchziehen wollte.

Kaum hatte ich das Gespräch mit Jaqueline beendet, klingelte mein Handy. Lotto.

»Na Kleene, gut geschlafen?«

»Och ja … wie eine Prinzession ohne Erbse. Und mit einer Mörder-Karriere vor sich. Schubdabibadibabidub …«, sang ich ins Telefon.

»Karriere? Auf jeden Fall nicht als Sängerin. Ich nehme an, dass du als Jungfrau Karriere machen möchtest? Das ist ja noch schlimmer als als Teppich- oder Botschafterluder. Das hat weder Stil noch Niveau.«

Ich war ein bisschen perplex und antwortete zickig: »Entschuldige bitte – ich werde das neue Werte-Gewissen Deutschlands und keine Silikontitten-Präsentatorin.«

»Solche Wörter darfst du gar nicht kennen als die Reinkarnation der ätherisch-reinen Doris Day.«

So richtig harmonisch lief dieses Gespräch nicht.

»Du willst Werte verkaufen, indem du lügst! Du betrügst die Menschen, die dir glauben. Und wofür? Für das zweifelhafte Vergnügen, im Rampenlicht zu stehen. Das ist nicht anständig.«

So streng kannte ich Lotto gar nicht.

»Wie meinst du das?« Die Stimmung schien ernsthaft in Gefahr zu sein zu kippen. »Gönnst du mir den großen Auftritt nicht?«

»Unsinn, ich gönne dir alles. Aber ich befürchte, es wird ein großes Unglück auf dich zukommen, Dorothea. Du hattest deinen Spaß, aber jetzt verselbstständigt sich die Sache. Du wirst sehen: Morgen wird es wieder einen Artikel geben. Dann berichten alle. Wo soll denn das hinführen? Willst du als die Jungfrau des 21. Jahrhunderts in die Geschichte eingehen und damit durch alle Talkshows tingeln?«

»Ha, da habe ich schon längst einen Termin. Aber ich lasse dir gern über mein Management eine Autogrammkarte zukommen, ohne Silikontitten ...«

Lotto verabschiedete sich mit leiser Stimme: »Wir sollten das Gespräch jetzt beenden. Ich möchte jetzt nicht mehr mit dir sprechen ... Mach's gut, mein Kind.«

Ich legte auf und lief mit dem Telefon in der Hand durch meine Wohnung. Vor dem großen Spiegel im Flur blieb ich stehen. Ich hatte ein sehr ungutes Gefühl in der Magengegend: Ich hatte Lotto verletzt. Aber war das jetzt nicht auch meine Chance, endlich aus dem Mauerblümchendasein und dem Schatten meiner großen Schwester zu treten?

Ja, Lotto hatte recht – ich log. Sollte wirklich bald eine riesige Katastrophe über mich hinwegrollen, die ich nicht mehr bändigen könnte? Aber was auch immer passieren würde – ich hatte Geschmack an der Sache gefunden und wollte auf keinen Fall jetzt schon wieder damit aufhören. Ich war drauf – auf der Eitelkeitsdroge. Dieses Zeug schien sofort süchtig zu machen.

Aber es würde ja niemand zu Schaden kommen. Denn ich konnte aus dieser Lügengeschichte wirklich etwas Gutes machen. Für mich, und auch für andere. Und offensichtlich war die Welt bereit für eine Frau wie mich: eine mit einer Vision! Ich spürte meine neue Mission im ganzen Körper. Wenn meine Hörer schon mit mir reden wollten, dann erreichte ich mit einem Fernsehauftritt die ganze Nation. Ich musste mich nur vorbereiten. Ein bisschen Recherche betreiben, damit ich auch keinen Unsinn von mir gab. Aber das dürfte kein Problem sein.

Neben meinem Schreibtisch lag noch die Illustrierte, die ich damals im Studio dabeihatte. Ich machte mir einen Zettel mit Stichworten, ging an meinen Schreibtisch und googelte mich durch Themen wie »Jungfräulich in die Ehe«, »Mit dreißig noch Jungfrau«, »Sex nur mit dem Richtigen«, »Gesellschaft im Wandel«, »Suche nach Werten« , »Was ist heute noch wichtig?«, »Wonach sehnen sich die Menschen?«, »Was fehlt unserer Jugend?«.

Ich fand viel über Verrohung, Gleichgültigkeit, Unsicherheit, moralischen Werteverfall, die Unfähigkeit einer ganzen Generation, Beziehung dauerhaft zu leben. Themen ohne Ende. Mein Drucker lief heiß. Als ich mich sicher genug fühlte, rief ich die Zeitung zurück, die den ersten Artikel veröffentlicht hatte.

»Hallo, Dodo von Schretten hier. Sie hatten angerufen?«

Eine Frau war am Telefon. »Oh, schön, dass Sie zurückrufen. Ich heiße Julia Petzolt und bin Chefreporterin. Mit meinem Kollegen Torsten Findler hatten Sie ja schon Kontakt.«

»Na ja, nicht so richtig. Der hatte ja nur mit meinem Chef gesprochen. Was kann ich denn für Sie tun?«

»Ich würde Sie gerne treffen. Heute Mittag bei *Giorgio?* Ich bringe meinen Fotografen mit.«

»Giorgio? Armani?« Ich war etwas ratlos.

Sie lachte laut. »Na, der *Giorgio*. Das Restaurant, wo sich immer alle Stars treffen. Der am Springbrunnen …«

»Ach der. Natürlich …« Ich hatte keine Ahnung, verabredete mich aber für ein Uhr.

Nach diesem Telefonat fühlte ich mich stark genug, auch bei Lukas D. Steiner anzurufen. Ich traute mich einfach. Auch hier war die Redakteurin supernett und freundlich und freute sich tooootaaal, dass ich zurückrief. Mensch, war ich denn allen so wichtig? Sie wollte mich für Freitag dieser Woche in die Sendung einladen und morgen Vormittag ein so genanntes Vorgespräch mit mir führen.

»Liebe Frau von Schretten«, umsäuselte sie mich. »Es werden sich mit Sicherheit noch weitere Kollegen, auch von der Konkurrenz, für Ihr Thema begeistern. Sie müssen mir jetzt versprechen, kein anderes Angebot anzunehmen. Sonst muss ich Sie leider wieder ausladen. Das verstehen Sie doch.«

Ja, ich verstand. Ich war *das* Thema. Mein Selbstwertgefühl stieg von Minute zu Minute. Das war die geilste Geschichte, die mir wohl je im Leben passieren würde …

Trotz allem lag mir das Gespräch mit Tante Lotto wie ein Stein im Magen. Wollte mich mein Solarplexus warnen? Unsinn. Das war lediglich Lampenfieber.

Inge dagegen war wie immer kalt wie eine Hundeschnauze. Das konnte und wollte ich nicht dulden – sie sollte diesen Weg mit mir gehen. Seite an Seite. Mit oder ohne Respekt. Aber auf keinen Fall stinkend. Ich guckte kritisch auf den Hund an meiner Seite, der bald vielleicht schon aus goldenen Näpfchen speisen würde – wenn's gut lief für uns! Auf jeden Fall hatte Inge strähniges, fetttriefendes Fell. So konnte ich sie unmöglich in die »Gesellschaft« einführen – in welche auch immer.

Ich musste die Zeit überbrücken bis zum Interviewtermin, mein schlechtes Lotto-Gewissen betäuben und war viel zu aufgeregt, um irgendetwas Sinnvolles zu erledigen. »Inge, Schätzchen, du musst zum Hundefriseur. Schnipp, schnapp.

Wir kommen ganz bald ins Fernsehen, und dafür musst du hübsch sein. Ich weiß, ich weiß, wir brauchen beide eine anständige Frisur. Aber du bist zuerst dran. Okay, Fussel. Ab geht's.«

Auf dem Weg zum Hundefriseur hatte ich genug Zeit, über meine mediale Zukunft nachzudenken. Ja, sie würden mich lieben. Noch könnte ich meine Interviewtermine allein koordinieren, aber bald würde ich ein Management brauchen. Spätestens wenn die Redaktion von Oprah Winfrey anrufen würde. Ich machte mir nichts vor – welche deutschen Stars schafften es schon da hin. Aber Amerika wusste konventionelle Wertediskussionen zu schätzen. Und immer an meiner Seite wäre der Hund, dem ich das Leben gerettet hatte – frisch frisiert und geföhnt!

Beim Einparken gab ich mir diesmal mehr Mühe. Jetzt mit dem Gesetz in Konflikt zu geraten verbot sich von selbst, schließlich hatte ich inzwischen Vorbildfunktion!

Das alles wusste dieser dämliche Radfahrer natürlich noch nicht, der mich rechts überholte und dabei gerade sein Leben riskierte. Ich hupte und musste ihm den Mittelfinger zeigen. Ja, gut, man muss in jede Rolle erst mal hineinwachsen.

Den Hundefriseur hatte ich aus dem Telefonbuch – wir beide ahnten nicht, was in den nächsten Minuten auf uns zukommen sollte.

»Der Hund ist aber schwierig.« Verzweifelt kämpfte der zunächst noch ganz nette Hundetrimmer namens Rüdiger gegen den sich windenden Zwerg. Inge führte sich auf, als würde die Todesspritze wieder um die Ecke biegen. Ein bisschen wie bei Psycho. Inge hasste Friseure.

»Ich habe sie gebraucht übernommen. Ich weiß nicht, ob ihr schon mal jemand ins Ohr geschnitten hat.« Ich versuchte, mich zu rechtfertigen.

Inge benahm sich unsäglich. Sie biss, schnappte, knurrte und schien für die Rechte aller stinkenden und unfrisierten Straßenhunde dieser Welt zu kämpfen. Kein Schnitt ohne Gegenwehr. Dann erwischte es uns vollends: Sie pupte ihm ins Gesicht, sprang vom Tisch, rannte aus dem Laden und versteckte sich unter dem erstbesten parkenden Auto. Wie peinlich!

Inge hörte auf gar nichts mehr. Sie knurrte sogar mich an. Zuerst versuchte ich noch, sie irgendwie zu locken. Erfolglos. Also legte ich mich bäuchlings auf die Straße und diskutierte mit meinem Hund.

»Ich gebe dich ins Tierheim, du Sau. Das kannst du mit mir nicht machen. Inge, ich mache mich hier komplett lächerlich. Du wiegst keine vier Kilo und verarschst mich total. Hast du 'ne Macke? Du kannst in die nächstbeste Parkanlage ziehen, wenn du deinen Arsch nicht sofort wieder unterm Auto vorkramst.«

Langsam wurde es voller auf der Straße. Ich sah nur noch Schuhpaare um mich herumstehen. Die Frau aus der Bäckerei, aus der Apotheke, zwei, drei Rentner – und Rüdiger. Er tippelte nervös hin und her. Er war zwar hilflos, erkannte aber den Ernst der Situation. Mit einem langen Käscher in der Hand kam er aus seinem Tiergeschäft gerannt und reichte ihn mir. »Hier, angeln Sie doch Ihren Hund unter dem Auto hervor. Vielleicht klappt das ja.«

Kurzfristig dachte ich an die Frau von der Zeitung. Wenn die jetzt zufällig vorbeikäme und mich in dieser absurden Situation sähe: Wäre ich schon berühmt genug, um daraus eine Schlagzeile zu machen?

Ich brüllte ganz und gar unfeine Dinge unters Auto: »Ich mach dich fertig, du Ratte.« Oder so ähnlich. Auf jeden Fall erhitzte das die Gemüter um mich herum.

»Wie behandeln Sie denn Ihren Hund? Man liest ja täglich

über Menschen, die Tiere quälen, aber dass es so was wirklich gibt! Eine Unverschämtheit! Sie sehen doch, wie verängstigt das Tier schon ist … Man sollte es Ihnen wegnehmen.« Die Meute fing massiv an zu meckern. Eine Frau pikste mich sogar mit ihrem Regenschirm. »Hey, Sie, hören Sie sofort auf, nach Ihrem Hund zu schlagen, oder wir holen die Polizei.«

Ich spürte, dass ich nur zwei Möglichkeiten hatte – entweder zurückzupöbeln oder mit der Wahrheit die Menschen zu Tränen zu rühren. Ich entschied mich für Letzteres.

»Bitte, verstehen Sie doch. Dieser Hund war dem Tode geweiht. Er ist verängstigt und traumatisiert. Deshalb sitzt er unter diesem Auto. Und das, was hier nach einer schwierigen Beziehung aussieht, geschieht nur unter therapeutischer Anleitung. Ich will diesen Hund nicht aufgeben, ich werde ihn retten. Ich habe sogar schon einen Kleinkredit aufgenommen, um den Therapeuten zu bezahlen.« Für die ganz Blöden wiederholte ich: »Verstehen Sie mich bitte …«

Die Nummer zog. Die Rentner, die Apothekerin und auch die Bäckersfrau wären bereit gewesen zu spenden … Hatten zumindest Wasser in den Augen. Ich schien mich warmzureden für meine neue Mission.

Zum Glück verbiss sich Inge endlich in den Käscher, und ich konnte sie hervorzerren. Sie knurrte, und ihre weißen Zähne blitzen bösartig unter ihrem zotteligen schwarzen Schnauzbart hervor. Unter dem Applaus meiner neuen Fangemeinde sperrte ich den nassen, halb fertig geschnittenen Hund ins Auto. Jetzt sah sie noch bescheuerter aus als vorher. »Macht dreißig Euro«, sagte Rüdiger. »Den benutzten Käscher berechne ich ausnahmsweise nicht. Das ist das Honorar für Ihre bühnenreife Vorstellung.«

Ich bedankte mich und war mir sicher, dass wir uns in diesem Leben nie wieder sehen würden.

Es war an der Zeit, ins *Giorgio* zu fahren. Inge ließ ich vorsichtshalber im Auto. Ich war pünktlich und suchte mir einen Tisch ganz hinten im Lokal. Die Zeitungsredakteurin schien wohl noch einen Parkplatz zu suchen. Hähä …

Ich wurde immer nervöser und wollte mir einen Prosecco bestellen. Aber Alkohol am Nachmittag könnte in meinem Fall verzweifelt wirken. Und ich war ja keine Übriggebliebene, die nur Jungfrau war, weil sie keiner wollte. Ich war Jungfrau aus Überzeugung. Jedenfalls in der wunderbaren Legende, die ich gerade um mich selber spann.

*

Zwei Stunden hatte ich im Gespräch mit der Redakteurin alles gegeben. Auf jede Frage geantwortet. Wenn sie Zweifel an meiner Geschichte gehabt haben sollte, jetzt hatte ich sie überzeugt. Sie hing wie eine Jüngerin an meinen Lippen und schien ihr eigenes Leben gehörig in Frage zu stellen. Unerwartet hielt sie mitten im Gespräch inne, sah mich aus großen, grünen Augen beinahe scheu an und fragte doch tatsächlich: »Darf ich einmal Ihre Hand berühren?«

»???« Ich verstand nichts.

»Ich kann nicht erklären, was Sie gerade mit mir gemacht haben. Aber Ihre Worte haben mich tief bewegt.«

Hatte sie tatsächlich Tränen in den Augen? Wenn ich so weitermachte, flatterte wahrscheinlich bald noch der Brief vom Papst mit der Heiligsprechung in meinen Briefkasten. Innerlich machte ich mir einen Knoten ins Ohr, den Vorrat an Papiertaschentüchern in meiner Handtasche aufzufüllen. Verantwortungsgefühl hatte ich ja auch.

»Na klar … Nehmen Sie doch bitte meine Hand. Ich wollte mich sowieso gerade verabschieden. Ich habe ja gleich Sendung. Wir sind doch fertig, oder?«

»Sind wir fertig? Werden wir jemals fertig sein? Ist das Leben nicht ein fortlaufender Prozess, ein ewiger Wandel?«

O Gott. So was konnte sich doch keiner ausdenken. Und schon gar nicht anhören.

»Ich sage mal Tschö mit ö … und ab durch die Mitte.«

Noch nie in meinem Leben hatte ich so etwas gesagt. Ich kam wir vor wie Jacke-Line. Aber um solch spontane Sinnsucher wie diese Redakteurin auszuhalten, musste ich jetzt eine tiefe Verwurzelung herstellen mit der profanen Wirklichkeit einer Jaqueline-Welt.

Mit quietschenden Reifen fuhr ich zum Sender. Nanu, kein Kamerateam zum Empfang? Nicht mal Jaqueline war da. Aber ich war guter Dinge. Wenn meine mediale Karriere erst mal liefe, würde mein Konterfei fünf mal fünf Meter groß überm Sender hängen. Okay, diese Maße sprengten fast die marode Fassade, aber das war Achim mir schuldig.

Die Sendung lief, inzwischen gewohnheitsgemäß, richtig gut. Auch wenn ich diesmal ein ganz anderes Thema vorgab, wollten die Hörer nach wie vor nur über dieses eine reden. Na gut: Ich gab ihnen wieder die Jungfrau.

Extrem gut gelaunt verabschiedete ich mich nach zwei Stunden, schnappte meine Unterlagen und ging zu meinem Auto. Dort, im Dunkeln, gleich neben meiner Dreckschüssel, stand ein wunderschöner, nagelneuer, sündhaft teurer, Abenteuer versprechender elfenbeinfarbener Porsche! Wie ein Schimmel im Märchen strahlte er unter der Laterne. Wo war der Prinz? Er stand daneben. Blond, schlank, Designer-Outfit. Er verströmte den Duft von Verführung, Sünde, Leidenschaft und den eines ziemlich teuren Aftershaves. Zum Glück riss Inge mich mit ihrem penetranten Gekläffe aus meinen Rosamunde-Pilcher-Gedanken.

»So So, Dodo?«, sagte dieser Mann zu mir.

Auch seine Stimme hatte etwas Sinnliches. Woher kamen denn jetzt diese Glöckchen in meinem Hirn?

Ich spürte eine Ladehemmung. Den ganzen Tag hatte ich wie auf Knopfdruck Worte gesprudelt, und jetzt? Nicht ein Laut, kein Vokal. Ein A oder ein O hätte doch sicherlich schon viel zur Kommunikation beigetragen. Offensichtlich suchte dieser Traummann auch nach Worten. Aber im Gegensatz zu mir konnte er noch seinen Namen aussprechen.

»Max.« Er reichte mir die Hand.

Und öffnete mein Herz. Und noch mehr – ich wollte ein Kind von ihm. Jetzt. Sofort. Wobei ich ganz klar gerade viel schärfer aufs Machen als aufs Bekommen war.

»Ich freue mich«, sagte er.

»Und ich erst!« Da war sie wieder. Meine Stimme.

»Ich freue mich *so,* dich kennenzulernen. Es ist *so* aufregend. Bisher kannte ich nur deine Stimme. Und nun stehst du leibhaftig vor mir und siehst auch noch *so* wunderschön aus.«

Ja, nimm mich, dachte ich und sagte: »Danke!«

»Du weißt schon, dass die Begegnung zwischen uns beiden der Auslöser für etwas ganz Besonderes war?«

»O ja, das kann man wohl sagen. Jede Menge Interviewanfragen, Gesprächsbedarf bei fremden Menschen und einen vollen Terminkalender.«

»Mehr noch. Bei mir bist du die Initialzündung gewesen.«

»Wofür denn?«

»Für ein besseres Leben vielleicht. Oder für ein anderes. Dafür reicht es schon, Dodo.«

Flippten denn hier jetzt alle aus? Hoffentlich kam er nicht spontan auf den Gedanken, seinen Porsche zu verkaufen.

»Es ist schwer, dir das zu erklären, ohne dass du mich kennst. Du würdest mein Leben verachten, so wie ich es geführt habe … Bisher habe ich nichts erschaffen, auf das ich wirklich stolz sein könnte.«

Och, der Porsche war doch schon ganz hübsch.

»Erlaubst du mir, dir ein bisschen von mir zu erzählen? Ich möchte gerne etwas Zeit mit dir verbringen. Hier in der Nähe ist eine kleine Pizzeria, die dir bestimmt gefällt.«

»Ach so, klar. Du meinst das *Giorgio.*« Ich pumpte mich ziemlich auf mit meinem neuen Jet-Set-Wissen.

»Ganz sicher nicht. Das war früher. Ich dachte eher an das *Ali Baba.*«

Ach nö! Der billigste Laden weit und breit. Beliebt bei Studenten und sonstigen Pleitegeiern der Stadt. Deshalb kannte ich ihn ja so gut.

»Okay. *Ali Baba.* Ich fahr dir hinterher.«

»Ja, gleich! Warte noch einen kurzen Moment.« Er kam auf mich zu und nahm mich in den Arm. Mit jedem Einatmen drückte er mich fester an sich.

Spontan dachte ich an meine Schwester: Diana, das wird der Schwager, den du nie sehen wirst.

Ich war schockverliebt.

Kapitel 11

Es klingelte Sturm, und Inge hyperventilierte in Erwartung von Action. Als sie Diana erkannte, warf sie sich auf den Rücken, streckte alle Beine von sich und stellte ihren runden, spärlich behaarten Bauch zum Kraulen zur Verfügung.

Normalerweise klappte das wie am Schnürchen: strecken, drehen, mindestens zehn Minuten kraulen. Diana war nämlich die Einzige, die diesen Hund leiden konnte. Aber irgendetwas lief heute total schief für Inge, denn meine große Schwester ignorierte den Hund und kam freudestrahlend und mit einer Zeitung winkend auf mich zu. Sie schob Inge mit dem Fuß zur Seite und zog mich hinter sich her in Richtung Küche.

»Hast du's gelesen? Hast du's gelesen?«, fragte sie atemlos.

Ich grinste zutiefst befriedigt, setzte mich majestätisch auf meinen wackligen Küchenstuhl und hielt Hof. »Nun, dann lass mal sehen und hören. Ich hoffe, ich bin gut getroffen auf dem Foto.«

»Na ja, du siehst ein bisschen aus wie eine Ökobraut. Aber dein Lächeln ist sehr unschuldig.«

Und dann durfte ich meine erste Erfahrung machen mit einem journalistischen Erguss ganz besonderer Couleur. Wenn ich an dem gestrigen Nachmittag nicht selbst dabei gewesen wäre, hätte ich nie geglaubt, dass das irgendetwas mit mir zu tun haben könnte.

Julia Petzold stand in fetten Buchstaben über dem Artikel – das stimmte! Der Rest gehörte ins Reich der Mythen und Märchen. Mal abgesehen von meiner eigenen Lügengeschichte.

Diana las vor:

Meine Begegnung mit einem Engel – von Julia Petzold

Engelsgleich schwebt sie ins Restaurant – eine Minute vor unserer Verabredung.

Diana warf einen skeptischen Blick auf mich. »Seit wann bist du denn pünktlich?«

»Seit ich früher losfahre, um einen regulären Parkplatz zu finden. Lies weiter.«

Dorothea von Schretten, 32, Radiomoderatorin und Jungfrau. Sie ist anders gekleidet als die anderen weiblichen Gäste bei Giorgio: Jeans, T-Shirt, Strickjacke.

»Na, hättest du denn nicht deinen Gucci-Rock anziehen können?«, fragte mich meine Schwester.

»Habe ich doch … Sieht man nur nicht auf dem Foto. Merkwürdig …«

Sie erzählt ihre Geschichte: »Es ist nichts Besonderes. Aber ich hatte schon als Teenager den Wunsch zu warten. Auf den Richtigen. Aber der ist bis jetzt noch nicht gekommen.«

»Hast du ’ne Macke? Du warst doch total verliebt in Sven. Wart ihr nicht auch zwei Jahre zusammen?« Diana blickte verwirrt zwischen dem Zeitungsartikel und mir hin und her.

Versuchungen habe es schon gegeben, so die junge Frau weiter. Allerdings habe sie früh erkannt, wie wichtig und bedeutend eigene Werte im Leben seien: »Ich habe gespürt, wie wenig sich die Menschen um andere kümmern, wie gefühlskalt manche mit anderen umgehen, wie viel Elend, Leid und Kummer Menschen zugefügt wird – und das alles wollte ich nicht.«

»Ich breche gleich«, sagte Diana und rannte tatsächlich aufs Klo.

»Na, so schlecht ist die Geschichte nun auch wieder nicht, oder?« Ich fing an zu zweifeln.

Aber der Artikel hatte seinen Höhepunkt noch nicht erreicht. Als Diana, ganz bleich im Gesicht, wieder in die Küche kam, las sie weiter.

Dodo, wie sie von ihren Freunden und Hörern genannt wird, ist eine attraktive, moderne, eloquente junge Frau mit strahlenden Augen, vital und lebenslustig. Nicht »übriggeblieben«, sondern einfach überzeugt von ihrer Lebensphilosophie.

Ich frage sie provozierend: Glauben Sie, dass das Elend der Welt von Ihrer Keuschheit abhängt?« Sie lächelt mich an: »Nein, natürlich nicht. Jeder entscheidet für sich selbst. Aber aus vielen, vielen Tropfen wird ein Meer. Es ist die Macht des Einzelnen. Jeder hat es in seinen Händen. Jeder sollte für sich herausfinden, wie glücklich er ist mit seiner Art zu leben. Auf einer Skala von eins bis zehn – wo stehen Sie zum Beispiel, Frau Petzolt? Wie glücklich sind Sie?«

Für einen Augenblick bin ich sprachlos – es ist für mich sehr ungewohnt, mich selber solchen Fragen zu stellen.

Wie geht es Ihnen, meinen Lesern?

Es gehe darum, jeden Tag intensiv zu erleben. Denn Glück zieht Glück an. Dodo von Schretten weiter: »Es geht doch noch um viel mehr – es geht um Respekt, Würde, Klarheit und Tugend. Unsere moderne Welt, die die Menschen verrückt macht, die immer mehr auch Jugendliche in die Praxen der Psychologen treibt und Menschen verzweifeln lässt an der Perspektivlosigkeit, braucht neue Impulse.«

Wie war ihre Kindheit, möchte ich von ihr wissen. »Normal. Glücklich. Und meine Lebenseinstellung ist mit Sicherheit keine Frage der Erziehung – meine Schwester und meine Tante leben ganz anders. Für sie gehören Sex und wechselnde Beziehungen durchaus zum Wohlfühlen dazu.«

Bei diesem Satz rannte Diana schon wieder aufs Klo. »Hast du dir den Magen verdorben?«

Als sie wieder sprechen konnte, antwortete sie mir: »Ich weiß nicht, das geht schon seit Tagen so. Ich mache mir auch langsam Sorgen. Aber vielleicht liegt's auch an deinem gequirlten Scheiß, du Pissnelke.«

»Komm, du wärst mir doch böse bis ans Ende deines Lebens, hätte ich nicht auch über dich gesprochen. Und dann noch so vorteilhaft.«

Das war ein Grund für uns beide, mal wieder herzhaft zu lachen. Es sicherte ihr den nächsten Pokal, in der Zeitung zu stehen. Fehlte nur noch ein entsprechendes Foto, und der nächste Urlaubsflirt wäre geritzt. Preiswerter als jede Chiffre-Anzeige.

Diana las weiter.

Dorothea von Schretten bestellt Salat – biologisch angebaut.

»Hast du 'ne Meise? Du wirst eingeladen, bestellst Salat und fragst dann noch nach so einem Öko-Kram? Was ist los mit dir?«

Jetzt war ich mal sprachlos: »Nur zu deiner Information: Auf der Karte standen Spaghettini mit Hummer – und genau die habe ich auch bestellt. Ist doch mal was anderes als immer nur Döner. Keine Ahnung, warum die das schreibt.«

»Kann ich dir sagen: Die erfindet eine Geschichte um dich herum. Eine Hummer fressende, Champagner schlürfende Gucci-Uschi passt nicht in das Jungfrauen-ich-wahre-den-Weltfrieden-Bild. So einfach ist das. Raffiniert.«

Die 32-Jährige erklärt weiter ihr Lebensmodell. »Ich mag Männer. Ich war auch schon verliebt. Ja, ich habe auch schon geküsst. Aber dabei ist es geblieben.«

Ich will mehr wissen: Hat sie Angst vor AIDS, ungewollter Schwangerschaft, ist sie gläubig?

»Es gibt nur ein Argument für mich: weil ich es so will.« Damit verabschiedet sich diese ungewöhnliche junge Frau von mir. Sie muss zu ihrem Sender, Stadtradio Caro – »So So, Dodo« – eine Sendung, in der jeder frei sagen kann, was ihn bewegt.

Zum Abschied reicht sie mir ihre Hand – und ich spüre das Besondere. Sie ist anders – eindeutig.

Wir sahen uns schweigend an – Diana kaute lustlos an einem Apfel, um danach meinen Kühlschrank nach etwas Herzhaftem zu durchsuchen. »Schön, dass es deinem Magen besser geht. So schlimm war der Artikel dann wohl doch nicht.«

»Er ist furchtbar. Da steht doch nichts drin. Platte Schaumschlägereien. Hast du das nötig?«

Ich verteidigte mich halbherzig: »Nein, aber es macht mir Spaß. Ob's dir gefällt oder nicht. Ich bleibe dabei. Du glaubst doch nicht, dass ich mir Steiner entgehen lasse?! Kannst gerne mitkommen, wenn du möchtest. Aber nicht wieder kotzen, und Finger weg vom Moderator. Der ist verheiratet.«

»Du Moralschlampe.«

»Apropos Schlampe. Weißt du eigentlich, was ich gestern Abend getan habe? Ein paar Eckdaten: Blondgelockter Prinz fährt elfenbeinfarbenen Porsche, ist Single und war mit mir essen! Nachdem er mir den schönsten Strauß geschenkt hat, den die Floristin je in ihrem Leben gesteckt haben wird. Die Reste davon trockne ich gerade im Wohnzimmer.«

»Das klingt ja mehr nach mir als nach dir. Wann lerne ich denn den Supermann kennen?«

»Gar nicht, meine Liebe. Du – auf gar keinen Fall. Den muss ich erst mal sicher haben. Und selbst dann werde ich mir das alles noch mal genau überlegen. Der ist nämlich ’ne glatte Eins.«

»Gut. Verstehe ich. Wo ist der Haken?«

»Er ist ein koksender, sexuell umtriebiger Zyniker, der glaubt, nichts mehr zu spüren, und sich jetzt durch mich zu hundert Prozent verändern möchte. Und er heißt Max.«

»Ach du Scheiße. Und er glaubt, er ist in eine Heilige verliebt … Der Arme. Du bist ja noch schlimmer als ich.«

An dieser Stelle war es an der Zeit, einen Augenblick zu schweigen.

»Hattet ihr Sex?«, Diana zog eine Augenbraue in die Höhe, was ihr etwas Inquisitorisches gab.

»Nein: Und das ist der Haken. Noch nicht mal geknutscht. Der ist so bereit, ein guter Mensch zu werden, dass er mich erst nach dem Jawort vernaschen wird. Falls überhaupt je … Willst du ein Glas Prosecco auf den Schreck?«

»Trinken denn Jungfrauen Prosecco?«

»Halt die Klappe, und mach die Pulle auf. Ich brauche sowieso eine Stärkung. Heute Morgen kam nämlich der Brief von der Medizinisch-Psychologischen Untersuchungsstelle. Sprich: Pappe ja oder nein. Ich habe mich noch nicht getraut, ihn aufzumachen. Ist ein größerer Umschlag. Dass es so viel über mich zu erzählen gibt.«

»Das haben wir doch gerade an dem Artikel gesehen«, grinste Diana. »Gib mal rüber, ich mach ihn auf.«

Diana blätterte die Akte durch, ohne irgendetwas Wichtiges zu finden.

»Du musst auf die letzte Seite gehen. Da steht es ...« Ich wurde immer nervöser, zumal meine Nerven ohnehin angespannt waren.

»Da, ich hab's: ›... ist nicht zu erwarten, dass Frau von Schretten in Zukunft erheblich gegen verkehrsrechtliche Bestimmungen verstoßen wird.‹«

»Uff.«

»Was heißt denn das jetzt?«, fragte Diana mit Blick auf das Gutachten.

»Ich bin charakterlich geeignet, ein Fahrzeug zu führen. Hab ich doch immer gesagt. Ich bin eben 'ne Gute, bei mir läuft es auf der ganzen Linie glatt. Selbst der Polizeipräsident findet das. Und der hübsche Psychologe sieht das ganz offensichtlich auch so, sonst hätte er ja nicht dieses positive Gutachten über mich geschrieben. Ich könnte vorbeigehen und ihn spontan küssen ...«

»Ich glaube, er hat 'ne ähnliche Idee.« Diana grinste frech und hielt mir einen gelben Zettel unter die Nase, den sie kurz vorher aus dem Briefumschlag gefischt hatte. Sie las vor:

Liebe Dorothea. Sie haben mir den Parkplatz geklaut, und ich habe Ihnen den Führerschein gesichert. Ich glaube, Sie schulden mir ein Essen. Ihr Sebastian Puttarski

Mir blieb die Spucke weg.

Diana nicht. »Ach nee, eben noch die Königin am Küchentisch, selbstbewusst und kämpferisch, und jetzt stumm wie ein Fisch. Da sieht man es mal wieder: Hunde, die bellen, beißen nicht …«

»Wieso denn bellen? Ich hab doch nur gesagt, dass ich total toll bin und die Welt auf mich wartet … Das ist nun wirklich nicht zu dick aufgetragen, oder?«

»Du traust dich doch an so einen Mann gar nicht ran. So einem Max, so einer verlorenen Seele, kannst du eine derartige Lüge vielleicht auftischen. Aber ein Mann wie der Psycho durchschaut dich sofort, dem kannst du die Jungfrau nicht unterjubeln. Der wird dir auch gleich erklären, wie deine Macke heißt, wo sie herkommt und wie lange die Therapie dauern wird, um das wieder wegzumachen.

»Ich habe keine Macke – ich habe eine Mission. Und deshalb kann ich mich auch nicht mit ihm treffen. Außerdem gefällt mir Max wirklich gut. Ich denke den ganzen Tag an ihn. Dieses Auto, diese Eleganz, dieses Aftershave, diese selbstverständliche Welle in seinem Haar. Ob der die jeden Morgen reinföhnt? Ich glaube, der hatte sogar manikürte Fingernägel. Diana, wir hatten eine Rechnung von zwölf Euro siebzig. Der hat einen Fuffi hingelegt und ihn liegenlassen!

Diana unterbrach meinen Redeschwall. »Ich habe verstanden. Luxusschnitte auf Weltverbesserungstrip. So was ist immer nur für eine begrenzte Zeit attraktiv. Aber bitte, diese Erfahrung musst du selber machen.«

»Du bist ja nur neidisch, dass Max mich will – und, wie es aussieht, der Puttarski offensichtlich auch. Jungfrau hin oder her. »

»Okay, dann wette ich jetzt mit dir: Du schaffst es nicht, deinen Dr. Sebastian Puttarski zu täuschen. Sieh es als Generalprobe für deinen Talkshow-Auftritt. Wenn du es schaffst, dass er dir glaubt, hat es die Nation verdient, von einer wie dir erheitert zu werden. Und ich spendiere als Wetteinsatz dein Jungfrauen-Talkshow-Outfit. Wenn nicht, zahlst du meinen nächsten bumsfidelen Urlaub und gehst nicht in diese Sendung. Womit ich dir dann übrigens den Hals gerettet hätte – auch wenn du nichts davon wissen willst.«

Meine große Schwester lehnte sich tiefentspannt zurück – sie schien total überzeugt davon zu sein, dass ich vor dem Startschuss bereits stolpern würde. Dass diese Schuhe einfach eine Nummer zu groß für mich waren. Sie kraulte sehr zufrieden mit der linken Hand einer noch zufriedeneren Inge den blassen Bauch und stopfte sich mit der rechten ein paar harte, alte Schokoküsse in den Mund. Mann, einen Magen wie 'ne Kuh hatte sie …

Und ich hatte einen Schmetterling im Bauch. Ich war in einen Mann verliebt und hatte schon fast eine Verabredung mit einem anderen. Und ich hatte die Lüge meines Lebens eingeläutet. Es schien eine interessante Zeit zu werden. So aufregend war mein Leben noch nie gewesen. Nicht mal meine Ferien im Zeltlager beim Kanuwandern in Norwegen.

Kapitel 12

»Ich mache Schluss, du unmoralisches Arschloch. Das geht jetzt schon seit drei Jahren mit uns! Drei Jahre, in denen du deine Frau bescheißt und ich Weihnachten allein dasitze! Drei Jahre mit Wochenenden, an denen *Papi der Familie gehört* und ich alleine meine halterlosen Strümpfe im Waschbecken ausdrücke! Drei Jahre hast du mich besetzt, hast dir genommen, was du brauchtest: von mir den Sex, von deiner Frau die heile Welt. Es reicht. Geh zu deiner Frau, *Papi*, und lass mir die Chance auf eine wirkliche Liebe. Auf meine eigene Familie.«

Hans-Otto Römer guckte ziemlich verwirrt auf seine Chefreporterin.

»Mein Seepferdchen ... Was ist mit dir? Bist du angespannt ... Will mein Seepferdchen ein bisschen ausreiten?«

»Du chauvinistische Ameise.«

»Julia, deine kleine Szene ist ja ganz hübsch. Aber werd wieder normal. Komm runter. Ich rate dir: Komm ganz schnell runter. Und jetzt komm auf meinen Schoß, da ist 'ne Menge los ...«

»Ich könnte kotzen. Du müsstest dir einmal selber zuhören. Du hast weder Anstand noch Stil, Größe, Format ... Du hast nichts, du Null. Außer einem Job, von dem niemand weiß, wie du an den gekommen bist. Dorothea von Schretten hat mir die Augen geöffnet. Das Leben, das ich führe, macht mich nicht glücklich und wird mich früher oder später krank machen.

Und du gehörst dazu. Meinen Job kann ich nicht ändern – nicht so schnell. Aber dich kann ich entsorgen. Jedenfalls aus meinem Bett. Akzeptier das bitte.«

»Raus aus meinem Büro. Haben Sie nichts zu tun, Frau Petzolt?«

Julia Petzolt verließ hoch erhobenen Hauptes sein Büro, und Hans-Otto Römer griff zum Telefon.

»Schicken Sie mir mal den Findler ins Büro«, sagte er zu seiner Sekretärin und spürte eine unglaubliche Lust, mal wieder investigativen Journalismus zu betreiben bzw. betreiben zu lassen.

Torsten Findler saß frustriert an seinem Schreibtisch, guckte gelangweilt in den Computer und spielte gerade Solitaire, als sein Telefon klingelte. Im Grunde hatte er nicht mal Lust, den Hörer abzunehmen. Seit der Chef ihm die Jungfrauen-Story weggenommen und sie seinem Flittchen gegeben hatte, fühlte er sich noch überflüssiger als gewöhnlich. Und wenn er mal ganz ehrlich zu sich war, führte er auch einfach ein beschissenes Leben. Der Job lief nicht, sein Chefredakteur fand ihn offensichtlich furchtbar, und seine Beziehungen hielten nie länger als vier Wochen – dann durchschauten die Frauen, dass seine Versprechungen in puncto Karriere Luftblasen waren und sein geringes Machtpotenzial niemals ausreichen würde, eine blondgefärbte Verkäuferin zu einem Superstar – in welcher Kategorie auch immer – zu machen. Müde hob er den Hörer ans Ohr.

»Herr Findler, der Chef will Sie sehen. Sofort.«

Wie er es hasste, irgendwo hinzitiert zu werden wie ein Zirkusäffchen. Okay, dachte er, das war's dann wohl. Der feuert mich jetzt – keine Story, kein Job. So waren die Spielregeln. Boulevard-Journalismus war ein hartes Geschäft. Man verlor den Glauben ans Gute. Und verriet im Laufe der Jahre alles, was einem wert und wichtig war. Geschichten konnten Leben und Existenzen zerstören, und als deren Autor war man ihr Verursacher. Alles für das zweifelhafte Vergnügen, eine Autorenzeile zu bekommen und seinen Namen in der Zeitung zu lesen. Aber er wollte sich nicht selber leidtun – nicht jetzt. So viel Anstand hatte er noch. Hoch erhobenen Hauptes schritt er den langen Weg durchs Großraumbüro ins Sekretariat.

»Na endlich, wo bleiben Sie denn. Der Chef ist schon ganz ungeduldig. Kaffee?«, fragte die neue Sekretärin, die einen Hang zu grünem Nagellack hatte. Findler war sich sicher, wenn sie diese Vorliebe nicht bald ablegen würde, war sie in diesem konservativen Haus demnächst auch ihren Job los.

»Herr Findler.« Hans-Otto Römer erhob sich schwer aus seinem großen Ledersessel. Der Reporter wunderte sich, dass er sich die Mühe machte – schließlich ging's hier wohl gerade um sein Ende. Das konnte man doch auch im Sitzen erledigen. »Mir ist durchaus bewusst, dass Sie es waren, der diese Geschichte mit der Jungfrau aufgerissen hat.«

Jetzt wurde der Mistkerl auch noch zynisch. Das riss Findler aus seiner Lethargie und machte ihn sogar ein wenig wütend.

Der Chef fuhr fort: »Sie sind ein guter Mann, Sie haben Gespür für Geschichten. Ich glaube, wir hatten lange kein richtiges Gespräch mehr.«

Du Arschloch, dachte Torsten Findler. Nur damit du später in den Himmel kommst, verpackst du meine Kündigung so pseudo-zartfühlend. Das macht es keinen Deut besser, fahr zur Hölle. Da gehörst du sowieso hin.

»Nun, Herr Findler. Bis jetzt war die Geschichte doch Mädchenkram, weichgespült und niedlich. Deshalb habe ich sie auch die Petzolt schreiben lassen. Jetzt ist es aber an der Zeit, mal wieder richtigen Journalismus zu betreiben, sauber zu recherchieren. Sie glauben doch nicht ernsthaft, dass die Geschichte stimmt? Sie können mir doch nicht sagen, dass eine Frau in diesem Alter und mit diesem Format noch nie … Na, Sie wissen schon. Ich bin mir sicher, die Nummer ist ein Fake.«

Römer redete sich in Rage, und Findler hatte keine Ahnung, wohin die Reise gehen sollte.

Der Chefredakteur ließ den Knoten platzen. »Finden Sie den Deflorierer. Ich weiß, ich kann mich auf Sie verlassen. Sie wissen natürlich, dass diese Geschichte Chefsache ist. Sie berichten ausschließlich an mich. Ich stelle Sie von allen anderen Aufgaben frei. Recherchieren Sie – schnell und gründlich. Wir wollen doch noch einige schöne Geschichten zusammen machen, nicht wahr, Findler?! Zigarre?«

Offensichtlich war das doch kein Kündigungsgespräch, stattdessen war er plötzlich wieder im Spiel. Von seinen Zweifeln an diesem Beruf, der Unmenschlichkeit und der Kraft der Zerstörung war schlagartig nicht mal mehr ein Funken übrig. Er war wieder ganz der Alte.

Torsten Findler wusste sofort, dass dies der Todesstoß für Julia Petzolt war – die Affäre war in der Redaktion so bekannt wie der Termin zur nächsten Bundestagswahl. Wahrscheinlich hatten die Turteltauben massiven Stress – aber das war ihm egal. Er war heiß auf die Geschichte.

Er nahm die Zigarre, lächelte seinen Chef vielversprechend an und fühlte, wie sein Ehrgeiz von Minute zu Minute größer wurde. »Die rauchen wir dann, wenn's Ergebnisse gibt, Chef. Ich glaub, ich muss dann mal. Sie entschuldigen mich …«

Damit ging er, breit grinsend und ein bisschen zu selbstsicher für seine Körpergröße am Sekretariat vorbei.

Kapitel 13

»Das ist ja eine prima Idee. Du zahlst, und ich gehe shoppen.« Ich strahlte Diana an.

»Nee, Süße, *wir* gehen shoppen. Und ich zahle *vielleicht*. Und überhaupt zahlst erst mal du! Erst, wenn der Psycho denkt, er sitzt mit einer Unberührten zusammen, übernehme ich die Rechnung.«

Wir saßen lachend am Küchentisch in meiner kleinen Wohnung und malten uns aus, wie wohl das perfekte Outfit einer Jungfrau im Steiner-Sessel aussehen müsste. Hochgeschlossen, Jeans, Bluse, Pulli, Kleid, Kostüm, Hose und T-Shirt? Ich hatte keine Ahnung, und Diana auch nicht.

»Lotto«, sagten wir beide wie aus einem Mund. »Okay, ruf an, und frag, ob sie Zeit hat, mit einkaufen zu kommen.« Diana hatte schon die Hand am Handy.

»Aber dann flippt Mama aus. Meine erste Fernsehsendung, und sie ist bei den Vorbereitungen nicht dabei. Das überlebt sie nicht. Ich rufe Mama an, du Lotto.«

Alle Frauen der Familie von Schretten hatten Zeit, Lust und große Motivation, an diesem Familienausflug teilzunehmen – jede aus unterschiedlichen Gründen. Eine Stunde später trafen wir uns in einem dieser wunderbaren, großen Einkaufszentren, die es mittlerweile an jeder Ecke gab.

Wir landeten in einer ziemlich schicken Boutique im ersten Stock. Inge hatte ich zur Abwechslung mal an der Leine und band sie in der hintersten Ecke an einem leeren Kleiderständer fest. Sie rollte sich zusammen und schlief augenblicklich ein. Das war auch einfach zu anstrengend für so ein Viech – vier Weiber voller Adrenalin und im Kaufrausch.

Wir redeten alle durcheinander, sogar Mama nahm aktiv am Geschehen teil. »Guck doch mal, das da.« Sie zeigte auf ein kackbraunes Wickelkleid in Größe vierzig. »Das gefällt dem Herrn Steiner bestimmt. Der mag nicht so grelle Farben. Jedenfalls habe ich ihn noch nie schlecht angezogen gesehen. Ob der das alleine aussucht? Oder legt ihm das seine Frau jeden Tag raus? Ach, das ist ja auch eine glückliche Ehe. Zwei gaaanz niedliche Kinder. Oder waren es schon drei? Der macht seine Mutter glücklich.«

»Mama«, schnauzten Diana und ich – wieder gleichzeitig – und unterbrachen ihren Redeschwall. Lotto zog es in die andere Ecke. Sie stand bei der Partymode und griff zielsicher nach dem teuersten Fummel im ganzen Laden. *Dolce & Gabbana* stand auf dem Etikett – und daneben der Preis. Neunhundertachtundneunzig Euro.

»Na und! Erstens sind es zwei Teile, und zweitens investierst du ja in deine Zukunft. Und so ein bisschen Sex sollte dann wenigstens das Kostüm haben.«

»Sex? Lotto, kannst du auch mal an was anderes denken? Außerdem sind die Kinder dabei …«, entfuhr es Mama.

»Du redest von den Kindern, die jetzt schon mehr Sex hatten, als du in deinem gesamten Leben gehabt haben wirst?«

»Entschuldige bitte, ich denke, das eine Kind ist Jungfrau, und deshalb brauchen wir auch was Passendes zum Anziehen? Was heißt denn das hochgerechnet für Diana?«

»Na, jeden Tag. Zwei Mal.« Lotto kam in Fahrt. »Und nicht nur das – manchmal auch mit zwei verschiedenen Männern. An einem Tag. Hintereinander – glaube ich.«

Diana schwebte nach Lottos ausgemaltem Szenario wie eine frisch gekürte Miss zwischen den Kleiderständern hin und her und lächelte selig.

Jedenfalls so lange, bis ihr Blick sich mit meinem kreuzte. Ich zischte: »Der Herzinfarkt geht auf DEIN Konto.« Und laut sagte ich: »Mama, eine Tüte zum Atmen?!«

»Nein, Lotto, deine Tasche.«

Lotto reichte Mama ihre Handtasche, und sie fischte ein sehr vertrautes Fläschchen heraus. Wir alle wussten seit Jahren, dass Tante Lotto immer einen Flachmann dabeihatte. Eine Erinnerung an die Zeit, als sie so plötzlich und unerwartet direkt nach der Hochzeit verwitwet war. Mama setzte das Fläschchen an und trank es in einem Zug leer.

»Wenn ich es nicht besser wüsste, müsste man denken, du hättest Diana geboren – unter Schmerzen. Von mir hat sie das nicht.« Mama warf Lotto den leeren Flachmann wieder zurück und lallte in meine Richtung: »Dodo, ist denn der Herr Steiner auch sensibel genug für deine Situation … deinen Zustand …« Mama wollte offensichtlich das Thema wechseln.

In diesem Moment kam die Verkäuferin. »Guten Tag, meine Damen.« Während Diana gerade Federboas, Sonnenbrillen und Hüte aus der Dekoration riss und sich damit schmückte, wäre ich am liebsten sofort rückwärts wieder raus aus diesem Etablissement der Extraklasse. Aber keine Chance. »Womit kann ich Ihnen denn behilflich sein?«, sagte sie mit diesem süßlichen, unaufrichtigen Ich-bin-Profi-und-darauf-geschult-dir-alles-anzudrehen-Blick.

»Gibsdennhiernixsutrinken«, stolperte Mama zwischen die redlichen Bemühungen der Verkäuferin, irgendeinen Sinn in unserem Besuch zu erkennen.

»Äh … natürlich. Um was geht es denn hier eigentlich? Wem kann ich denn helfen?«

»Mir, Kindchen. Isdochnichsoschwer. ’n Sekt. Husch, Uschi. Hi Hi.«

Und Uschi huschte. Ich erkannte meine Mutter nicht wieder, genoss aber solche Momente. Viel zu selten war sie mal nicht so kontrolliert.

»Was ist denn mit Mama los?« Diana war entsetzt. Der Status der Verrückten gehörte normalerweise ihr und Mama in das gewohnte Werte-Korsett.

Während Lotto in der Kabine verschwand und ein Kostüm nach dem anderen probierte, war Mama immer noch mit der Verkäuferin beschäftigt.

»Wenn Sie mir jetzt noch einen Prosecco bringen, erkläre ich Ihnen vielleicht, dass meine eine Tochter zwei Männer am Tag hat und die andere den Herrn Steiner entjungfern wird.«

In der Sekunde riss Tante Lotto den Vorhang der Kabine zur Seite und rief: »Gisela! Das will doch die Dame gar nicht wissen!«

Die Dame war sichtlich überfordert, aber nicht uninteressiert. Sie lächelte Diana zu, weil sie wohl vermutete, sie hätte ein Verhältnis mit dem Fernsehmoderator. Das hob Dianas Stimmung sofort wieder. Aber ich hatte immer noch nichts anzuziehen.

»Vielleicht kümmert sich jetzt mal jemand um mich. Mama, du setzt dich. Tante Lotto zieht sich wieder an – ganz an! Und Diana, du kommst jetzt aus dem Schaufenster raus und legst die Federboa wieder dahin, wo du sie herhattest. Keiner fasst mehr was an. So … ich brauche was zum Anziehen.«

»Ach was! An was dachten Sie denn da?«, fragte die leicht gestresste Verkäuferin.

In dem Moment brüllten wieder alle durcheinander. Lotto schrie: »Dekolleté«, Mama brüllte: »Auf Herrn Steiner« und trank auch mein Glas noch leer, und Diana maulte: »Ich muss mal. Wie lange dauert denn das hier noch.«

In dem Moment schien es der Verkäuferin zu dämmern. »Hab ich Sie nicht schon mal ... Sind Sie nicht ... Entschuldigen Sie, ich überlege, woher ich Sie kenne.«

Mamas Chance, sich wieder ins Spiel zu bringen. »Dasisdieletztejungfrauausberlin. Und das in dem Alter.« Den letzten Satz betonte sie trotz ihres denkwürdigen Zustandes Silbe für Silbe.

»Natürlich. Ich habe doch von Ihnen gelesen. Ich hab Sie mir ganz anders vorgestellt. Irgendwie ... besonnener.«

»Und genau DAS brauche ich zum Anziehen. Etwas Besonnenes. Machen Sie das aus mir, was Sie sich vorgestellt haben.«

Zwanzig Minuten später standen wir gemeinsam an der Kasse – Mama war inzwischen auf der Couch eingenickt. Lotto hatte ganz selbstständig den halben Laden leer gekauft, schließlich kannte sie ja ihren Typ. Und ich schleppte mein Jungfern-Kostüm, ausgesucht von der Fachverkäuferin, in einer edlen Papiertüte mit Schleifchen aus dem Geschäft – nicht ohne vorher einen kleinen Gruß in das Gästebuch geschrieben zu haben. Direkt neben Kim Wilde, die vorher hier geshoppt hatte. Welche Ehre.

Diana und ich nahmen Mama in die Mitte, die beachtliche Schwierigkeiten beim Laufen hatte.

Tante Lotto hatte alle Hände voll zu tun, mit sich und ihren Tüten. Kurz vor der Rolltreppe schepperte es gefährlich hinter uns. Wie von Sinnen raste ein leerer Kleiderständer durch die Gänge, löste Alarm aus, zerdepperte zwei Zierpflanzen, einen Aschenbecher und einen Regenschirmständer. Die Verkäuferin rannte schreiend aus dem Laden und versuchte hysterisch, ihren Kleiderständer wieder einzufangen, der sich offensichtlich verzweifelt wehrte. Plötzlich machte er auch noch Geräusche – es hörte sich an, als würde er bellen.

»Ach du Scheiße. Inge.« Wir hatten den schlafenden Hund völlig vergessen. Jetzt schlief er nicht mehr – niemand mehr in diesem Einkaufszentrum. Zwei Wachmänner witterten endlich eine Möglichkeit, Autorität zu zeigen, und zogen vorsichtshalber ihre Schlagstöcke aus den Haltern. Kurz bevor es zu einem Todesfall kam, redete ich beruhigend auf den Hund ein, entwirrte die Leine, nahm Inge auf den Arm und übte mich mal wieder in einer Ansprache ans Volk. »Meine Damen und Herren. Es ist nichts passiert. Wirklich nichts passiert. Gehen Sie bitte alle wieder an Ihre Arbeit.«

Ich hatte die Leute im Griff, da wachte Mama auf und sang aus vollem Hals: »Ich will 'nen Cowboooooyyy als Mannnnn. Dabei kommt's mir gar nicht auf das Schießen an, denn ich weiß, dass so ein Cowboy küüüüüüüüüssssssen kann …«, und zwinkerte dem Wachmann vielversprechend zu.

Diana versank vor Scham im Boden, und Lotto zückte ihre Digitalkamera. »Das glaubt Gisela mir nie. Wenn die wieder nüchtern ist, haben wir den Spaß unseres Lebens.« Wir konnten Lotto gerade noch davon abhalten, unserer Mutter eine Käsedekoration vom Ladentisch nebenan in die Haare zu stecken – darauf wurde für einen besonders cremigen Edamer Werbung gemacht.

In dieser Sekunde war ich sehr glücklich, dass ich meinen Führerschein noch hatte. So konnte ich alle sicher nach Hause bringen. Es war ein hoher Preis, den sowohl meine Jungfrauenschaft als auch meine wachsende Prominenz von mir forderte.

Kaum waren Diana und ich bei mir zu Hause, piepste mein Handy. Eine SMS von Dr. Sebastian Puttarski, den ich unter »Heißer Psycho« gespeichert hatte. *»Wann sehen wir uns?«*, las ich auf dem Display. Ich war bereit für die Generalprobe. Schließlich hatten die Klamotten vierhundertneunundachtzig Euro gekostet – und diesen Wetteinsatz wollte ich mir von Diana wiederholen. Denn diese Wette würde ich gewinnen.

Während ich in Gedanken meine Strategie für den Jungfrauen-Psychotest durchging, piepste mein Handy erneut. Der Absender erhöhte meinen Pulsschlag erheblich. Max. »Wo warst du all die Jahre.« Ich schluckte schwer. Am liebsten hätte ich geantwortet: »Auf der Suche nach dir« – aber ich war mir plötzlich über gar nichts mehr klar.

Eben hatte ich noch in vorfreudiger Erwartung an das »Rendezvous« mit meinem Haus-Psychologen gedacht, jetzt rutschte mir der andere ins Hirn. Ähnlich heftig. Ich hatte große Lust, böses Mädchen zu spielen. Den einen heute, den anderen morgen, meine Leidenschaft auszutesten und wie ein Kolibri von einem zum anderen zu flattern. Ich war Champagner – geschüttelt und perlend! Beinahe hätte ich rülpsen müssen und fühlte jetzt schon Phantom-Sodbrennen.

Dabei war ich nicht wie Diana – ich hatte Gefühle, keine Ahnung, wie große für wen. Aber beide Männer motivierten mich, an wilden Sex, Hochzeiten, Babys zu denken. Au weia. Ich war verknallt. In zwei Männer. Und durfte es doch gar nicht sein. Schließlich ging es zurzeit um meine Karriere als Volksgewissen und Quotenjungfrau. Drei Filme schienen auf einmal zu laufen, ich befürchtete Bandsalat in meinem Hirn. Ich war dabei, die Öffentlichkeit anzuscheißen und mit zwei Männern zu spielen. Nein, ich war sogar schon mittendrin. Im Spiel mit dem Feuer. Hoffentlich hatte ich keine angeborene Herzschwäche, sonst würde ich das alles wohl kaum unbeschadet überleben.

»Diana, ich brauche einen klaren Kopf und einen Espresso. Jetzt hat der andere auch geschrieben. Mannomann. Eigentlich bin ich ja mit einem schon überfordert. Und beide sind so … so … so … och …«

Sie sah mich an. Und verstand. »Der Typ gefällt dir – auch. Du stehst auf beide. Was ist hier eigentlich passiert? Kaum ist man mal eine Woche im Urlaub, da habe ich eine runderneuerte Schwester. Dodo, machen wir uns nichts vor: Du warst immer eine Schnarchtüte, harmlos, total langweilig und niemals eine Konkurrenz für mich und mein spezielles Hobby. Niedlich, bildschön, aber leider für die Männerwelt nie eine Herausforderung.«

Wir dachten beide über die im Grunde total absurde Situation nach, in der ich mich befand.

Meine große Schwester schien plötzlich zu begreifen, was mit mir los war. »Du hast es gespürt, oder?«

»Was gespürt?«

»Die Lust am Leben. Am Gefühl. Am Spiel. An der Verwirrung. An der Gefahr – am Tanz auf dem Drahtseil. Entweder, du bleibst oben, und alle jubeln dir zu, oder du liegst mit gebrochenem Bein und zerschmettertem Herzen allein auf dem Boden der Tatsachen.« Sie hielt mir diesen Vortrag, während sie in ihrer Handtasche nach einem völlig zerbröselten Keks fahndete und sich das angeschmierte Ding lustvoll in den Mund schob.

Ich beobachtete meine Schwester mit zusammengezogenen Augenbrauen. »Okay. Ich habe mich verändert. Aber du dich auch. Was du in den letzten Tagen alles für merkwürdiges Zeug in dich hineingestopft hast! Hast du gesehen, in welchem Zustand dieser Keks eben war? Eklig. Stellt sich doch jetzt wohl eher die Frage, in welchem Zustand bist du eigentlich?«

Dianas sonst so souveräner Blick umschleierte sich. »Ich hab mich das auch schon gefragt. Zu allem Übel wird mein Hintern auch immer dicker. Schmeckt aber auch einfach lecker alles. Seit ich aus dem Urlaub zurück bin, könnte ich fressen, fressen, fressen.« Wie um ihre Worte zu unterstützen, nestelte sie in meiner Kiste mit den Süßigkeiten. Diana war wie ich sonst: Sie schien Nahrungsmittel jeder Art tatsächlich aufregender und erotischer zu finden als Psychos oder Porschefahrer.

Ich gab ihr eine Serviette, damit sie sich den total verschmierten Schokoladenmund abwischen konnte, und verabschiedete mich in Richtung Badezimmer. Egal, was es war, mir gefiel's. Jetzt brauchte ich dringend eine Dusche und ein neues Make-up. In zwei Stunden lief meine Generalprobe. Und dafür musste ich fit sein.

Kapitel 14

»Um 20 Uhr.«

Das Handy von Dr. Sebastian Puttarksi zeigte Dodos Antwort. Treffpunkt war ein gemütlicher Grieche gleich um die Ecke, der gerne Ouzo an seine Gäste verschenkte. Er mochte diesen Laden – das Essen war gut, die Preise angemessen, und man traf nicht zwingend Menschen, die man nicht treffen wollte. Gegen seine sonstigen Gewohnheiten war er ein bisschen nervös. Er war für seine Verhältnisse sehr offensiv mit ihr umgegangen. Das allein war grundsätzlich schon unprofessionell, da sie ja einer seiner »Fälle« war. Dann hatte er sie auch noch psychologisch durchleuchtet – das wiederum brachte ihm einen fast unfairen Vorsprung.

Sie war aber ein würdiger Gegenspieler: clever, schnell und eigensinnig genug, um durchaus auch ihre Trümpfe zu spielen. Eine einzige, wenn auch sehr bedeutende Information fehlte ihm allerdings: die inzwischen stadtbekannte Jungfernschaft seiner Abendbegleitung.

Sebastian gehörte nicht unbedingt zu den Menschen, die jeden Morgen die Zeitung lasen. Jedenfalls nicht die Art von Zeitung, die man benutzte, um die Zeit auf dem Klo zu überbrücken. Und er wäre im Traum nicht auf die Idee gekommen, sich den Seelenscheiß fremder Menschen auch noch nachts im Radio anzuhören. Er war also ahnungslos, als er die Wohnungstür schloss und das Treppengeländer hinunterrutschte.

Er sah sie sofort. Sie stand um genau eine Minute vor acht am Parkscheinautomaten und versuchte, Geld in den Schlitz zu stecken. Während sie hektisch auf die Uhr schaute, wurde sie offensichtlich immer wütender. Der Automat war kaputt. Ihr heftiger Tritt dagegen machte es nicht unbedingt besser, gefiel Sebastian aber. Er stand grinsend im Schatten der Restauranttür und wettete mit sich selbst: Wenn sie den nächsten Automaten suchen würde, um nicht ohne Ticket zu parken, wüsste er, dass er ihr nicht nur aus Sympathie dieses positive Gutachten erstellt hatte. Und wenn nicht, würde er diesen dämlichen Weiterbildungskurs besuchen, der schon seit Monaten ins Haus stand und um den er sich bisher gedrückt hatte.

Er sah ihr förmlich an, wie sie schwankte zwischen »gutes Mädchen – böses Mädchen«. Fast schien es, als könnte er ihre Gedanken lesen. Leckt mich doch am Arsch, dachte sie wahrscheinlich. Okay, ihr verschwört euch alle gegen mich. Aber ich werde es euch beweisen. Scheißpolizeistaat. Dieses Auto bleibt nicht ohne gültiges Papierschnipselchen – auch wenn das die überflüssigste Sache der Welt ist.

All das schien er zu sehen, als sie hektisch über die Straße lief, um den nächsten Parkscheinautomaten zu füttern.

*

Nur vier Minuten zu spät – zur Feier des Tages hatte ich regulär geparkt, und das kostet schließlich Zeit. Ich betrat das griechische Restaurant und lächelte, als ich ihn an dem kleinen Tisch in der Ecke sah.

»Entschuldigen Sie die kleine Verspätung. Aber ich musste noch die Welt retten …«

»Ich hab's gesehen. Ein interessanter Versuch, einen kaputten Automaten zu reparieren. Zumal mit Abendschuhen … die Ihnen übrigens fantastisch stehen.«

Ich wurde knallrot und guckte betreten auf meine nagelneuen dunkelroten Ballerinas mit Schleifchen. Als Kind hätte ich die nie getragen. Als Jungfrau war das natürlich etwas anders. Praktisch, dass die Mode gerade so »rein« war.

»Nur ein bisschen blöd, wenn man gerne mal gegen etwas tritt«, sagte ich lächelnd und hoffte, möglichst unschuldig auszusehen.

Er setzte noch eins drauf und fragte: »Haben denn Ballettschuhe nicht gewöhnlich Stahlkappen?«

Ich zog es vor, das Thema zu wechseln. »Hübsch hier. So … griechisch. Wenn man Knoblauch mag …«

»Die haben auch hervorragende Salate hier. Und einen wunderbaren Fisch – garantiert ohne Knoblauch. Aber wollen Sie sich nicht erst einmal setzen?«

Ich setzte mich auf die äußerste Stuhlkante und presste schüchtern die Knie zusammen.

»Wissen Sie, ich gehe ja nicht oft mit fremden Herren essen. Und schon gar nicht, wenn sie mir so fremd sind wie Sie. Was weiß ich denn schon von Ihnen? Im Gegensatz dazu wissen Sie ja schon eine Menge über mich.«

»Sie wissen, dass ich der Mann bin, der Ihnen charakterliche Stärke zutraut – zumindest im Straßenverkehr. Und dass ich mich für Sie interessiere – auch außerhalb des Straßenverkehrs.«

Ich lächelte hold – jedenfalls versuchte ich es. Es war an der Zeit für eine Nachricht an Diana. Ich entschuldigte mich kurz. Auf der Toilette, die übrigens erstaunlich ungriechisch nach Lavendel duftete, packte ich mit zitternden Händen mein Telefon aus dem kleinen Täschchen. Zum Glück hatte ich Empfang. Ich setzte mich auf den geschlossenen Klodeckel und rief meine Schwester an. Sie war sofort dran.

»Du bist aufgeflogen, oder?«

»Quatsch, wir haben noch nicht mal bestellt. Diana, das ist ein richtiger Mann!«

»Na, dass der Psycho keine Frau ist, wussten wir ja vorher.«

»Was? Nein! Der redet hier ständig von Verkehr …«

»Wow, Psychologen scheinen ja mächtig ranzugehen. Ich hatte übrigens noch keinen. Wenn du mit ihm durch bist, kannst du ihn ja mal weiterreichen.«

»Nee, meine Liebe, den stelle ich dir auch nicht vor. Ich melde mich später wieder. Lass das Handy an. Übrigens sind die Ballerinas ziemlich gut angekommen …«

Ich legte auf, verließ das Klo und betrachtete mich im Spiegel. Ich hatte das neue Outfit an. Der Rock hatte ein spießiges Blümchenmuster und hörte irgendwo unterhalb des Knies auf. Dazu trug ich ein passendes, enges T-Shirt in Dunkelgrün mit einer taillierten Kapuzenjacke drüber, in einem noch dunkleren Grün. Und als einzigen Schmuck eine bunte Kette aus verschiedenen Glasperlen.

Am Anfang hatte ich die Kombination schon etwas gewagt gefunden, aber Mama, Lotto, Diana und die Verkäuferin waren entzückt gewesen. Unschuldig, rein, aber trotzdem mit dem »gewissen Etwas«, hatten sie behauptet. Ich kniff mir ein wenig in die Wangen, um mir etwas natürliches Rouge ins Gesicht zu zaubern, atmete tief durch und betrat die Bühne ein zweites Mal.

Auf dem Tisch standen jetzt schon mehrere Gläser mit Wasser, Wein und besagtem Ouzo. Wir stießen an.

»Auf meinen Führerschein.«

»Ja, gerne. Dann sollten Sie es aber bei dem einen Glas belassen. Und worauf sollten Frau und Mann denn sonst schon trinken beim ersten Date?«

»Wir haben ein Date?«, rutschte es mir heraus, mit der Folge, dass ich den Wein am liebsten auch noch gleich hinterhergekippt hätte.

»Na ja. Schon. Für eine medizinisch-psychologische Folgeuntersuchung wäre das hier mit Sicherheit der falsche Ort. Dorothea. Was halten Sie von der Idee, wenn wir jetzt nicht mehr über Ihren Führerschein reden würden? Es gibt doch nettere Dinge im Leben.«

»Gut. Ja, worüber unterhält man sich denn so beim ersten Date? Möchten Sie was über meine Eltern wissen? Ach, ich vergaß – das wissen Sie ja schon alles.«

Meine Gedanken schlugen Purzelbaum. Mein Gott, stellte ich mich blöd an. Natürlich war das alles Absicht. Aber er schien souverän genug, meine gespielte Schüchternheit und Flirt-Nervosität charmant zu überspielen. Der Arme wusste ja nicht, dass ich ihn eigentlich nur als Generalprobe benutzte.

Wir bestellten garantiert knoblauchfreien Fisch und kamen in Schwung. Miteinander. Er erzählte, ich lachte. Ich erzählte, er lachte. Wir kannten und mochten die gleichen Bücher und Filme. Und liebten es offensichtlich beide, unsere Tischnachbarn zu beobachten.

Ich vergaß immer mehr, warum ich mich eigentlich mit ihm getroffen hatte. Irgendwann waren wir nur noch ein Mann und eine Frau bei ihrem ersten Rendezvous.

»Gucken Sie mal, die dahinten. Die sitzen sich gegenüber und haben sich nichts mehr zu sagen …« Ich zeigte mit dem Zeigefinger kichernd Richtung Tür.

»Vielleicht hatten die sich noch nie etwas zu sagen.«

»Ist doch aber total langweilig.«

»Dorothea, Sie sind ein bisschen unsensibel, wenn ich das bemerken darf. Die Dame kann gar nichts sagen, die ist nämlich taubstumm.«

»Natürlich. Die ist taubstumm. Seit wann denn, bitte schön? Seit sie sich das Gyros ins Ohr gestopft hat?«

»Nein, seit ihrer Kindheit. Eine verschleppte Mittelohrentzündung mit dramatischen Ausgang.«

»Hören Sie auf, mich zu verarschen. Über Krankheiten und Gebrechen macht man keine Witze. Ansonsten muss ich mal zu der Dame rübergehen und ein paar ernsthafte Worte mit ihr reden.«

»Das wäre eine einseitige Unterhaltung. Aber Sie würden sich das sowieso nicht trauen.«

Jetzt steckte ich in einer Zwickmühle – war die Dame nicht taubstumm, könnte es noch ein richtig lustiger Abend werden, mit viel Ouzo. Wäre sie allerdings ernsthaft krank, würde ich noch mehr Ouzo brauchen, um diese Peinlichkeit auszuhalten und jemals verarbeiten zu können. Er zwinkerte mich provozierend an. Das konnte ich natürlich nicht auf mir sitzen lassen.

Bevor ich in die Schlacht zog, trank ich vorsichtshalber noch einen halben Ouzo. Dann raffte ich mich auf, hob den Kopf und stolperte etwas zögerlich in Richtung Tür. Für alle Außenstehenden musste ich leicht orientierungslos aussehen, aber mir selbst kam ich vor wie ein Kompass. Am Nachbartisch angekommen, beugte ich mich lächelnd zu der immer noch schweigenden Frau und sagte: »Hübsche Bluse. Woisdenndieher?«

Die Frau antwortete nicht, dafür ihr netter Begleiter. »Entschuldigen Sie, aber meine Frau ist taubstumm.«

Mir entfuhr ein »Ach du Scheiße«.

»Mittelohrentzündung in der Kindheit. Aber wir verstehen uns trotzdem. Die Bluse ist von C&A. Grüßen Sie bitte Dr. Puttarski. Er ist wirklich ein sehr netter Nachbar.«

Ich bedankte mich artig und ging beleidigt zu unserem Tisch

zurück. Sebastian hielt mir wortlos die Ouzoflasche hin und lächelte: »Ich bin übrigens Sebastian.«

»Gut, Sebastian. Eins zu null für dich. Zum Glück kennen wir uns noch nicht so gut, sonst würde ich jetzt auf dich eintreten mit meinen Stahlkappen.«

Das Eis war gebrochen. Wir lächelten uns an und verstanden. Auch diesmal ohne Worte. Er wollte gerade seine Hand auf meine legen, da ging die Tür auf.

»Ick hab keine Sorgen, sondern die Zeitung von morgen.« Der Zeitungsverkäufer hielt mehrere Blätter in den Händen, stellte sich in die Mitte des Raumes und präsentierte die neuesten Schlagzeilen.

»Der ist lustig. Der redet ja in Reimen«, sagte ich leichtsinnig.

»Bei dem kaufen immer alle. Selbst die, die sonst nie Zeitung lesen. Wie ich.« Sebastian lächelte beseelt in die Runde.

Der Zeitungsverkäufer mit dem Schnurrbart und der Schiebermütze pries im Gassenhauer-Jargon die Überschriften an. »Der Bahnstreik legt die Gleise lahm, kein Mensch kam heute pünktlich an. Die Bahn-Gewerkschaft will neue Tarife, doch Mehdorn tat, als wenn er schliefe.«

Die Gäste lachten. Auch Sebastian und ich fanden das alles sehr komisch. Dann holte der Zeitungsverkäufer zum nächsten Treffer aus, und mir verging das Lachen schlagartig.

»Wir haben 'ne Jungfrau in der Stadt, die hat die Männer noch nicht satt. Die ganze Welt liegt ihr zu Füßen, den Steiner soll sie jetzt begrüßen. Sie fährt nach Hamburg ganz allein und plaudert übers Jungfrausein! Im wahren Leben sie im Radio spricht, jetzt zeigt sie Deutschland ihr Gesicht!«

»Was ist denn das für 'ne Geschichte? Das ist ja spannend. Kennst du die? Muss doch eine Kollegin von dir sein. Ein *Berlin-Blatt,* bitte.« Er kramte fünfzig Cent aus der Hosentasche, während mir die Luft wegblieb. Ich war schlagartig wieder nüchtern. Sebastian schlug immer noch lächelnd die Zeitung auf und erstarrte. Das Foto zeigte ein bekanntes Gesicht. Meins.

Er sagte: »Oh.«

»Hmm«, antwortete ich.

»Aha«, legte er nach.

»Ja ja«, bestätigte ich.

»So so«, beendete er diesen merkwürdigen Gedankenaustausch.

»Hast du es nicht gewusst?«

»Woher soll ich wissen, dass du mit deiner Nicht-Sexualität die ganze Republik bespaßt? Nein, ich habe es nicht gewusst. Woher auch?«

»Die Zeitungen ...«

»... interessieren mich nicht.«

*

Die Stimmung war komplett zerstört und für diesen Moment nicht mehr zu retten. Dieser kleine Zeitungsartikel hatte dem verzauberten Abend die Leichtigkeit genommen. Sebastian schien für einen Augenblick überfordert, gewann aber nach kurzer Zeit die Kontrolle zurück.

Während er die Rechnung bestellte, überschlugen sich seine Gedanken: Sie war eine erwachsene Jungfrau. Hatte er genug Interesse, dafür als ihr »erster« Mann die Verantwortung zu übernehmen? Ganz abgesehen davon nagte ein Zweifel in ihm – sie hatte offensichtlich mit ihm geflirtet, charmant und routiniert. Sicher und herausfordernd. Lebendig und sexy. Das entsprach ganz und gar nicht dem Bild, das er sich von einer zweiunddreißigjährigen Jungfrau machen würde. Irgendetwas schien hier nicht zu stimmen. Schließlich hatte er ja nicht umsonst jahrelang Psychologie studiert und machte seinen Job gewöhnlich auch ganz gut. Er überlegte flüchtig, wo er die Anmeldeformulare für dieses Weiterbildungsseminar hingelegt hatte.

*

Wir verabschiedeten uns unterkühlt, und ich ließ mich in die Sitze meines Autos fallen. Mensch, war der plötzlich schwierig geworden. Warum stellte er sich nur so an? Wollte er nur einen One-Night-Stand und ist vor der eigenen Courage zurückgeschreckt?

Egal. Meine Wette hatte ich auf jeden Fall gewonnen. Diana musste zahlen.

Das teilte ich meiner großen Schwester lieber per SMS mit. Zum Telefonieren fehlte mir die Kraft. Ich hatte zwar die Wette gewonnen und müsste eigentlich triumphieren, aber der Gewinn schmeckte irgendwie bitter. Was, wenn er sich nach dieser Information nie wieder bei mir melden würde? Der Abend war einfach zu schön gewesen, als dass er nicht nach einer Fortsetzung verlangt hätte.

Leider glaubte ich genau zu spüren, was ihn beschäftigte. Er fragte sich wahrscheinlich gerade, ob ich eine Macke hatte, in diesem Alter noch jungfräulich zu sein. Vielleicht befürchtete er auch eine strenggläubige Familie im Hintergrund, die ihn sofort zu einer Hochzeit mit mir zwingen würde, nur weil er einmal im Dunkeln mit mir allein war.

Ich musste mir eingestehen, dass ich das alles einfach nicht bedacht hatte. Aber – wo gehobelt wird, fallen Späne. Ich war schließlich auf dem Weg, ein Star zu werden. Und das gefiel mir immer noch besser, als die Zweifel von Sebastian mich berührten.

Ich saß immer noch im Auto, als mein Handy eine SMS

anzeigte. Wahrscheinlich meine geizige Schwester. Aber nein, Max meldete sich. Ich las.

»Liebe Dodo. Ich weiß, du bereitest dich gerade auf deinen großen TV-Auftritt vor. Ich möchte dir sagen, dass ich mental bei dir bin. Du kannst etwas Wertvolles erreichen. Nutze die Chance und lass dich auf keinen Fall irritieren oder gar von deinen Visionen abbringen. Wer immer in dieser Talkrunde dagegensprechen wird, der hat wie ich das Leben falsch gelebt. Ich denke an dich.«

Sollte es nach diesem Abend irgendwelche Zweifel gegeben haben – jetzt waren sie wie weggeblasen.

Kapitel 15

Sebastian lief langsam nach Hause. Er fühlte sich, als wäre er gerade aus einer Achterbahn gestiegen. Er hatte die Hände tief in der Jacke vergraben und kickte gedankenverloren einen Stein vor sich her. Er sah und hörte nichts um sich herum. Es hätte ihn jetzt auch nicht interessiert. Was war passiert? Warum hatte ihn dieser Zeitungsartikel so getroffen? Was war letztendlich so schlimm an der Information, dass eine Frau mit zweiunddreißig noch Jungfrau war? War doch eine frei gewählte Lebensform. Er kannte Fälle aus seiner Berufspraxis von Menschen, die ihr ganzes Leben lang keinen Sex hatten.

Aber es ließ ihm keine Ruhe: Er konnte sich doch nicht dermaßen irren. Sebastian verstand doch etwas von seinem Beruf. Er hatte mit ihr geflirtet, und sie mit ihm. Die Fallhöhe war einfach zu hoch – von der provozierend aufmüpfigen und sinnlichen jungen Frau zum scheinbar unberührten Mauerblümchen.

Mit welchen Erwartungen war er in diesen Abend gegangen? Wollte er mit ihr im Bett landen? Nicht zwingend, aber im Laufe des Abends war immer klarer geworden, dass alles möglich wäre. Heute, morgen, irgendwann. Sex gehörte dazu – wenn man einander gefiel, wenn man Lust aufeinander hatte. Jedenfalls hatte er bisher so gedacht.

Er kickte den Stein mit voller Wucht quer über die Straße und sagte laut: »Verdammte Scheiße, da stimmt was nicht. Das passt alles nicht. Die ist doch keine Jungfrau.« Eine alte Dame mit schwarzem Zwergpudel an einer himmelblauen Leine stand neben ihm an der Ampel und zischte merklich empört in seine Richtung. »Watt wolln Se mir denn jetz erzähln?«

»Wie bitte?« Sie hatte ihn aus seinen tiefen Gedanken gerissen.

»Na, Se glooben doch nich im Ernst, dass ick meine drei Kinder per Luftbestäubung empfangn habe?«

»Wer redet denn mit Ihnen?« Sebastian reagierte ungewöhnlich schroff. Sie zog ihren Hund in eine andere Richtung und ließ den blubbernden Fremden unbeachtet stehen.

»In dieser Stadt jibt's immer mehr Irre,« brummelte sie vor sich hin.

Irre – das traf die Situation, in der er sich befand, ziemlich genau. Er hatte sich lange nicht mehr so wohl gefühlt wie an diesem Abend mit Dodo. So frei, so leicht, so unbeschwert. Ein Hauch von Glück. Eventuell der erste Schritt auf sie zu, auf ein Leben mit Liebe. Jetzt hatte er mit seiner Reaktion alles kaputtgemacht, bevor es überhaupt begann, befürchtete er. Warum hatte er den Abend so abrupt beendet? Er hatte die Rechnung verlangt, sie zu ihrem Auto gebracht, sie hineinbefördert und war gegangen. Aber warum? Wie hätte er reagiert, wenn sie gestanden hätte, verheiratet zu sein? Dann wäre er auch gegangen. War diese Jungfrauenschaft etwas ähnlich Bedrohliches für ihn?

Er hätte einfach cooler reagieren müssen, nachfragend, interessierter. Aber er hatte reagiert wie ein Mann. Beleidigt. Überfordert. Misstrauisch und letztendlich auch mit einer großen Portion Angst, sich dazu verhalten zu müssen. Grundsätzlich kam es für ihn sowieso nicht in Frage, verantwortungslos mit anderen Menschen umzugehen. Aber dann noch mit einer Jungfrau …

Seine Gedanken drehten sich im Kreis. Und es blieb der Ärger, diese zauberhafte Frau einfach abserviert zu haben. Sie würde sich mit Sicherheit nie wieder melden. Und er würde sich nicht mehr trauen. Das war die Gelegenheit, die Zeitung aus der Tasche zu nehmen, sich unter eine Laterne zu stellen und den kurzen Artikel zu lesen. Da stand nicht viel mehr, als dass sie geplanter Gast einer Talkshow war. Mit Sicherheit würde er sich diese Sendung am nächsten Abend anschauen. Dann hätte er wenigstens die Chance, sie wiederzusehen. Wenn auch nur übers Fernsehen.

*

Max hatte sich die Zeitung am Bahnhof geholt, saß jetzt bei Kerzenlicht in seiner Wohnung und streichelte das Foto seiner Heldin. »Wie hübsch du bist«, flüsterte er verliebt in Dodos lächelndes Konterfei. Er holte eine Schere aus der Küche und schnitt das Bild aus. Ein kleiner Rahmen stand schon bereit. Er hatte das alte Foto, das ihn am Strand von Ibiza mit einer langbeinigen Gazelle im Arm zeigte, entsorgt. Das war sein altes Leben. Nachdem alles zu seiner Zufriedenheit platziert war, stieg er über unzählige Kisten Richtung Bad.

Hier standen seit neuestem, hübsch sortiert nebeneinander, ayurvedische Reinigungsprodukte – sowohl für innen als auch für außen, zum Schlucken und zum Schmieren. Nach dieser Prozedur machte er sich gutgelaunt an seine Abendbeschäftigung. Er sortierte seine Klamotten aus. Armani-Anzüge, Joop-Hemden und Gürtel von Boss und Lagerfeld landeten in Kisten mit der Aufschrift »Hilfsprojekt 1«, »Hilfsprojekt 2« – durchnummeriert bis zwölf. Er wollte Gutes tun. Seine Assistentin hatte ihm verschiedene Hilfsprojekte im Internet herausgesucht. Für Kinder, Obdachlose, Vertriebene und für Tiere. Max hatte einen Rundumschlag gemacht. Er wollte allen helfen. Vor allem sich selbst. Auf dem Schreibtisch stapelten sich Aufnahmeformulare und Patenschaftsberichte von Kinderhilfswerken. Ein Kind in Bolivien? Eins ins Peru? Oder vielleicht doch Afrika? Oder überall?

Eine gewisse Verzweiflung kam über ihn. Es waren so viele, die Hilfe brauchten und um die er sich noch nie gekümmert hatte. Wie oft hatte er den Bettler an der Ecke übersehen. Wenn die Menschen doch nur alle ein bisschen wie er dächten, wäre das Elend viel schneller zu überwinden. Puh, Max schien erschöpft.

Meditieren wäre vielleicht die Lösung, um seine innere Unruhe in den Griff zu kriegen. Aber wie sollte er meditieren, wenn er bis vor einer Woche noch nicht einmal das Wort in seinem Hirn fest verankert hatte?

Er schob eine neu gekaufte Meditations-CD mit buddhistischen Weisheiten in seine Bang-&-Olufsen-Anlage, dachte kurz an die zweihundertsiebenundfünzig Euro, die er für das Basisprogramm »Auf der Suche nach dem Sinn des Lebens« ausgegeben hatte, und ließ sich von der sanften Stimme berieseln.

Trotz allem wurde er einfach nicht ruhiger. Schon nach fünf Minuten rappelte er sich wieder aus dem Schneidersitz – der Lotussitz schmerzte noch zu sehr in den Innenseiten der Oberschenkel – und stopfte die Hälfte seiner Designersocken und -krawatten in die Kiste mit der Nummer sieben. Für wen sollte die noch sein? Egal. Füße hat ja jeder. Bis auf die Minenopfer. Der blanke Zynismus dieses Gedanken schien ihm nicht aufzufallen. Max war total überfordert. Die Unruhe blieb.

Er stöberte weiter in den vielen Schätzen, die er gekauft hatte. In der Buchhandlung war er überwältigt gewesen von der Fülle an Angeboten, die Sinnsuchern zur Verfügung standen.

Es gab alles: esoterische Literatur und Lebenshilfe zwischen Buchdeckeln, Steine, Karten, CDs, Spiele, Rätsel, Runen. Flüchtig hatte er daran gedacht, möglicherweise nicht der einzige Mensch mit dem Wunsch nach einer Runderneuerung zu sein. Gab es womöglich noch Sinnesgenossen? Aber eigentlich gefiel ihm der Gedanke wirklich ausgezeichnet: er allein gegen den Rest der Welt. Superman. Spiderman. *Maxman.*

Er wurde immer unruhiger, als sein Handy klingelte. Er guckte aufs Display und zog erstaunt die Augenbrauen hoch. Nadine.

»Ja, du hast richtig gelesen. Ich bin's wirklich«, kicherte sie fröhlich in den Hörer, als er sich meldete.

»Was? Ich habe dir doch gesagt, dass ich keine Lust mehr habe, dich zu sehen.« Seine Stimme klang nicht ganz so barsch, wie es die Worte eigentlich vermuten ließen.

»Och, nun sei doch nicht so. Wir treffen uns heute Abend alle. Alex, Mario, Hansi – die ganze Clique. Tom hat alle zum Essen eingeladen in den neuen Laden in Mitte. Du weißt schon, der am Wasser. Und ich habe soooo lange nicht mehr an deinem Ohrläppchen geknabbert, Mäxchen.«

Am liebsten hätte er jetzt einen Spruch vom Dalai-Lama zitiert – ihm fiel nur keiner ein. Sein Gedächtnis funktionierte nicht ganz so gut bei diesen Sachen.

»Nein. Ich habe hier wirklich andere Dinge zu tun. Für welche Kinder ich Patenschaften übernehmen soll. Und so …« Er klang bedeutend selbstbewusster, als er sich im Grunde seines Herzens fühlte.

Nadine lachte noch lauter »Och, wie süß. Onkel Max. Komm schon, Max: Wir wissen beide, dass wir Blagen nicht ausstehen können. Komm doch mit. Ich habe Lust auf dich.«

»Schluss jetzt. Ich habe keine Zeit. Für dich.«

»Fuck you«, sagte Nadine zum Abschied und legte auf. Na,

dann mach mal, dachte sie noch, bevor sie die Nummer ihres neuen Sponsors wählte.

Zwei Wochen würde sie Max noch geben – für gewöhnlich war das die Zeit, die sie brauchte, um ihn zurückzuerobern. Diesmal allerdings war sie sich nicht ganz sicher. Max schien verändert. Das spürte selbst die in der Glitzerwelt so fest verankerte Nadine.

Max ließ sich auf sein Zebra-Designer-Sofa fallen, schaltete den Flat ein und starrte auf das riesige Bild, das Tierbabys aus dem Berliner Zoo zeigte. Und immer wieder Bilder von diesem Eisbärenbaby. Von der Mutter verlassen. Ohne Pfleger wäre es jämmerlich zugrunde gegangen. War das ein Zeichen? Er fühlte sich gerade sehr, sehr einsam. Jetzt war es an der Zeit, eine Durchhalte-SMS an Dodo zu formulieren. Fragte sich nur, wer durchhalten sollte: sie oder er. Im Grunde konnte er sich nicht erinnern, wann er in den letzten zehn Jahren mal einen Abend allein zu Hause verbracht hatte. Und, ganz ehrlich, spürte er einen gewissen Druck in seinen Lenden. Der Weg der inneren Reinigung war ja ganz schön, aber diese Enthaltsamkeit machte ihn noch nervöser. Er hielt's nicht lange auf dem Sofa aus, verließ die Wohnung und fuhr mit dem Porsche durch die Waschanlage. Das war eine wunderbare Ersatzbefriedigung. Das half ja irgendwie allen Männern. Er verwarf blitzschnell den Gedanken von vorgestern, den Wagen einzutauschen gegen ein ökologisch korrektes Fahrrad.

Das Wasser klatschte gegen die Scheiben, als der Wagen langsam durch die Anlage geschoben wurde. Max sah in den Wirrwarr aus Bürsten, Schaum und Wasser, und plötzlich hatte er eine Vision: Dodo mit Nonnenhäubchen und sinnlich roter Zungenspitze zwischen den Lippen – oben ohne! Mit Schwamm in der Hand. Sie kam immer näher und näher, ließ die Hände um ihre Brüste kreisen. Kurz bevor er die Kontrolle zu verlieren drohte, platzte die Seifenblase. Was ist nur los mit mir?, fragte er sich verzweifelt. Und laut schrie er durch das Getöse der Waschanlage: »DODO, RETTE MICH!«

Kapitel 16

Ich rannte durch die Wohnung und suchte verzweifelt das Fax von der Steiner-Redaktion. »TV-Briefing« stand da drüber – so viel wusste ich noch. Den Rest hatte ich vergessen: wann der Zug fuhr und wo ich eigentlich hinmusste. Außerdem wurde ich zusehends nervöser.

Meine Klamotten lagen ausgelüftet nach ihrer Generalprobe auf meinem Bett, bereit für einen erneuten Einsatz. War diese Generalprobe eigentlich gefloppt oder gelungen? Sowohl als auch. Aus meiner Jungfrauen-Sicht war natürlich alles perfekt, er hatte mir geglaubt. Aus meiner Sicht als Frau war es ein klassisches Eigentor. Die Geister, die ich rief … Wer anderen eine Grube gräbt … Es gab keinen Zweifel: Ich war ein Trottel. Aber zum Glück wusste das ja keiner. Und im Grunde hatte ich auch keine Zeit, darüber nachzudenken. Ich brauchte meine Kräfte und volle Konzentration für den Auftritt. Klar war auch, dass ich keinen Zweifel zulassen durfte. Alles war gut.

Ich setzte mich aufs Bett und atmete tief durch. Plötzlich überkam mich ein Gefühl von Panik. War ich gut genug vorbereitet? Glaubte ich immer noch daran, die Nation blenden zu können mit meinen geklauten Argumenten? In Gedanken versunken kraulte ich Inge, die zusammengerollt neben meinem Kopfkissen lag. Unter ihr sah ich etwas blitzen – mein Briefing! Völlig zerknüllt und ein bisschen schmutzig zog ich die Unterlagen unter meinem Hund hervor, der darauf kurz böse knurrte. Immerhin waren die wichtigsten Stellen noch zu entziffern.

Produktion: Talk mit Lukas D. Steiner

Produktionsort: Hamburg

Adresse: schade. Fleck von Inge. Ich konnte sie nicht entziffern, glaubte mich aber zu erinnern, dass man mir einen Fahrer schicken wollte.

Anreise: Freitag, 13.45 Uhr – ICE 234

Jetzt war es 11.15 Uhr. Ich musste mich beeilen.

Ankunft: 15.15 Uhr, Hamburg HBF

Abholung HBF Richtung Studio mit VIP-Fahr-Service

Das Wort VIP gefiel mir gerade sehr gut! Ich bekam automatisch wieder bessere Laune. Ich las weiter:

Wichtiger Hinweis: Bitte geben Sie Ihre neunstellige Reservierungsnummer am HBF in den dafür vorgesehenen Automaten ein. Sie bekommen dann Ihr Ticket und die Sitzplatzreservierung. Bitte verlieren Sie diese Nummer nicht!

Nach der Anreise

Maske: 16.00 (eine Stunde eingeplant)

Ich war zweiunddreißig! Brauchte ich einen Stukkateur? Was sollte ich eine Stunde in der Maske sitzen, für ein bisschen Wimperntusche und Lippenstift?

Aufzeichnung: 18.30 – 19.30 Uhr

Ich fragte mich, was ich wohl in diesen eineinhalb Stunden zwischen Maske und Sendung tun würde? Mich in Jungfrauenstimmung versetzen wahrscheinlich. Hoffentlich war der Maskenbilder nicht so sexy. Man konnte ja nie wissen … Schließlich hatte ich im Moment einen Lauf. Und ich nahm mir fest vor, nicht mit dem Moderator zu flirten.

Ich ging noch mal aufs Klo, packte mein kleines Reiseköfferchen, das mir Diana geliehen hatte, und schnappte den

Hund. Da Inge gerade wieder unter akuten Blähungen litt, hatte Özgür sie nicht nehmen wollen. Diana lag flach mit ihrer dauerhaften Magenverstimmung, Lotto hatte andere Termine und Mama wieder eine Krise – diesmal war's die Pellkartoffeldiät. Die setzte ihr sehr zu. Schlimm.

Nun musste ich dieses Vieh also doch mitnehmen. Trotz des missglückten Friseurbesuchs. Da Inges Fell jetzt sehr schief geschnitten war, strich ich die linke Seite mit etwas Haargel zurück. Das lenkte auch von ihrem Eigengeruch ab. So präpariert machten wir uns beide auf den Weg zum Hauptbahnhof.

Im Taxi überflog ich dann noch die Gästeliste der Sendung – ich hätte es vielleicht doch vorher tun sollen.

Mit mir im Studio würden sitzen:

Bruno Baatz, Starfriseur aus Berlin (er sprach sich übrigens Brüüno Baaaaatz – mit einem langen Ü vorne und einem noch längeren A hinten). Er hatte gerade ein Buch herausgegeben (»Schnipp schnapp – Spitzchen ab«) und nahm darin wohl seine berühmtesten Kundinnen »liebevoll« auf die Schippe – so stand es jedenfalls im Text neben seinem Namen.

Dann würde da noch eine Dame sitzen, die bekannt war als Roxana Haase. Warum sie allerdings bekannt war, wusste keiner so richtig. Wahrscheinlich lag es an den vielen Männern, mit denen sie gesehen wurde. Im modernen Sprachgebrauch nannten sich solche Mädels »It-Girls«, meine Mutter würde Schlampe sagen. Meine Fantasie reichte kaum aus, mir vorzustellen, wie wohl der Talk verlaufen würde zwischen Deutschlands Jungfrau Nummer eins – mir! – und Deutschlands öffentlichster »Begleiterin« – ihr!

Die Runde wurde bereichert von einem Knigge-Forscher, der erstaunliche Fragen beantworten konnte, zum Beispiel »Wie sage ich meinem Freund, dass er Mundgeruch hat?«

oder »Darf man vom Friedhof geklaute Blumen zum Geburtstag verschenken?«

Kurzfristig wunderte ich mich über die Themen, mit denen sich Menschen in ihrem Leben so beschäftigten.

Die Redaktion hatte sicherlich viel Spaß gehabt bei der Zusammenstellung dieser Liste.

Dann folgten noch ein paar Namen von Experten, die im Publikum sitzen und bei Bedarf ihren Senf dazugeben würden. Ich hoffte inständig, dass keiner der Experten sich intensiv mit mir befassen würde. Aber wieso auch – wahrscheinlich würde das Interview mit mir nur drei Minuten dauern, alle anderen waren prominent und aus meiner Sicht viel spannender.

Am Bahnhof zahlte ich das Taxi. Der Fahrer war froh, dass Inge und ich seinen Wagen endlich verlassen hatten und packte, noch bevor ich die Tür zugeschlagen hatte, einen weiteren Vanille-Duft-Baum aus, den er mit einem pikierten Gesicht an seinen Innenspiegel hängte. Okay, Inge hatte durch ihre Blähungen das Atmen extrem erschwert – vor allem für Menschen, die nicht mit ihrer Duftnote vertraut waren. Ich roch es schon gar nicht mehr so richtig. Aber ganz ehrlich – Vanille-Duftbäume waren für mich eine noch größere Qual.

Ich zog den Hund hinter mir her und machte mich auf die Suche nach diesem Automaten, den Zettel mit der neunstelligen Buchungsnummer griffbereit in der Hand.

Ich fand ihn, nachdem ich gefühlte sieben Bahnangestellte gefragt hatte. Ich versuchte, das System zu durchschauen, hatte es schnell im Griff und konzentrierte mich auf die fehlerfreie Eingabe meiner Zahlenschlange. Im Grunde kein Problem, wenn nicht der Zug in zehn Minuten gefahren wäre und meine Zahlenkombination keine fünf Dreien in Folge ausgewiesen hätte. Ich vertippte mich. Schuld war der blöde Touchscreen, der erst gar nicht und dann viel zu schnell reagierte. Das laute Schnaufen und genervte Aufstampfen des sich offensichtlich noch mehr in Eile befindenden Kerls hinter mir beschleunigte das Ganze auch nicht unbedingt.

Als ich endlich alle Papiere ausgedruckt in meiner Hand hielt, blieben mir noch drei Minuten, das Gleis zu finden und den Zug zu besteigen. In letzter Sekunde hüpfte ich in den Waggon. Inge war komplett gestresst vom Gezerre und Gezuppel an ihr und bellte lauthals ihren Ärger heraus. Ich schrie dagegen, sie solle doch endlich die Klappe halten. Bedeutend lauter und auffälliger als der Rest der Fahrgäste suchten wir unser Plätzchen.

Kaum hatte ich mich erschöpft in meinen Erste-Klasse-Sitz fallenlassen, drehte sich der Mann vor mir genervt um und zischte ein gereiztes »Hrrrrrrr« durch seine Jacketkronen. Dann schüttelte er noch den Kopf und sah mich mit Mördermiene an. Sein Blick blieb auf meiner Frisur hängen. Dann sah er auf den Hund, den ich auf meinem Schoß festhielt, und sein Entsetzen kannte keine Grenzen mehr. »Kein Wunder«, schnauzte er. »Kein Stil, keine Frisur, kein Benehmen. Ich hasse Zugfahren.«

Ungewöhnlich gelassen formulierte ich nur: »Ist ja gut.« Ich fühlte eine gewisse Altersmilde in mir, wahrscheinlich lag es daran, dass ich auf dem besten Weg war, meine öffentliche Absolution zu erhalten. Was sollte mich da die schlechte Laune eines älteren Herrn mit Halbglatze und Bauchansatz stören?

In dem Moment guckte ich etwas genauer hin: Der Mann sah aus wie Bruno Baatz. Es *war* Bruno Baatz. Mein Mit-Talker in der Runde. Der Friseur. Das hatte ja gut angefangen. Ich wünschte, der Spruch »keine zweite Chance für den ersten Eindruck« würde in diesem Fall nicht gelten.

Endlich hatte ich mich eingerichtet und der Köter sich gerade etwas beruhigt, als uns die nächste Prüfung bevorstand. »Alle neu Zugestiegenen, die Fahrausweise bitte.« Der Schaffner kam durchs Abteil. Hatte ich schon erwähnt, dass Inge Uniformen hasste? Egal, ob Müllmann, Postbote oder Polizist – sie rastete jedes Mal komplett aus. Gleichermaßen angewidert war sie übrigens von Menschen mit Schweißgeruch. Das musste ein rudimentäres Überbleibsel aus der Zeit vor der angedrohten Todesspritze sein.

Das Auftauchen des netten Zugmitarbeiters führte also schlagartig zu einem Totalausstieg aus den gängigen Hunde-Umgangsformen. Sie kläffte, so laut sie konnte, und fletschte wie ein Werwolf die Zähne. Die Lautstärke war apokalyptisch, und mein dagegengebrülltes »Sie tut aber nix« in Richtung meiner Mitreisenden wirkte an dieser Stelle extrem unglaubwürdig. In meiner vollkommenen Verzweiflung hielt ich dem Hund die Schnauze zu und versuchte, durch ein lässiges Grinsen zu zeigen, wie charmant wir in Wirklichkeit waren.

Inge wand sich unter meinem Griff, und einen Moment lang hatte ich das große Bedürfnis, sie zu hauen. Das Chaos wurde erst recht unübersichtlich, als der Friseur den Schaffner anblaffte: »Was wollen Sie von mir? Welche Fahrkarte? Sie … Sie … Schaffner. Sie sind ja komplett talentfrei! Wissen Sie denn nicht, wer ich bin?«

»Das ist mir ganz egal, wer Sie sind. Ich bin der Typ, der Ihnen die Kohle abnimmt, wenn Sie in diesem Zug reisen wollen. Und wenn Sie nicht bezahlen, fliegen Sie. Hier raus. Und zwar sofort. Ganz einfach. Also … Jetzt hätte ich gerne ihre Fahrkarte!«

»Nun seien Sie doch nicht so grundsätzlich. Sicher hat der Herr Baatz irgendwo eine Fahrkarte. Der fährt nämlich dahin, wo ich auch hinmuss. Und die Redaktion hat Fahrkarten organisiert. Stimmt's, Herr Baatz? Ich bin übrigens Dorothea von Schretten, die Jungfrau.« Damit steckte ich dem Promi-Friseur die linke Hand entgegen, die rechte umklammerte immer noch ganz fest Inges Schnauze.

»Und ich bin Brüüüüüüno Baaaaaaatz, Starfriseur!«, sagte er zu mir und ignorierte meine Hand. »Fünfundneunzig Prozent aller Deutschen kennen mich!«, ergänzte er seinen Satz Richtung Schaffner.

»Meine Omma schneidet auch der ganzen Familie die Haare. Zahlen muss sie trotzdem, wenn sie Zug fahren möchte. Aber sie hat eine Bahncard. Also, was ist jetzt: Fahrkarte, Geld oder laufen?«

Ungnädig zog Bruno Baatz seine Kreditkarte aus einem Louis-Vuitton-Portemonnaie und erledigte die nötigen Formalitäten.

Ich begriff, wie sich echte Promis verhalten: Die stellen sich nicht an einen Automaten und tippen unzählige Zahlen ein. In Zukunft würde ich das auch anders machen. Ich lächelte ihn an in der Hoffnung, ein bisschen mit ihm quatschen zu können. Doch er zog eine aktuelle *Bunte* aus der Tasche und schob sie sich direkt vors Gesicht. Na gut, wir hatten ja nachher noch genug Zeit zu reden – in der Maske oder so.

Unerwartet ließ er dann doch die Zeitung sinken und sagte: »Übrigens, ich bin hier abgebildet mit Paris Hilton.« Und damit beendete er die Kommunikation wieder.

Ich war beeindruckt. Mit Paris Hilton. Wow.

Zweite Regel: Wann geredet wird, bestimmt der Prominente. Und worüber geredet wird, auch: über sich selbst. Ich begann zu ahnen, dass es nicht leicht war, prominent zu sein, und hoffte, dass nicht alle so waren.

Bruno Baatz schien sich relativ schnell mit seiner Lektüre zu langweilen. Er schmiss das Blatt auf den Boden, stand auf, reckte sich, griff nach seinem Handy – dummerweise war hier kein Empfang – und latschte durch die Sitzreihen der ersten Klasse, blieb hier und da stehen und teilte ernsthaft mit:

»Ich bin heute Abend im Fernsehen. Müssen Sie unbedingt gucken. Lukas D. Steiner, ZDF, zweiundzwanzig Uhr dreißig.«

Ein Herr blickte leicht konsterniert. Einer Zugpassagierin strich er ungefragt durch die Haare und brummelte: »Da muss ja auch mal wieder Farbe rein.« Er wollte im Grunde keine Kommunikation, er wollte sich offensichtlich nur die Zeit vertreiben. Dann war ich an der Reihe.

»Is ja doll. Sie sind Jungfrau? Kann man denn davon leben? Na ja, ist ja auch wurscht. Irgendwann finden Sie schon einen. Sie sind ja ganz hübsch. Aber Ihre Haare …« Wollte er jetzt mit mir reden? Eine Antwort? Ich war unsicher.

Zum Glück vergingen die anderthalb Stunden Zugfahrt wie im Flug. Da Brüüüüno Baaaatz etwas wacklig auf den Beinen war, half ich ihm in meiner neuen Promi-Solidarität aus dem Waggon. Er stützte sich schwer auf mich. Gerade wollte ich ihn zurechtweisen, dass ich nicht seine Simone Rethel sei, da kam der Fahrer des VIP-Services auf uns zu und übernahm die Aufgabe. Der Weg ins Studio verlief außergewöhnlich unspektakulär. Sogar Inge hielt die Klappe. Sie hatte wahrscheinlich Schmerzen im Kiefer von meinem festen Griff.

Wir wurden von lauter gutgelaunten, fröhlichen, blonden, kostümchentragenden, lächelnden, kompetenten Redakteurinnen, Assistentinnen und Hostessen begrüßt und in die Maske geführt. Hier waren alle supernett. Nur der Herr Baatz nicht. »Ich brauche keine Maske«, befahl er kurz und knapp.

»Doch. Sie glänzen.« Die Maskenbildnerin lächelte ihn an, während er auf ihr herumtätschelte. »Schätzchen, ich mache das hier nicht zum ersten Mal. Sie wissen aber schon, wer ich bin? Achtundneunzig Prozent aller Deutschen kennen mich!«

Waren es nicht eben noch fünfundneunzig gewesen? Ich dachte kurz über diese absurde Zahl nach und schlussfolgerte, dass achtundneunzig Prozent auch Säuglinge und Greise umfassen mussten. Und ich war mir ziemlich sicher, dass zum Beispiel mein Vater den Herrn Baatz nicht kannte.

In dieser Sekunde kam der Moderator um die Ecke gebogen – er war genauso entzückend, charmant, liebenswert und umgänglich wie seine Mitarbeiterinnen. Er begrüßte alle Gäste gleichermaßen kurz, aber freundlich, stellte sich vor und sagte dann fröhlich: »Ich freue mich auf Sie. Wir sehen uns gleich in der Sendung.«

Mein Körper reagierte prompt: Herzrasen, Magenkrämpfe, Schweißausbrüche, Blutleere im Kopf, völlige Panik und der unbändige Wunsch, weglaufen zu wollen. Was hatte ich mir da angetan? Ich ging aufs Klo und ließ mir kaltes Wasser über die Handgelenke laufen. Mein Gesicht im Spiegel war blass. Jetzt verstand ich auch, warum eine Maske beim Fernsehen eine Stunde brauchte …

Kapitel 17

Thorsten Findler machte es sich in seinem Schreibtischsessel gemütlich und grinste in den Computer. Früher war das alles viel komplizierter gewesen. Jede Recherche hatte Stunden gedauert. Man musste ins Archiv, sich durch Berge von alten Zeitungen wühlen, staubte vom Scheitel bis zum Fuß ein und musste sich die wichtigsten Informationen gewöhnlich vor Ort holen. In seinem Leben hatte er, zusammengerechnet, viele Monate vor irgendwelchen Häusern gelungert und gewartet, fremde Leute beschattet, Fotos geklaut, gelogen, manipuliert und bestochen. Er war nass geworden vom Regen, durchgefroren, bei fünfunddreißig Grad beinahe einem Hitzekollaps erlegen – alles für ein paar Informationen und eine gute Geschichte.

Jetzt schaltete er den Computer ein und ging ins Internet. Er googelte »Dorothea von Schretten«. Zuerst bauten sich die aktuellen Artikel auf – darunter auch seiner. Es folgten ein paar Artikel über ihren Vater – als Zoodirektor hatte sich da einiges angesammelt. Auch die Zoo-Pressestelle war regelmäßig vertreten. Er las sich durch die Artikel.

Dann endlich fand er eine heiße Spur. Den Namen ihres Gymnasiums. Na bitte. Jetzt wurde es noch einfacher. Die hatten eine wunderbare Homepage mit den Namen aller Ehemaligen, die zurück bis zur Abiklasse des Jahres 1970 reichten. Er fand hunderte von Namen, nach Klassen sortiert. Jeder konnte sich, wenn er wollte, mit jedem vernetzen. Heute war die Welt gläsern und durchsichtig. Im Grunde beängstigend. Nach nicht einmal zehn Minuten hatte er eine fast komplette Namensliste der Mitschüler in ihrer Oberstufe recherchiert. Jetzt musste er nur noch die entsprechenden Telefonnummern finden und clever agieren.

Er dachte angestrengt über seinen Rechercheweg nach: Sollte er mit einer Frau telefonieren? Zwar änderten die für gewöhnlich ihre Namen, wenn sie heirateten, aber sie plapperten dafür umso lieber. Oder doch mit einem Mitschüler? Vielleicht hatte er ja Glück und traf sogar Dodos große Schulliebe. So was hatte doch jeder! Er arbeitete sich durch die Namen: Ingo Schmitt, Holger Krause, Sven Lippschitz (der wurde von allen bestimmt Lippe genannt, schoss dem Reporter durch den Kopf), Jürgen Donners und Ralf Reuter. Die Liste der Mädchennamen war sogar noch länger, insgesamt waren es fünfundzwanzig ehemalige Mitschüler. Er bediente sich an seinem Internet-Telefonbuch und suchte die entsprechenden Nummern zu den Namen heraus.

Er fand eine Iris Wolter. Sie lebte immer noch in Berlin, gleich um die Ecke der Schule.

Damit wollte er anfangen. Auf sein Bauchgefühl konnte er sich immer verlassen. Er war der geborene Reporter, mit Spürnase und sechstem Sinn ausgestattet. Thorsten Findler wählte die Nummer.

»Wolter«, meldete sich eine angenehme, weibliche Stimme mit einem ungewöhnlich rauen Timbre.

»Guten Tag. Mein Name ist Thorsten Findler, Berliner Blatt. Ich hoffe, ich störe nicht gerade.«

»Nö, ich habe Grippe und liege im Bett. Ich freue mich über Abwechslung. Was gibt's denn? Habe ich was gewonnen?«

»Leider nicht. Aber ich habe mal eine Frage: Sie kennen

doch Dorothea von Schretten.« Es war mehr eine rhetorische Frage.

»Klar, ich bin mit ihr in eine Klasse gegangen. Wieso?«

»Sie ist schon erstaunlich …« Findler versuchte, sich möglichst alle Optionen offenzuhalten, um nach Bedarf zu reagieren. Wäre Iris eine Freundin, würde er Dodo über den Klee loben, wäre sie eher die Gegenfraktion, sich mit ihr gegen Dodo verbünden. Das war seine Spezialität. Er konnte Menschen ins Vertrauen ziehen und ihnen eine große Portion Sicherheit vermitteln – und erfuhr so alles, was er für seine Recherche brauchte. Und das immer ohne schlechtes Gewissen. Das war sein Job.

»Ach, finden Sie?«, fragte die Angerufene leicht schnippisch. »In der Schule hatte ich nie so einen Draht zu ihr.« Sie musste husten.

Der Reporter hoffte, dass sie sich genug langweilte, um alles auszuplappern.

Er fuhr fort: »Ich glaube, es gibt viele, die mit ihr nicht so richtig können. Kein Wunder eigentlich, bei dem, was sie so treibt.«

»Meinen Sie die Sache mit der Jungfrau im Radio? Ich habe sehr gelacht. Die und Jungfrau. Unglaublich, was sich Menschen so alles einfallen lassen. Sie ist doch mit Sven gegangen. Der Nachname ist mir entfallen. Wir haben ihn nur Lippe genannt. Alle Mädchen waren in ihn verknallt. Ich nicht, natürlich. Er war überhaupt nicht mein Typ. Und dann wäre sie fast durchs Abi gefallen, weil es einen riesigen Zoff gab. Sie war nämlich mit ihrer Schwester im Urlaub und hat sich da in einen Skilehrer verliebt. Ach du meine Güte, war da was los! Sven ist durchgedreht und abgehauen, als er das erfahren hat. Es war aber auch nicht zu übersehen. Sie kam mit einem riesigen Knutschfleck am Hals wieder. Als Sven wieder da war, hat er sich am Schultor festgekettet, um für seine Liebe zu demonstrieren. Dodo musste anschließend für zwei Wochen im Zoo arbeiten, als Strafe. Und das kurz vorm Abi. Und weil man die beiden trennen musste voneinander! Man wusste nie, ob die sich jetzt in Liebe vereinigen oder sich die Köpfe einschlagen. Ein Theater war das damals. Sogar die Schülerzeitung hat darüber geschrieben. Die beiden waren ja DAS Liebespaar der Schule und wollten sich sogar tätowieren lassen. Wir alle haben fest geglaubt, dass die heiraten und für immer zusammenbleiben würden. Durchbrennen nach Gretna Green oder Las Vegas! Und dann kam diese Skireise … Das ist alles so lange her. Ooops, ich rede so viel. Das dürfen Sie aber nicht alles schreiben, ist doch klar, nicht?« Sie hustete diesmal etwas länger. Das Reden strengte sie offensichtlich an.

»Das ist doch eine schöne Sache, so eine Jugendliebe. Das hatte ich nicht. Na ja, nichts hält für immer. Haben Sie denn noch Kontakt zu ihren Mitschülern?« Er war ihrer Bitte, nichts zu veröffentlichen, professionell ausgewichen.

»Kaum. Die meisten sind verheiratet. Viele wohnen auch nicht mehr in Berlin. Sven zum Beispiel ist nach dem Studium nach Sylt gezogen. Er hatte Architektur studiert, hat jetzt aber eine Kneipe, glaube ich. Sylt! Er war immer so ein Surfer-Typ …« Dann hustete sie wieder. Das war die Gelegenheit für ihn, das Gespräch abzubrechen.

»Gute Besserung dann. Und wenn Sie mal was gewinnen, rufe ich Sie gerne wieder an.«

Beide legten lachend die Hörer auf – und beide lachten sich ins Fäustchen.

Thorsten Findler dachte an den Alten Fritz. Der Preußenkönig hatte einen Leitspruch gehabt: »Fortune braucht der Mensch.« Glück. Und das schien heute definitiv bei ihm der

Fall zu sein. Er holte sich übers Internet das Sylter Telefonbuch auf den Bildschirm und suchte nach Lippe.

Auch das war kein Problem. Es gab nur einen Lippschitz auf der Nordseeinsel: Sven Lippschitz. Er schien ein größeres Strandlokal zu führen, das unter seinem Namen eingetragen war. Es hieß *Bardodos*. Findler musste schmunzeln. Guck mal an, wenn das kein Zufall war. Wie süß! Er hatte seine Jugendliebe mitgenommen auf die Insel und den Namen mit Karibikflair versüßt. Und mit ein bisschen weiterem Glück hätte Sven keine Ahnung, was in Berlin so los war. Voller Vorfreude wählte er die Nummer des Ex-Lovers der National-Jungfrau – die mit Sicherheit seit fünfzehn Jahren keine mehr war!

Er rief im Restaurant an. »Der Chef ist surfen«, antwortete die junge Frau am Telefon. »Der kommt immer erst gegen zwei. Soll ich was ausrichten?«

»Nein, ich versuch's dann noch mal. Danke.«

Mist. Glückssträhne kurzfristig unterbrochen. In dieser Sekunde schlenderte Julia Petzolt an seinem Schreibtisch vorbei. Seit sie sich mit dem Chef entzweit hatte, hatte ihr Arbeitseifer deutlich abgenommen. »Na, biste fleißig?«, fragte sie müde. »Ich hole mir einen Kaffee. Willst du auch einen? An was arbeitest du überhaupt? Wieso Sylt?«

Sie hatte auf seinen PC geschielt und die Sylter Adresse gesehen.

»Äh, nichts weiter. Ich suche mir eine Unterkunft. Will mal weg übers Wochenende. Aber bitte nicht weitersagen. Der Chef hat es ja nicht so gern, wenn wir privat im Netz unterwegs sind. Ja, Kaffee ist gut. Ich komme mit in die Kantine. Habe noch etwas Zeit.« Er lächelte die Chefreportetin schief an. Zum Glück war damit ihre ohnehin schwache Neugier befriedigt.

Uff, dachte Thorsten Findler, gerade noch mal gut gegangen. Diese Großraumbüros boten kaum Sicherheit vor neugierigen Blicken. Während sie langsam vorauslief, schloss er seine Dateien und folgte ihr.

Der Kaffee hatte gutgetan – jetzt war es kurz nach vierzehn Uhr, und er machte sich frisch gestärkt ans Werk. Also, Lippe. Jetzt bist du dran. Er wählte die Sylter Nummer. Diesmal ging der Chef persönlich ans Telefon, und Findler stellte sich fröhlich vor.

»Sie kennen doch Dorothea von Schretten?«

»Dodo? Klar … Wieso?« Die Stimme klang amüsiert, neugierig und kräftig. Er musste ein sympathischer Junge sein.

»Na, die ist doch hier in Berlin gerade eine große Nummer!« Jetzt galt es, die richtigen Worte zu finden: nicht zu forsch, nicht zu negativ, nicht zu viel auf einmal. Findler hatte keine Ahnung, wie viel Sven wusste und wie er inzwischen zu seiner verflossenen Liebe stand.

»Ach ja? Ich weiß davon nichts. Hier kriegt man kaum was mit. Sylt ist echt weit weg vom Schuss. Was für ’ne Nummer ist Dodo denn? Und was habe ich damit zu tun?«

»Sie moderiert eine Sendung im Radio. Und das macht sie mit sehr viel Erfolg. Sie ist der Knaller. Alle lieben sie. Wir wollen ihr nun eine ganze Serie widmen und recherchieren ein bisschen um ihr Leben herum. Aber sie darf es noch nicht wissen. Soll ja eine Überraschung sein. Nette Idee, oder?« Er hatte ja nicht wirklich gelogen. Nur entscheidende Zwischenteile weggelassen.

»Dodo macht Radio? Cool. Das sie so was kann … Und was wollen Sie jetzt von mir?«

»Ich würde gern wissen, wie sie so war als Mädchen oder, besser, junge Frau. Sie waren ja sehr eng mit ihr befreundet. Ihr erster *richtiger* Freund.« Er hoffte, er hatte das Wort »richtiger« mit der entscheidenden Mischung aus Unschuld und Frivolität betont.

»Ja, wir waren ziemlich lange zusammen. Leider hat's ja dann nicht geklappt. Sie hat mich wegen eines Skilehrers verlassen. Toni hieß der, aus Tirol. Aber unsere Zeit war toll. Ich mochte auch ihre Eltern, nette Leute. Vor allem der Vater. Und sie hat auch so 'ne witzige Tante. Die wird von allen nur Lotto genannt. Scheiße, ich hätte sie damals beinahe geheiratet. Wir wollten nach Gretna Green durchbrennen. Damals hab ich gedacht, ich würde mich nie von der Trennung erholen.«

»Haben Sie denn damals auch schon zusammengewohnt?«

»Nein, aber wir waren natürlich viel zusammen. Manchmal haben wir in der Wohnung ihrer großen Schwester übernachtet. Die ist ein paar Jahre älter und hatte schon 'ne eigene Bude. Wir hatten viel Spaß.«

Der nächste Satz kostete Thomas Findler einiges an Überwindung. Es war nie ganz einfach, Menschen derart auf den Pott zu setzen. Er überlegte eine Strategie. »Wissen Sie eigentlich, dass Dodo sehr erfolgreich ist als Sex- Ratgeberin?«

»Ach, ehrlich?« Sven Lippschitz lachte von Herzen. »Wer hätte das gedacht? Mein scheues Mädchen. Aber bitte! Stille Wasser sollen ja manchmal tief sein.«

»Und schmutzig ...« Auch Findler lachte. Gezwungen. Denn noch fehlte ihm die entsprechende Information. Er dachte schon, Sven würde nie in seine Falle tappen. Doch dann passierte das Wunder. »Na ja, ich war ja ihr erster Mann. Und beim ersten ist man da vielleicht noch etwas zurückhaltender. Wir sind zwar oft tagelang nicht aus dem Bett gekommen, aber reden wollte sie damals nie über Sex. Sie war so süß!«

Bingo. Perfekt. Findler hatte die Information, die er brauchte. Er sah schon die Schlagzeile vor sich: WIR SIND TAGELANG NICHT AUS DEM BETT GEKOMMEN!

Auf der Homepage der Sylter Bude war natürlich auch ein Foto vom smarten Sven. »Nur so pro forma«, fragte er freundlich, »falls ich es brauche: Darf ich das Foto von Ihrer Homepage runterziehen und drucken? Vielleicht machen wir die Hommage an Dodo ja doch größer …«

»Na klar, die wird sich wundern. Und grüßen Sie sie schön. Ich möchte nicht unbedingt mit ihr reden. Außerdem habe ich ja eine Freundin, und die reagiert immer sehr eifersüchtig.«

Bewegt legte Sven Lippschitz auf und hatte nicht die Spur einer Ahnung, dass er der Auslöser einer Katastrophe sein würde. Er verbrachte den Rest des Tages damit, liebevoll an Dodo zu denken. Er hatte seinen Laden damals eigentlich *Barbados* nennen wollen – auf Sylt war es durchaus üblich, Strandkneipen Namen exotischer Inseln zu geben. Aber er hatte sich in Gedanken verschrieben – und es war Bardodos daraus geworden. Der Name hatte ihm Glück gebracht.

Es war aber auch wunderschön dort, direkt am Strand. Man musste gut hundert Meter auf einem Holzsteg durch die Dünen laufen, um in seinem rustikalen Restaurant zu landen. Die Terrasse war groß und gemütlich, gegen den Wind durch große Scheiben geschützt. Sylturlauber liebten es hier draußen – besonders romantisch war es, wenn die Sonne im Meer versank. Dazu chillige Musik, das Schreien der Möwen, ein gutes Glas Wein, Krabbenbrot und kuschlige Decken gegen die selbst im Sommer oft schneidende Kälte. Manches Mal hatte er sich gewünscht, mit Dodo hier zu sitzen. Er schielte auf seine Freundin Katja, die abends manchmal hinter der Bar Gläser spülte, und seufzte.

In der Redaktion des Berliner Blatts legte Thorsten Findler eine Pause ein. Er war erschöpft. Menschen derart aufs Glatteis zu führen bereitete ihm auch nach so vielen Jahren noch Stress. Als er sich ein bisschen erholt hatte, machte er weiter. Der Nächste auf seiner Liste war Toni aus Tirol. Das würde schwieriger werden.

Als er um Viertel vor neun die Redaktion verließ, hatte er nach stundenlanger Recherche Toni ausfindig gemacht, und nach viel Gerede konnte der Depp sich auch noch an die kleine Berlinerin erinnern. Skilehrer schienen einen gehörigen Durchlauf zu haben.

Bei der Recherche war er noch auf zwei weitere Namen gestoßen. Mit den Jungs würde er morgen reden. Damit lag die selbsternannte Jungfrau in ihrem Männerverschleiß schon eindeutig über dem statistischen Durchschnitt, bei der Anzahl der Sexualpartner in diesem Alter. Und das waren nur die, die er gefunden hatte.

Auf der Fahrt nach Hause schaltete er das Radio nicht an. Er wollte sie auf keinen Fall hören. Denn er wusste, was seine Recherche und die Geschichte, die er spätestens übermorgen schreiben würde, auslösen könnte: den Super-Gau im Leben der Dorothea von Schretten. Und den ihrer Familie auch. Wenn es nicht sein Beruf wäre, würde er sich jetzt hassen.

Was er nicht wusste war, dass es Dodo genau zu diesem Zeitpunkt ziemlich schlecht ging. Sie saß nervös in der Aufzeichnung einer Talkshow, die spätabends bundesweit über die Bildschirme flattern würde. Ganz Deutschland würde morgen ihre Geschichte kennen. Im Radio moderierte heute ihre Kollegin Silke – auch sie machte ihre Sache ganz gut. Aber auch das wusste der Reporter nicht.

Kapitel 18

»So, Frau von Schretten. Wollen wir dann mal?«

Die nette Redakteurin nickte in Richtung Maske und machte damit klar, dass ich jetzt an der Reihe war. Sie nahm mir Inges Leine aus der Hand.

»Ihren Hund lassen Sie mal in der Garderobe. Wir kümmern uns um ihn. Und einer unserer Security-Männer wird mit Ingechen auch mal Gassi gehen.«

Die Nummer mit dem Security-Mann für Inge gefiel mir am besten. »Ja, Inge, viel Spaß dann beim Drill-Sergeant. Vielleicht kannste ja danach einen Zehn-Kilo-Rucksack durch die Pampa schleppen – bei Nacht!«

»Sie haben aber schon ein spezielles Verhältnis, Sie und Ihr Hund. Haben Sie eigentlich Kinder? Ups, ich Dummerchen … Entschuldigung …«

Damit erinnerte sie mich schlagartig daran, warum ich hier war. Sofort war mir noch schlechter, meine Hände eiskalt und ich immer noch leichenblass. Ich versuchte aber tapfer und sehr bemüht, mir nichts anmerken zu lassen. Vergeblich. Die Redakteurin strahlte:

»Keine Panik. Das kennen wir hier. Hier haben alle Lampenfieber.« Sie buffte mir vertraulich in die Seite: »In der Maske schminken sie die Nervosität einfach weg. Die Frau Haase sitzt übrigens auch schon seit einem Stündchen … hihi.«

»Ach, die sah doch schon vorher ganz bunt aus.« Ich war erstaunt. »Passt denn da noch mehr aufs Gesicht?«

Ich Schaf.

Die Redakteurin zwinkerte mir zu und flüsterte: »Wir nennen das hier Bauernmalerei. Oder auch Stuckateursarbeiten.«

Dabei sprach sie so leise, dass ich mit meinem Ohr direkt an ihren Mund klebte.

Diese innige Atmosphäre wurde lauthals gestört von Bruno Baatz. »Knutscht ihr, oder was?«

Erschrocken sprang ich einen Meter zurück und riss dabei eine Vase um, die hier offensichtlich der Dekoration diente. Bruno setze sofort einen drauf. »Stimmung!« Er warf die linke Hand in die Luft, als würde er Konfetti werfen.

Damit ging er in die Maske, positionierte sich an einer strategisch günstigen Stelle, von der aus er alles überblicken konnte, und gab unaufgefordert Dienstanweisungen. »Ich bin ja bekannt für meine Hochsteckfrisuren in drei Minuten. Ich bin der Schnellste. Weltweit.« Damit ging er zu einer der Maskenbildnerinnen und zwirbelte ihre Haare zu einer Art Dutt.

»Banane!«

Wollte er Obst? Hatte er Hunger?

Ich kramte in meiner Tasche. »Ich hätte da noch einen Apfel.«

Er ignorierte meine Bemühungen, für sein leibliches Wohl zu sorgen, und redete einfach weiter. »Quatsch nicht, guck hin.«

Er meinte mich.

»Die Frisur nennt man Banane. Die kannst du dir auch selber machen. Dann haste mal einen anständigen Kopf.«

Ich verstand nicht recht, und die Maskenbildnerin machte ein sehr unglückliches Gesicht.

Dafür sprang Frau Haase vom Stuhl: »Herr Baatz, Brüüüünoooo. Schön, dass wir uns auch endlich sehen!«

»Ob's schön war, weiß man immer erst hinterher.«

Offensichtlich war er nicht ganz so begeistert von ihrer Anwesenheit. Er wurde schlagartig unfreundlich und verließ knurrend den Raum.

Ach, doch Hunger? Nee, das Geräusch kam aus seinem Hals ... Prompt hielt die Sirene wieder die Klappe, machte eine Schnute und plumpste auf den Stuhl zurück. Ich guckte genauer hin und stellte fest, dass sie die Schnute nicht machte, sondern hatte. Das war ein echtes Ding. Meine Maskenbildnerin fing meinen Blick auf und formte mit den Lippen ein Wort. Es sah aus wie »Hüschunamalon.« Hüschunamalon? Und laut sagte sie: »Bitte schön. Nehmen Sie Platz.«

»Entschuldigung, was sagten Sie gerade?« In dem Moment klebte der nächste Mund an meinem Ohr, und ich kontrollierte meine Umgebung sofort nervös nach herumstehenden Vasen. »Hyaloron. Säure. Damit hat sie sich die Lippen aufspritzen lassen.«

Promi-Regel Nummer vier: Wichtige Informationen, die VIPs betreffen, werden erzählt, aber immer sehr leise.

Damit drehte sie den Stuhl zum Spiegel, und ich war im Paradies. Vor mir standen unzählige Töpfe, Tiegel, Tuben, Puder, Lidschatten, Lippenstifte, Pinsel, Schwämme und Dinge, die ich nicht namentlich benennen konnte, weil ich sie noch nie gesehen hatte.

»Haben Sie einen bestimmten Wunsch?«

»Ja, ich hätte gern einen Kaffee!«

Falsche Antwort. »Ich meinte eigentlich mehr in Richtung Make-up. Bevorzugen Sie irgendwelche Farben, oder soll ich einfach mal?«

Und damit übernahm sie die Planung für mein Fernsehgesicht. »Grundierung machen wir entsprechend zu Ihrem Thema. Sie sind doch die Jungfrau, oder? Da würde ich ein zartes Rosa empfehlen und ein bisschen durchsichtigen Gloss. Fertig. Kein Tamtam.«

Ich war enttäuscht. Ich sollte nicht mal einen Bruchteil all dieser Köstlichkeiten bekommen, die die andere schon im Gesicht hatte. Das lief blöd.

»Ja, aber schön möchte ich schon sein.« Beinahe hätte ich noch gesagt: ›Da gucken nämlich diverse Männer zu‹, konnte mich aber gerade noch stoppen.

»Schön? Sind Sie doch! Von innen, Schätzchen.« Damit klammerte sie mir die Haare aus dem Gesicht und fing an, mit einer mehr oder weniger dunkelbraunen Paste meine Poren zu verschmieren. Die Farbe sah irgendwie nicht nach Rosa aus. Aber bitte, ich ließ sie einfach mal machen.

Dabei beobachtete ich aus den Augenwinkeln die Lady neben mir. Sie plapperte unaufhörlich, zuppelte selber an ihren Haaren herum und schien irgendwie unzufrieden mit der Gesamtsituation. Von der Seite sah sie sehr beeindruckend aus. Vor allem die Haarpracht um ihre Augen herum. Sie hatte Wimpern, die ich mir als Pony gewünscht hätte. Lang, dicht, kohlrabenschwarz. Sie warfen einen üppigen Schatten übers ganze Gesicht. In dem Moment sagte die Maskenbildnerin:

»Ist es okay so?«

»Ja, absolut. Aber könnten Sie noch ein bisschen nachtuschen?«

»Äh, über Ihre Wimpern?

»Hmm … Klar, was meinen Sie denn? Man sieht ja meine Augen kaum.«

Die Maskenbildnerin setzte gerade mit Schwung zum Nachtuschen an, da rief die Haase: »Jetzt passen Sie doch auf! Soll doch noch natürlich aussehen!«

Das war der Punkt, an dem meine Visagistin den Pinsel weglegte, um ihr Kichern in einem Taschentuch verschwinden zu lassen. Und ich fragte mich, was solche Wimpern wohl wogen?

Während ich so meinen Gedanken nachhing, klopfte es leise an die Tür. Der Moderator betrat den Raum. Auch er hatte schon Farbe im Gesicht, und aus seinem Hemdkragen wedelten einige Kleenex-Tücher. Interessant. Kurzfristig wollte ich ihn hinweisen auf diesen Zustand, hielt dann aber doch besser die Klappe. Die hatten hier ja ihre eigenen Gesetze und Regeln.

»Frau von Schretten. Willkommen in meiner Sendung. Schön, dass Sie da sind. Wir reden ja gleich über Ihre Lebenssituation. Über Ihren ungewöhnlichen Entschluss ... Verstehen Sie mich nicht falsch. Ich werde dem selbstverständlich mit allem Respekt begegnen. Nur, weil wir es nicht kennen, muss es ja nicht gleich schlecht sein. Also, ich freue mich.«

Dann legte er eine elegante Neunzig-Grad-Drehung hin. »Guten Abend, Frau Haase. Wir reden heute Abend über ... mmh ... ja, über Ihr lustiges Leben. Ist ja doch ein ganz anderes als das von Frau von Schretten. Aber nur, weil wir es nicht kennen, muss es ja nicht schlecht sein. Schön wäre natürlich auch, wenn Sie ein bisschen ins Gespräch miteinander kämen in der Sendung. Wenn Sie Interesse für die Lebensform der jeweils anderen hätten. Ich freue mich. Macht aber auch nichts, wenn Sie von sich aus nichts sagen – ich bin ja auch noch da.«

Die Tür wurde aufgerissen, und Bruno Baatz brüllte: »Da ist er ja, der Herr Moderator. Na, wie sieht er denn aus? Ja, ja, ja ... Ich muss Ihnen ein Kompliment machen – wunderbarer Haarschnitt. Grüße an den Kollegen, hätte ich nicht besser machen können.«

Offensichtlich fand der Friseur den Moderator wirklich nett. Denn die Frisur war eigentlich nicht so dolle. Sah ein bisschen aus wie von Mutti. Oder sollte ich hier die nächste Promi-Regel lernen: Willst du wichtig sein, klemm dich an einen Hintern, der noch viel, viel, viel, viel wichtiger ist als deiner.

»Stimmung«, sagte Herr Baatz in dem Moment und warf wieder seine Hand in die Höhe. Alle Blicke waren auf ihn gerichtet. »Herr Steiner. Schreiben Sie es auf«, damit nahm er einen Stift und reichte ihn weiter. »Hier, auf Ihre Karten: Neunundneunzig Prozent aller Deutschen kennen mich.«

Regel Nummer sechs: Hau auf die Kacke, und traue nur der Statistik, die du selber fälschst.

Man durfte gespannt sein, wann er die Hundertergrenze überschreiten würde. Aber irgendwie mochte ich ihn. Er war schlau, gerissen, er gefiel mir. Er könnte ja meine Hochzeitsfrisur machen. Ich müsste mich nur noch für einen Bräutigam entscheiden. Ich sehnte mich nach meinem Handy, das in der Garderobe in meiner Tasche lag. Apropos Garderobe, hoffentlich gab's überhaupt noch eine – wenn bei Inge die Stimmung kippte, musste man ja mit allem rechnen.

Vielleicht hatte Max sich ja gemeldet. Oder Sebastian. Okay, mit Sebastian war die Situation zurzeit etwas angespannt, im Grunde wusste ich ja nicht mal, ob ich ihn jemals wiedersehen würde. Aber mein Herz machte trotzdem einen leichten Sprung, wenn ich an ihn dachte. Auch die Gedanken an Max ließen mich nicht kalt. Die Situation war schwierig. Ich war flattrig wie ein Kolibri. Nervös wegen der Sendung. Özgür wollte mit seiner Ayşe zugucken, Mama, Papa und Diana saßen sogar gemeinsam vor dem Fernseher, Tante Lotto hatte das halbe Café Keese bei sich versammelt.

Und ich? Ich war verknallt in zwei Männer, die ich beide belog. Und ich machte mir wahrscheinlich sogar selbst was vor.

Beide würden, wenn die Wahrheit herauskäme, mit Sicherheit sauer sein. Schließlich war ich eine ganz andere, als sie glaubten. Ich guckte in mein geschminktes Gesicht – ich war eine Mogelpackung. Der eine war wegen der Lüge in mein Leben getreten, und der andere geflüchtet – wegen derselben Lüge. Ich fand das gerade alles sehr kompliziert. Wer sollte denn da den Überblick behalten?

»Wollen Sie das Lipgloss selber draufmachen?« Die Maskenbildnerin wedelte mit einem rosafarbenen Tübchen vor meiner Nase herum.

Das war der Moment, als sich der Friseur mal wieder einbrachte. »Herr Steiner, ich will Ihnen ja nicht Ihren Job erklären. Sie machen das ja auch wirklich gut. Da kann der Heckmann noch eine Menge von Ihnen lernen.«

»Oh, danke für das Kompliment. Aber der Glanz kommt ja durch meine Gäste. Wenn so prominente Leute wie Sie meine Sendung beehren, kann ich doch nur toll sein.«

Selbstzweifel schien hier niemand zu haben. Außer mir …

Wieder öffnete sich die Tür, und ein junger Mann mit Basecap und einem Koffer in der Hand grüßte locker in die Runde. »So, darf ich die Herrschaften jetzt mal verkabeln. Die Aufzeichnung geht ja gleich los. Herr Steiner, der Regisseur sucht Sie.«

Das war das Zeichen zum allgemeinen Aufbruch.

Ich atmete dreimal tief durch, ließ meine Gedanken Gedanken sein und freute mich auf all das, was jetzt kommen würde. Vor meinem geistigen Auge sah ich das dämliche Gesicht von Jacke-Line, der wahrscheinlich dümmsten Praktikantin der Welt, und meinen Chef Achim, den Verräter. Wenn ich irgendwann meine eigene Fernsehsendung hätte, würde ich ihm mal einen Präsentkorb schicken.

Ich war bereit.

Kapitel 19

»Gleich geht's los, gleich geht's los. Mach jetzt bloß nüscht am Fernseher. Ditt würde ick nich überleben. Setz dich doch mal hinne, du machst mich jans bekloppt, Ille.« Immer wenn Lotto sehr aufgeregt war, rutschte sie in einen Berliner Slang, der der Höhe ihres Kontostands überhaupt nicht angemessen war.

Um sie herum saßen fünf ältere Damen und zwei knackige Sportstudenten. Die Jungs wurden normalerweise von Lotto gebucht, um im Café Keese die weibliche Rentnerrunde zu bespaßen. Heute waren sie zu diesem Fernsehereignis sogar freiwillig gekommen, weil sie die lustige Tante und ihre Freundinnen so klasse fanden. Vor ihnen auf dem Wohnzimmertisch standen die obligatorischen Gläschen mit Baileys on the rocks, Schnittchen, Knabberzeug und ein Käseigel – aus alter Tradition.

»Gerda, und es wird nicht dazwischengequatscht. Hörst du!« Lottos Ton war außergewöhnlich scharf, und sie war mit ihren Regieanweisungen noch lange nicht fertig.

»Jetzt macht schön eure Handys aus!«

»Jetzt übertreibst du aber, Lotto. Ick sitz doch hier nich beim Bundespräsidenten! Kiek lieber, ob der Videorekorder läuft!« Gerda war ein bisschen zickig.

»Tobi! Lars! Läuft er?« Die beiden technisch versierten Sportstudenten salutierten und meldeten Vollzug. *»Yes,*

Mam! Alles roger! Gibt's noch ein Bierchen neben all dem Geschlabber?«

»Guten Abend, schön, dass Sie wieder eingeschaltet haben. Ich freue mich auf spannende Gäste. Heute Abend dabei: Jung-Autor und – ich darf es sagen – Alt-Friseur Bruno Baatz. Er fragt: Gibt es ein Leben nach dem Spliss? Begrüßen Sie außerdem Roxana Haase: Wie viel Mann steckt in dieser Frau? Sie fragt: Muss ich wirklich was können, um berühmt zu werden? Ich darf das sagen – es sind ihre Worte! Mit dabei auch – Knigge-Forscher Hans-Günther Lotsen. Er beantwortet Fragen, die wir aus Höflichkeit nie stellen würden. Und – aus Berlin: die Frau, die quasi über Nacht zu einer kleinen Berühmtheit wurde und ihre Heimatstadt zum Nachdenken brachte. Dorothea von Schretten sagt: Ich bin zweiunddreißig und Jungfrau – und das ist auch gut so. Wir fragen uns, warum – ich darf so anzüglich sein. Vielleicht wird morgen ganz Deutschland über dieses Lebensmodell nachdenken.«

»Sieht sie nicht superhübsch aus?« Tante Lotto war mindestens so panisch wie ihre Nichte im Fernsehen.

»Na ja, ein bisschen spießig vielleicht«, erlaubte sich eine der Wilmersdorfer Witwen Dodos Jungfrauen-Outfit zu kommentieren.

»Das habe ich jetzt wohl nicht gehört! Watt meinste, watt mich ditt an Nerven jekostet hat, diesen Fummel rauszusuchen! Ditt Kind jeht als Jungfrau.«

Tobi und Lars rutschten nervös auf ihren durchtrainierten Knackärschen hin und her.

»Hier wird nicht jerutscht! Wir brauchen hier positive und keine sexuelle Energie! Ditt ist der Beginn eines janz neuen Lebens!« Lotto drehte die Lautstärke des Fernsehers auf unerträglich und stierte in die Röhre.

Am anderen Ende der Stadt saßen Mama und Papa von Schretten mit ihrer älteren Tochter auf der Couch. »Ich halte diese Anspannung nicht länger aus! Gebt mir doch mal einen Magenbitter.« Frau von Schretten zupfte an ihrer Bluse. Ihr Mann putzte sich langsam und konzentriert die Lesebrille.

»Papa, zum Fernsehen brauchst du keine Lesebrille.« Diana lächelte ihren Vater an. »Was seid ihr denn so angespannt? Dodo hat ihren Text schon gelernt. Seid froh, dass sie in der Glotze sitzt und nicht ich als Expertin in Sachen Urlaubsflirts und andere Schweinereien.«

Papa fiel die Brille aus der Hand, und Mama kippte sofort noch einen zweiten Magenbitter hinterher.

»Seht ihr, es hätte noch schlimmer kommen können.« Diana war sichtlich genervt – sie hatte sich immer noch nicht erholt und musste sich bei jeder Gelegenheit übergeben. Das machte zwar einen schlanken Fuß, aber es war extrem unangenehm.

»Musst du schon wieder spucken, Spätzchen?« Mama war kurz mal abgelenkt von ihrer aktuellen Jungfrauen-Krise. »Nee, nee. Geht schon. Aber guck mal, die Haase. Boa, sieht die schlimm aus! Hat die 'ne Augenkrankheit?«

Papa mischte sich ein. »Wer ist denn diese Dame? Was macht sie beruflich?«

»Ficken, Papa!«

Frau von Schretten setzte die Flasche an, und Herr von Schretten angelte verlegen nach seiner Brille, die irgendwo unterm Couchtisch lag. Diana rannte nun doch aufs Klo.

»Bruno Baatz, der Starfriseur aus Berlin. In Ihrem Buch Schnipp schnapp – Spitzchen ab *stehen ja nicht nur Tipps und Tricks rund ums Haupthaar. Nein, viel spannender – Sie gewähren uns Einblicke in das* Who is Who *des deutschen Entertainments.*

Der Politik, der Wirtschaft, der Medien, der Stars und Sternchen. Kurz – Sie kennen alle.«

»Und alle kennen mich.« Er drehte sich in die Kamera und zeigte lachend seine neuen Jacketkronen.

Der Moderator fuhr fort: »Ja, das ist eine erstaunliche Zahl. Neunundneunzig Prozent der Deutschen, meine Damen und Herren, wissen, wer dieser Mann ist.«

»Ha ha ha, es sind sogar neunundneunzig Komma fünf Prozent. Damit kann man doch ganz zufrieden sein, oder? Stimmung!«

Papa sagte in dieser Sekunde, mit stierem Blick in den Fernseher: »Ich kenne den nicht. Aber ich möchte bitte, bitte auch nicht wissen, was der beruflich macht!«

»Papa, der ist Friseur und schwul. Der f…«

»DIANA, sag es nicht!«

»… aber auch nur Männer, Papa!«

*

Max Liebertz saß im abgedunkelten Wohnzimmer seiner Designerwohnung. Zur Abwechslung hatte er mal wieder einen Champagner geöffnet. Er trug einen Yogaanzug aus natürlicher, chemisch unbehandelter Baumwolle. Es war das teuerste Stück im ganzen Laden gewesen – auf Stil wollte er auch in diesem Lebensanschnitt nicht verzichten. Er stagnierte auch ein wenig in der Umsetzung seiner diversen Hilfsprojekte – wahrscheinlich lag das auch daran, dass er im Grunde nur an Dodo denken konnte. Später könnte er ja die Welt mit ihr gemeinsam retten. Auch er war aufgeregt.

Er starrte auf den dreitausendfünfhundert Euro teuren Flachbildschirm in das Gesicht von Dodo und verspürte den großen Wunsch, vor ihr auf die Knie zu sinken und sie anzubeten. Aber er blieb einfach sitzen. War ja auch bequemer.

Gelangweilt lauschte er dem Gespräch mit dem Friseur und wartete auf Dodos Einsatz. Ein bisschen angewidert nahm er die Anwesenheit von Roxana Haase zur Kenntnis – er kannte sie natürlich aus dem Nachtleben. Genau solche Frauen waren es, die ihn an sich und seinem Leben hatten zweifeln lassen. Die nichts konnten, aber alles kriegten.

Prompt ergriff der Nachtfalter ungefragt das Wort: »Schade, dass Brüüüno den weiblichen Reizen nichts abgewinnen kann. Genauso einen Mann wünscht sich doch jede moderne Frau. So stilsicher und humorvoll.«

Bruno konterte relativ uncharmant: »Ich will Ihnen nicht zu nahe treten, Madame. Aber gäbe es nur solche Frauen wie Sie, gäb's nur noch Männer wie mich. Lustig, oder? Stimmung?«

Der Haase vereiste das Botox-gespritzte Gesicht noch mehr, und der Moderator hatte kurzfristig die Befürchtung, die Sendung könnte ihm aus den Händen gleiten.

Hakte dann aber doch noch mal nach. Er musste schließlich an die Quote denken.

»Wie meinen Sie denn das, Herr Baatz? Spielen Sie auf ihren Lebenswandel an? Gut, Frau Haase kennt sicherlich einige Männer mehr als beispielsweise Frau von Schretten … Schätzen Sie zurückhaltende Frauen mehr? Ist es eine Frage des Respekts?«

»Nu stellen Sie mal nicht so viele Fragen auf einmal, Herr Steiner. Die Antwort ist ganz einfach: Ja!«

Das Publikum applaudierte, und einige lachten auch. Die Kamera schwenkte auf Dodo.

⋆

In der Sekunde schaltete auch Achim die Glotze an. Gerade noch rechtzeitig, dachte er. Hoffentlich hatte er seine Moderatorin auch hinreichend gebrieft, mindestens drei Mal »Stadtradio Caro« zu sagen – das war das Einzige, was ihn wirklich interessierte. Ob sie sich die zarten Flügel verbrennen würde, war ihm von Anfang ziemlich egal gewesen.

★

Auch Sebastian saß vor seinem Fernseher. Und war noch gespannter auf ihre Reaktion als alle anderen – er hatte den Schock über seine mangelnde Intuition als Psychologe noch nicht überwunden. Das Gespräch damals im Institut war ihm noch genau in Erinnerung – sie hatte behauptet, vor einem Jahr noch in einer Beziehung gelebt und sie dann selber beendet zu haben. Seit dieser Zeit sei sie Single.

Hatte sie nun damals gelogen, oder log sie jetzt? Er sah die hübsche Frau, mit der er doch kürzlich noch so viel Spaß gehabt hatte, und registrierte erstaunt, dass sie dieselben Klamotten trug wie bei ihrem Date. Es wirkte fast wie eine Berufsbekleidung. Dodo, was spielst du für ein Spiel?, dachte er und zog die Stirn in nachdenkliche Falten.

★

»Frau von Schretten. Wie begegnen Sie freizügigen Frauen? Können Sie schnelle Kontakte gutheißen?«

»Jetzt gib allet, meine Kleene. Sach schon, nur anständige Frauen kommen weiter.« Lotto hüpfte wie ein Kind auf ihrem Sessel auf und ab, während ihre Freundinnen sich vor Lachkrämpfen schüttelten.

»Na, da schneidest *du* aber nicht besonders ab, Lotto.«

Lotto schnauzte nur laut: »Ruhe!«

Jetzt war also Dodo dran.

»Äh … also … gut ist auf alle Fälle, wenn man mit diesen Wimpern noch klimpern kann. Huch! Ha ha. Entschuldigung, wie war Ihre Frage?«

Das Publikum schien sie sofort zu lieben, und Bruno Baatz bekam schlagartig bessere Laune: »Stimmung!«

Der Moderator spürte es: Das könnte eine ganz besondere Sendung werden. Die Frau mit den Superwimpern mahlte wie ein Lama mit den Backenzähnen.

»Sssssseehr witssssssslig, Frau von Schatten.« Plötzlich lispelte Roxana Haase, ein deutliches Signal für spontan aufkommende Nervosität.

»Stimmung« kam jetzt auch vor den Bildschirmen auf: Diana prustete laut los. Max hatte mit dieser Antwort gar nicht gerechnet, Papa schickte ein Dankesgebet zum Himmel, dass seine jüngere Tochter nicht auch das Wort »ficken« in den Mund genommen hatte, und Sebastian beobachtete die Szene mit gespannter, professioneller Neugier. Lotto feuerte ihre Lieblingsnichte lautstark an: »Gib's ihr, dem Luder!«

»Gut, noch mal anders, Frau von Schretten. Sie sind Jungfrau. Nichts Ungewöhnliches, wenn wir mit einer achtzehnjährigen jungen Frau sprechen. Aber Sie sind zweiunddreißig und haben Ihr Lebensmotto öffentlich gemacht. Und das als Sexpertin im Radio, wie eine große Tageszeitung kürzlich berichtete. Es wird ja nicht so gewesen sein, dass es keinen Mann gab, sondern Sie haben sich freiwillig und selbstbestimmt dafür entschieden?«

»Ja.«

Die Pause schien sehr lang, und im Publikum war es merklich still geworden.

Dodo straffte ihren Körper, sortierte ihre Gedanken und schlüpfte metamorphosenähnlich in ihre einstudierte Rolle.

»Herr Steiner. Mir ist durchaus bewusst, dass meine Art zu lieben, zu sein und zu denken auf manche ungewöhnlich wirkt. Und hätte ich sie nicht während eines Interviews in meiner Sendung unbedachterweise erwähnt, würde ich jetzt natürlich nicht hier sitzen. Weil ich es absichtlich nie zu einem Bestandteil einer öffentlichen Diskussion gemacht hätte. Jetzt ist es, wie es ist … Und ich bin hier. Denn offensichtlich scheint es ja eine große Sehnsucht zu geben nach mehr Beständigkeit, Dauerhaftigkeit, Respekt und vor allem Wahrhaftigkeit.«

»Woraus schließen Sie denn das?

»Würden Sie sich sonst für mich interessieren?«

»Wenn ich Sie in einer Kneipe kennenlernen würde, würde ich niemals glauben, dass Sie ein so stringentes Leben führen …«

»Es gibt viele Gründe, einen Lebensweg zu beschreiten: Erziehung, Schicksal, Glaube. Ich bin Jungfrau geblieben, weil ich es so wollte. Ich trage kein moralisches Korsett, in das mich jemand anderes hineingezwungen hat. Okay, mit der Entwicklung der Pille und der sexuellen Revolution kam eine aufregende Zeit. Es hat die Menschen vorübergehend frei und glücklich gemacht. Jetzt müssen viele den Preis dafür zahlen – und das wollte ich nicht.«

»Das müssen Sie mir genauer erklären: Was ist denn so schlecht an der sexuellen Befreiung?«

»Die Gesellschaft ist verroht, selbst Kinder können sich Sex aus dem Internet holen, Erwachsene an jeder Ecke, Promiskuität ist gesellschaftsfähig – das ist wie mit Drogen: Sie wollen immer mehr. Bis dann irgendwann alles kaputtgeht. Weil man es nicht mehr spürt – das wahre Glück, das wirkliche Glück!«

Dodo gab wirklich alles und fesselte über mehrere Minuten Publikum, Gäste und Moderator. Selbst der Friseur hielt einen Augenblick die Klappe. Die Berufsschlampe gähnte erschöpft.

Diese Chance nutzte Dodo, drehte sich direkt zu ihr um und sagte leise:

»Ich möchte hier wirklich niemandem zu nahe treten, aber Frau Haase, mal ganz ehrlich: Sind Sie glücklich? Ist es nicht eher so, dass Sie nach jeder nächtlichen Begegnung ein Stück mehr Einsamkeit fühlen, sich benutzt glauben und Angst vor dem Morgen haben?«

Die gigantischen Wimpern begannen zu zittern, und Augen füllten sich mit Tränen. Dodo legte ihre Hand auf die der anderen.

»Es ist keine Frage von Glauben, sondern von Glaubwürdigkeit. Für mich! Wissen Sie: Ich weiß, wer ich bin. Aber können Sie mir sagen, wer Sie sind?«

»Ich bin … Roxana Haase!«

Und in dem Augenblick schossen die Tränen.

Tante Lotto schrie: »Das dumme Ding hat nichts verstanden. Gott, Dodo, bist du großartig. Man könnte meinen, du glaubst, was du da sagst …«

Im Wohnzimmer ihrer Eltern weinte auch Diana mit – sie schien zurzeit extrem sensibel zu sein. Selbst sie, die Urlaubs-Nymphomanin, erreichten die Worte ihrer kleinen Schwester – ein bisschen fühlte sie sich genauso wie die Haase, die jetzt hemmungslos schluchzte.

Max war jetzt tatsächlich auf die Knie gefallen und küsste den Bildschirm.

Nur Sebastian und Dodos Vater schüttelten entsetzt die Köpfe – sie waren zu schlau, um auf dieses oberflächliche Theater hereinzufallen.

Der Moderator hatte eigentlich nicht mehr viel zu tun gehabt. Bis zu dieser Sekunde, als die inzwischen völlig aufgelöste Roxana Haase so sehr heulte, dass die Wimpern schwarze Striemen auf ihrem Gesicht hinterließen und sich abzulösen drohten. Plötzlich hing dann tatsächlich eine von diesen »Teppichflusen« quer über ihrem verschmierten Gesicht – jetzt löste sich auch wie auf Kommando die Stimmung im Studio.

Das Publikum fing schreiend an zu lachen – selbst die Kameraleute konnten sich kaum beherrschen. Die Haase sah in ihrem jämmerlichen Zustand zu bescheuert aus. Diese absurde Situation stärkte auf geradezu groteske Art Dodos Position – sie rein wie ein Engel, die andere bis zur Unkenntlichkeit vollgeschmiert.

Und in ihrer Instinktsicherheit machte Dodo genau das Richtige: Sie nahm die andere in den Arm!

Das Publikum tobte. Der Moderator grinste selbstverliebt in die Kamera und dachte: Gott, ist das amerikanisch! Ich bin super! Ich schaffe es immer wieder!

Jetzt musste er nur noch ein wenig Ordnung in das Chaos bringen und die anderen Gesprächspartner geschickt integrieren – dann konnte er mit dieser Sendung vielleicht noch einen Preis gewinnen!

»Frau Haase befindet sich gerade in einem sehr privaten Zustand. Fast schutzlos, beinahe wie nackt. Ich darf das sagen, Sie haben ja noch was an!«

Und damit verwirrte er die heulende Frau komplett, die automatisch ihre Brüste wieder ein bisschen mehr aus der Korsage schob.

»Herr Lotsen, Sie als Knigge-Forscher – nun möchte ich Sie nicht unbedingt fragen, ob man in der Öffentlichkeit weinen darf. Das ist ihr gutes Recht – wenn's kommt, dann kommt's. Herr Lotsen, ich frage mich nur, was hätte Knigge zu dem ganzen Thema gesagt?«

Damit startete eine Diskussion über Werte, und die Sendung war zur Zufriedenheit aller sauber über die Bildschirme geflattert. Live und in Farbe.

Kapitel 20

Ich fühlte mich wie durch den Fleischwolf gedreht und konnte mich nicht mal genau erinnern, was ich so alles gesagt hatte. Nur daran, dass am Ende alle hektisch aufgesprungen waren und sich gegenseitig gratuliert hatten. Man bat uns aber, noch im Studio zu bleiben.

Dann öffnete sich die Tür, und wie beim Stiertreiben durch Pamplona rannte eine Masse Fotografen auf uns zu, die unsere Namen oder auch »Berufsbezeichnungen« durcheinanderschrien.

»Bitte, die Jungfrau, hallo, hier. Gucken Sie doch mal hierher. Lächeln, lächeln, ja, so ist's gut …«

»Nein, hier, links, links. Ich bin links. Nun gucken Sie doch auch mal hierhin. Schön die Zähne zeigen, schön offenes Lächeln …«

»Machen Sie doch mal was mit Ihren Händen. Stehen Sie doch nicht so rum. Frau Haase, Frau Haase, stellen Sie sich doch mal neben die Jungfrau. Ja, und Herr Steiner dazwischen. Super …«

Das forderte mich eindeutig mehr als die Sendung. Ich drohte zu erblinden von diesem ganzen Blitzlichtgewitter. Außerdem wollte ich dringend zu meinem Handy und gucken, ob's schon erste Reaktionen gab von meinen Lieben daheim. Besonders interessierten mich natürlich Max und Sebastian. Ich fieberte fast vor Sehnsucht nach ihnen. Ach so, und nach

Inge sollte ich vielleicht auch mal sehen. Wobei ich mir eigentlich eher Sorgen um den netten Mann von der Security machte.

Die Haase, die eben noch bitterlich geweint hatte, strahlte schon wieder in die Kameras. Sie schien ein echter Profi zu sein. Auch der Friseur posierte gekonnt und sogar durchgehend gutgelaunt. Er brüllte sein Lieblingswort noch lauter als alle Fotografen zusammen: »Stimmung!«

Inzwischen war ich mir nicht mehr sicher, ob der Drang nach diesem Wort nicht pathologisch war. Tourette-Syndrom vielleicht?

Danach versammelten wir uns alle in der Maske zum gemeinsamen Abschminken.

»Was'n jetzt, alles ab?«, fragte ich die Maskenbildnerin, als sie mir die feuchten Abschminktücher reichte. »Kann das nicht draufbleiben?«

»Wenn Sie morgen aussehen wollen wie zurück in der Pubertät – dann bitte. Also, ich würde Ihnen ja empfehlen … Aber vielleicht haben Sie ja so mehr Chancen auf der After-Show-Party.« Damit zwinkerte sie mir zu. »Sie wissen schon, was ich meine …«

Mir stand das Adrenalin bis unter den Pony. Ich hätte jetzt alle zeitgleich vernaschen können – gut, bei Bruno würde ich eine Ausnahme machen. Aber sonst … Was war denn jetzt nur los mit mir? Stimmung!

»Na, hat's geprickelt? Sie sehen aus, als hätten Sie in den letzten sechzig Minuten sehr viel Spaß gehabt.«

Die Stimme gehörte Bruno Baatz, der hinter mir stand und an einer Cola light nuckelte. »Sie haben das auch sehr gut gemacht – so fürs erste Mal. Und menschlich haben Sie mich sogar beeindruckt. Auch wenn ich die ganze Sache für einen ziemlichen Quatsch halte. Aber ich sach mal so: Lieber damit ins Fernsehen als mit losen Wimpern. Sehen wir uns? Auf der Party? Und beeilen Sie sich. Ich hasse es zu warten!«

Schon wirkte Bruno wieder leicht gereizt. Mann, war der kompliziert.

Ich ließ die anderen in der Maske zurück und verlief mich auf der Suche nach meiner Garderobe. Aber ab der dritten Etage musste ich nur noch der Sirene folgen – Inge schrie. Laut und durchdringend hallten widerliche Geräusche einer gequälten Hundeseele durch die Flure. Als ich die Tür zu Inges Knast öffnete, sah ich zunächst den völlig verschüchterten Bodyguard – nur fürs Protokoll: Der Mann war zwei Meter hoch und breit wie ein Kleiderschrank.

»Gut, dass Sie endlich kommen. Der Hund will nicht Gassi gehen. Der will irgendwie gar nichts – außer mich zerfleischen. Der fletscht die ganze Zeit die Zähne. Und bewacht die Tür – er hat mich nicht rausgelassen.«

Er zog sein Hosenbein hoch und zeigte mir einen deutlichen Abdruck von Inges Gebiss auf seiner durchtrainierten Wade.

»Entschuldigen Sie, nur damit ich Sie recht verstehe: Sie reden von meinem zwanzig Zentimeter hohen und dreißig Zentimeter langen Hund mit insgesamt sieben Zähnen? Den meinen Sie?«

Zum Glück hatte ich ja schon stundenlang gelogen und war echt gut im Fluss – ich kannte ja Inges Wutanfälle und wusste auch zu gut, dass sie gerne mal schnappte. »Finden Sie das nicht auch ein bisschen lächerlich?« Es war wohl an der Zeit, sich höflich bei dem Babysitter zu bedanken – außerdem wollte ich dringend an mein Handy. Er verzog sich dann auch schnell mit einem schiefen Lächeln.

»Aber geimpft ist das Ding schon? Oder brauche ich jetzt eine Tetanusspritze?«

Wir lachten beide – und dass er Inge als Ding bezeichnete, konnte ich ihm wirklich nicht übelnehmen.

Als der Mann raus war, knurrte sie mich an. Sie war offensichtlich richtig sauer, beleidigt, empört und auf Ärger aus. Das Dumme war nur, dass sie ihre Wut direkt in meiner Handtasche auslebte. Sie war reingeklettert und thronte auf meinen persönlichen Sachen. Unter ihr surrrte und piepte aufgeregt mein Handy. Das schien ihr auch noch zu gefallen! Wann immer ich mich meinem Eigentum zu nähern versuchte, knurrte sie mich an. Ich sagte das böse Wort – und ich möchte betonen, dass ich es nicht gerne sagte und auch selten benutzte. Aber jetzt blieb mir definitiv keine Wahl: »TODESSPRITZE!«

Sie schob die Unterlippe vor, zog die Fledermausohren ein, seufzte tief und kroch langsam auf ihren kleinen Pfoten über den Teppich, nicht ohne dabei ein letztes »Wuff« zu bellen. Dann zwängte sie sich in einer Ecke der Garderobe unter einen Sessel.

Ich gebe zu, ich war ziemlich fies. Wenn man bedenkt, wie grausam diese Geschichte eigentlich war. Der Hund hatte ursprünglich den Leuten über mir gehört. Als die sich trennten, gab's im Treppenhaus einen lautstarken Streit.

Er schrie: »Ich will den Hund nicht! Er stinkt!«

Sie antwortete: »Dann passt ihr doch zusammen! Ich behalte die Töle auf keinen Fall! Sie ist ständig dreckig und außerdem hässlich!«

Darauf er: »Passt doch – so wie du!«

Sie: »Wenn du den Hund nicht nimmst …«

Er: »Meinst du, er überlebt, wenn ich ihn nehme? Der kriegt die Todesspritze.«

Das war der Moment, in dem ich die Jeanne d'Arc in mir spürte. Ich riss meine Wohnungstür auf. »Also Leute, könnt ihr ungefähr erahnen, wie viele Therapiestunden für diesen Hund nötig sind, damit er diesen Schock annähernd verarbeiten kann?«

Beide guckten mich ziemlich bescheuert an. »Watt willst du denn hier?«, sagte er zu mir. Und sie ergänzte: »Ach ja? Therapiestunden. Mach's doch besser!«

Daraufhin drückte sie mir die Leine in die Hand und verschwand aus dem Haus und meinem Leben. Er erledigte noch den Auszug – und ich hatte Inge am Hals.

Ihr neues Leben löste schlagartig gute Laune bei ihr aus – und da sie mir auch leidtat, hatte ich mir in den ersten zwei Wochen unglaublich viel Mühe gegeben. Das wiederum hatte Inge falsch verstanden und forderte von Stund an pausenlose Aufmerksamkeit, Zuneigung und Service rund um die Uhr. Wenn ich mal nicht sofort sprang, reagierte sie mit Durchfall, Knurrattacken, ununterbrochenem Bellen und Jaulen im Drei-Oktaven-Bereich. Aber ich betrachtete sie als die gute Tat in meinem Leben. Allerdings gebe ich zu, dass ich das Wort TODESSPRITZE nicht immer nur dachte, sondern in äußersten Notfällen auch benutzte. Mit erstaunlicher Wirkung … Sie war eben doch ein kluger Hund!

Auf jeden Fall hatte ich jetzt die Chance, nach meinem Handy zu greifen. Ein bisschen aufgeregt schaute ich aufs Display. Neun Anrufe in Abwesenheit und fünf SMS. Alle, die nicht wussten, wie man simste, hatten angerufen. Mich interessierten die geschriebenen Botschaften mehr. Oh, Max und Sebastian hatten sich gemeldet. Welche SMS sollte ich denn zuerst lesen? Ich drückte einfach auf den Knopf.

Max schrieb: *»Du Göttliche. Diese Sehnsucht ist kaum auszuhalten. Lass uns diesen Wahnsinn ausleben. Ich möchte mit dir Champagner trinken, deine Seele berühren und mich von dir in deine Welt entführen lassen. Ruf mich bitte sofort an.«*

Ups … Champagner? Seele? Sehnsucht? Oh, ja … am liebsten im Porsche. Mann, das lief spitze. Und er schien in seine alte Form zurückzukommen und nicht mehr ganz so auf dem Öko-Trip zu sein.

»Gute Show. Deine Körpersprache erzählte allerdings eine andere Story. Ich weiß zwar nicht, warum du das tust. Ich beginne aber, Spaß daran zu bekommen. Möchtest du mir die Fortsetzung erzählen? Bei einem zweiten Essen? Ich hole dich auch ab, dann musst du keinen Parkplatz finden – zum Schutz aller Parkuhren.«

Mich durchzuckte diese SMS von Sebastian beinahe noch mehr als die von Max. Wir hatten uns ja in einem merkwürdigen Zustand des Schweigens befunden. Umso mehr freute ich mich, dass er das Eis gebrochen und den ersten Schritt gemacht hatte. Es schien doch noch nichts verloren und alles noch möglich zu sein. Und: Sebastian hatte mich offensichtlich durchschaut, und es schien ihm zu gefallen. Mir auch …

Ich wollte gerade antworten, da wurde meine Garderobentür aufgerissen, was bei Inge zum sofortigen Kollabieren führte. Sie konnte gar nicht so schnell einatmen, wie sie brüllen wollte. Bruno Baatz stand in der Tür, und Inge sprang wie ein Flummi knurrend auf und ab.

»Hoppala … Ich habe Angst vor Hunden. Nimm sie weg.« Seine Stimme klang ein bisschen panisch. »Komm jetzt mit zur Party – mit wem soll ich denn sonst reden?«

»Ja, gleich«, antwortete ich.

»Nein, sofort«, sagte er und wirkte wieder extrem übellaunig.

Ich war kurz davor, Inge wieder loszulassen. Aber Bruno drehte sich dann von alleine um und verließ meine Garderobe – nicht ohne noch zu schnauzen: »Mich lässt man nicht warten! Also bis gleich.«

Ich schrieb an Max: *»Stell den Champagner kalt. Ich bin morgen wieder in Berlin. Und ich freue mich jetzt schon darauf, JEDEN Wahnsinn mit dir auszuleben.«*

Er antwortete sofort: *»Wie soll ich es bis morgen aushalten, Kleines. Schließ die Augen, denk an mich und trink schon mal ein Glas auf all das, was da kommen mag.«*

Meine Antwort: *»Jeder Schluck wird mich berauschen.«*

Oje, wir verließen gerade den Jungfrauen-Pfad. Ich musste ganz schnell die Kurve kriegen. Merkwürdig war nur, dass ihm das nicht auffiel, wo er doch so sehr auf diese reine Nummer stand. Guck an, guck an – ein Wolf bleibt halt ein Wolf.

Zeit, Sebastian zu antworten. *»Ich bin so froh, dass du wieder mit mir redest.«*

Von ihm kam: *»Merkwürdig, ich habe dich vermisst.«*

Ich schrieb: *»Auch ich habe beängstigend oft an dich gedacht.«*

Was war denn hier los? Ich hatte gerade zwei Intensiv-Flirts – zeitgleich! Es war verwirrend, aufregend und natürlich auch hochgradig gefährlich. Geradezu explosiv.

In der Sekunde sprang die Tür erneut auf, und Bruno Baatz schrie: »Hund weg und kommen! Los!«

Das war jetzt in der Tat eine gute Idee. Er zog mich rüde aus dem Raum und stützte sich schwer auf meinen Arm.

»Hey, ich bin nicht Ihre Simone Rethel!«

Aber er ignorierte meine freche Bemerkung und schob mich zum Partyraum. Zum Glück hatte ich mein Handy gegriffen und steckte es unauffällig in meine Jackentasche, um später noch meine Mailbox abhören zu können. Ich platzte nämlich vor Neugier.

Aber das, was auf der Party lief, war auch nicht übel. Alle hatten schon mächtig gepichelt, lobten sich selber, stopften Häppchen in ihre Münder und redeten aufgeregt durcheinander. Mich nahm sofort ein Redakteur einer großen Illustierten in Beschlag, um ein Interview und eine große Story vorzuschlagen. Aus dem Augenwinkel sah ich die Haase – flirtend mit Inges Security-Mann. Sie wirkte sehr hilflos und schutzsuchend und verschwand auch schnell in den Armen dieses starken Mannes, der eben noch eine andere Bestie gebändigt hatte.

Bruno Baatz plauderte mit zwei Fotografinnen und griff ihnen gelegentlich durchs Haar. Der Moderator stand in der Ecke und unterhielt sich sehr höflich und professionell mit dem Knigge-Forscher. Er war wirklich ein sehr netter Mensch, dieser Moderator. Sofort dachte ich wieder an meine Versuchungen zu Hause und schielte dann doch schnell noch mal aufs Handy. Das blieb natürlich nicht unbeobachtet.

»Was starrst du denn ständig auf dein Handy? Biste frisch verliebt?« Bruno schien wirklich auch nichts zu entgehen. Ich musste mich bremsen, sonst hätte ich in meiner Verstrahltheit noch alles ausgeplaudert.

»Na, dauert nicht mehr lange, dann knutschst du auch in aller Öffentlichkeit!« Damit zeigte er auf die Haase. Sie hatte eine andere Art des Abschminkens gewählt – das erledigte nämlich das Riesenbaby für sie, das sie inzwischen inbrünstig abschlabberte.

Gegen Mitternacht wurde ich in mein Superhotel gebracht. Auf der Fahrt hörte ich nun endlich die Mailbox ab: Achim war glücklich, da ich im Talk mindestens viermal Stadtradio Caro erwähnt hatte. Mama schien mal keine Krise zu haben, und Lotto lallte, offensichtlich mit eins Komma acht Promille im Turm, wie stolz sie auf mich war. Nur Diana heulte immer noch, so ergriffen war sie von meinen Worten. Für meinen Geschmack war das jetzt eindeutig zu viel Heulerei, ich musste der Sache dringend nachgehen. Irgendetwas schien mit Diana nicht zu stimmen.

In der Hotelhalle angekommen, verschlug es mir fast den Atem: Wow, was für ein Luxus. Ich war beseelt, berauscht, verliebt und einfach nur glücklich. Mein Leben schien perfekt. In der Sekunde pinkelte Inge in aller Stille und ähnlicher Zufriedenheit genussvoll in die Hotelhalle. Hier bin ich, hier will ich sein, schien diese Geste zu bedeuten. Zum Glück hatte es keiner bemerkt – kleine Hunde machen ja auch nur kleine Seen –, und ich schlich müde und glücklich nach oben.

Ich legte mich auf mein Superbett in meinem Superzimmer und schickte zur Nacht noch zwei SMS raus – eine an Max und eine an Sebastian, diesmal mit gleichem Wortlaut.

»Ich schließe jetzt die Augen und wünsche mir, dir in meinen Träumen zu begegnen.«

Schöner konnte das Leben nicht sein.

Kapitel 21

Sie hat gute Laune, dachte Thorsten Findler, als er Dodo im Fernsehen sah. Im Gegensatz zu ihr merkte er sich jeden einzelnen Satz. Mehr noch. Er schrieb mit, und gleichzeitig lief der Recorder, der alles aufzeichnete. Später würde man auch noch Videoprints machen – Fotos vom Fernsehbild. Das machte die Geschichte rund.

Vom Timing her war alles perfekt geplant – heute lief die Sendung. Morgen und übermorgen würde sich die Presse überschlagen, sie würde noch mehr Interviews geben und in allen Zeitungen ihren Nonsens verblasen können. Das machte sie noch bekannter. Dann – am dritten Tag – würde der Aufmacher im Berliner Blatt das Gesprächsthema Nummer eins sein – und mit ein bisschen Glück sogar in den gängigen Boulevardsendungen genannt werden, jedenfalls bei den privaten Sendern.

Wichtig für ihn und seine Geschichte war die absolute Geheimhaltung. Niemand durfte von seinen Rechercheergebnissen erfahren. Das, und nur das, garantierte die Exklusivität. Er war ja nicht der einzige Boulevardjournalist in Deutschland, und auch andere konnten seinen Rechercheweg gehen. Doch da hatte er bislang immer an sein Glück geglaubt.

Der Reporter setzte sich also an seinen Computer und formulierte die Überschrift:

»Wir kamen tagelang nicht aus dem Bett!«

Und darunter:

»Deutschlands Vorzeige-Jungfrau belügt die ganze Nation.«

Das reichte, um einen Menschen zu zerstören. Aber bitte, warum hatte sie sich auch auf dieses Spiel eingelassen? Spiele konnte man gewinnen – oder verlieren. Und Zeitungen hatten immer noch eine große Schlagkraft, auch wenn die Pressegesetze scharf und menschenverachtende Jagden wie in den Siebzigerjahren nicht mehr erlaubt waren. Natürlich hatten die Leute heute mehr Rechte – aber wenn etwas gedruckt in der Zeitung stand, konnte die Gegendarstellung hinterher so üppig sein, wie sie wollte. In den Köpfen der Leser blieb die Geschichte trotzdem hängen.

Er dachte über sein Opfer nach – sie machte einen stabilen Eindruck. Sie würde es schon überstehen. Die Geheimnisse und Gesetze der Medien übten auf Findler immer noch eine große Faszination aus – das alles hatte natürlich auch mit Macht zu tun. Ein popliger kleiner Schreiberling konnte so zum Zünglein an der Waage werden: Menschen und Dinge groß schreiben oder auch vernichten. Kinofilme, Restaurants, Theaterpremieren – eine negative Kritik an der richtigen Stelle, und ganze Projekte konnten ins Straucheln geraten.

Natürlich gab es Begriffe wie journalistisches Verantwortungsbewusstsein. Aber mal ehrlich. Wer konnte sich denn so was leisten? Die Zeiten waren hart, Auflagen bitter umkämpft, der Anzeigenmarkt immer mal wieder kurz vor dem Einbruch. Was zählte, war am Ende doch nur der Profit. Gut, er hatte auch schon mal Spenden gesammelt für ein verwaistes Mädchen aus Afrika. Und das Tierheim verdankte ihm ein neues Gehege. Nach seinen herzergreifenden Geschichten hatten die Leser wie blöde gespendet.

Er hatte aber auch schon mehrere Scheidungen auf dem

Gewissen: weil er viele Nächte lang Prominente beobachtet hatte – aus Autos oder einem Gebüsch, um sie beim Fremdgehen zu erwischen. Einen hohen Politiker hatten seine Fotos, die den Mann mit einer viel jüngeren Prostituierten zeigten, den Job gekostet. Ein paar Wochen war Findler daraufhin in Deckung gegangen – es gab doch tatsächlich auch Kollegen, die solche Art von Berichterstattung ablehnten. Aber die Uhren drehten sich schnell, die Zeitung von gestern war alt und die Menschen zum Glück ziemlich vergesslich.

Er blätterte durch seine Unterlagen … Iris Wolter, Lippe aus Sylt, der Skilehrer – er hatte von allen Fotos und musste nur noch Ordnung in die Geschichte bringen. Gott, waren die naiv. Wie konnte man auch so selbstverliebt alles ausplaudern, nur weil man danach gefragt wurde?

Das Leben war merkwürdig, dachte er, während er im Fernseher sah, wie Dodo die heulende Haase in den Arm nahm. Lächerlich. Alles war lächerlich. Sie log, und die andere heulte aus Berechnung. Was für eine kaputte Welt. Aber die Reaktion des Publikums war schon merkwürdig. Sie klatschten an unerwarteten Stellen, sie hörten der Berlinerin aufmerksam zu, und fast schien es, als wären sie davon berührt, wie sie an schon verloren geglaubte Werte erinnerte.

Treue, Aufmerksamkeit, Respekt, Menschenliebe, Nähe, Vertrauen, und das unabhängig von schnellem Geld, der krampfhaften Lust auf mehr Vergnügen, unbändiger Freiheit und dem immer größer werdenden Wunsch nach Selbstverwirklichung auf Kosten anderer.

Vielleicht waren die Zeiten inzwischen doch zu schnelllebig geworden. Möglicherweise sehnten sich die Menschen wirklich wieder nach Ruhe. Er selbst war ja auch oft am Ende mit seinen Kräften und hatte die Schnauze gestrichen voll von Oberflächlichkeiten und grenzenloser Selbstüberschützung.

Aber genauso wollten Menschen Klatsch, Tratsch und Vernichtendes serviert bekommen. Die Lust am Elend anderer war ungebrochen. Auch wenn keiner es zugab, dass es ihn anmachte, wenn Promis beim Fremdgehen erwischt wurden, wenn einer richtig krank wurde oder bankrottging. Vielleicht war's das Gefühl, die sind auch nur wie wir.

Der Blick durchs Schlüsselloch war immer noch die Königsdisziplin im Boulevardjournalismus. Wer hat auf dem Klo der Promi-Kneipe gevögelt? Wer fährt besoffen Auto? Wer klaut im Baumarkt, obwohl er eigentlich Millionen auf dem Konto haben müsste? Wer muss in den Knast, obwohl er Dauergast in den Hochglanzblättern war? Er hatte erlebt, wie Karrieren zerstört wurden. Wie ein ganzes Medienland Jagd machte auf eine Frau, nur weil sie einmal das gemacht hatte, was nicht ins Konzept ihrer Marketingstrategie passte.

Er sinnierte so vor sich hin, während der Friseur im Fernsehen ständig »Stimmung« brüllte. Das war auch so ein Medienwunder. Eine Stadt, deren berühmtester Vertreter ein Haarschneider war. Unglaublich. Aber auch das war faszinierend. Die Welt der Stars und Sternchen hatte ganz eigene Gesetze. Er fragte sich, ob Dorothea von Schretten eigentlich wusste, welches Haifischbecken sie sich für ihre ersten Schwimmübungen da ausgesucht hatte.

Er schrieb weiter. Zitat an Zitat. Jeder Satz ein weiterer Todesstoß. Er wünschte sich insgeheim nur, dass die Familie ihr den Rücken stärken würde. Denn sein Artikel war ja nur der Anfang – alles andere würde folgen. Paparazzi im Vorgarten der Eltern, auf dem Arbeitsplatz der Schwester, vorm Radio.

Ach ja, das Radio … wahrscheinlich würde sie ihren Job verlieren. Na, egal. Vielleicht böte ihr ein Privatsender eine eigene Fernsehsendung an, »Sag die Wahrheit« vielleicht oder »Wer dreimal lügt« – wäre doch ein schönes Konzept und sie eine glaubwürdige Präsentatorin. Außerdem war es beileibe nicht sein Job, über die Frau nachzudenken.

Er spürte wieder dieses Kribbeln im Magen, das er immer hatte, wenn er jemanden jagte. Der leere Schreibtisch seiner Kollegin Julia Petzolt grinste ihn an. Die Chefreporterin war definitiv kaltgestellt worden. Merkwürdig, was ein einziger Satz, gesprochen mitten in der Nacht im Radio, auslösen konnte, wenn ihn nur der richtige Mann hörte.

Er beendete den Artikel und setze seinen Namen in fetten Buchstaben darunter. Er hatte sich definitiv eine Autorenzeile verdient. Dann druckte er den Artikel aus – sicherheitshalber –, speicherte ihn in seinem privaten und geschützten Bereich und machte den Computer aus. Thorsten Findler hatte gute Arbeit geleistet – ihre Sätze aus dem Fernsehinterview gegen die Aussagen ihrer »Stecher« gesetzt. Er blieb dabei – dieser Artikel war perfekt. Sauber recherchiert und gut geschrieben.

Was jetzt passieren würde, war spannend, aber für ihn als Profi vorhersehbar. Er sah noch den Abspann und die Kamera, die auf dem strahlenden Gesicht der jungen Frau hängenblieb, die keine Jungfrau mehr war. Und alles andere, was sonst noch jungfräulich und behütet in ihrem Leben war, würde in drei Tagen für immer zerstört sein. Wer sich ins Licht begibt, kann sich auch die Flügel verbrennen.

Kapitel 22

Ich sah Diana schon von weitem. Sie stand auf dem Bahnsteig und winkte aufgeregt. Kaum konnte ich es erwarten, aus dem Zug und in ihre Arme zu springen. Ich fühlte mich jetzt schon sehr prominent und bildete mir nicht nur ein, dass alle irgendwie komisch guckten. Hatten die denn alle Lukas D. Steiner gesehen? Scheint ja doch eine außerordentlich erfolgreiche Sendung zu sein …

Die Dame mir gegenüber im Abteil sah auch die ganze Zeit so aus, als hätte sie mich am liebsten angesprochen. Na gut, ich hatte ja auch etwas lauter als gewöhnlich am Handy geplappert. Natürlich lag das nur an der schlechten Verbindung, dass ich Achim sehr deutlich sagen musste, wie es mit der Haase nach der Sendung noch weitergegangen war. Sie hatte im Übrigen die Nacht mit dem Bodyguard verbracht. Zumindest hatten sie beide zeitgleich und Hand in Hand die Party verlassen. Dass musste wirklich Liebe gewesen sein.

Der Friseur hatte sich noch in der Nacht nach Berlin bringen lassen. Wie blöde eigentlich. Ihm ist wirklich etwas entgangen. Wann kann man schon mal ein Luxushotel mit Luxusbadewanne und Luxusfrühstück genießen? Aber er hatte angeblich schon am frühen Morgen einen Termin mit einer prominenten Dame aus der Politik. Sehr prominenten. Sehr, sehr, sehr prominenten.

Also hatte ich allein mit meinem Telefon und meinem Hund

im Erste-Klasse-Abteil gesessen und brannte darauf, meiner Schwester endlich alle Einzelheiten erzählen zu können.

Ich flog in ihre Arme, sie küsste mich, und gemeinsam schlenderten wir zum Bahnhofskiosk, um alle aktuellen Zeitungen zu erwerben.

»Frühstück bei dir oder bei mir?«, fragte sie.

»Lass uns zu mir gehen. Inge braucht ihre gewohnte Kleine Wolke. War doch für uns alle anstrengend.«

Zwanzig Minuten später saßen wir an meinem Küchentisch, und Inge rollte sich gemütlich auf meinem Badezimmervorleger zusammen. Die pure Harmonie. Auch das konnte es bei uns geben. Neun Zeitungen lagen vor uns, vier hatten die Sendung bereits kommentiert. Die anderen fünf würden wohl noch nachkleckern oder sich nie dafür interessieren. In allen war meine Geschichte die größte, und ich kam überall gut weg. Ich wurde sogar als die Botschafterin eines neuen Lebensgefühls beschrieben.

In einer Zeitung stand als Überschrift:

Jungfrau trocknet Tränen – Busenwunder überdenkt ihr Leben.

»Siehste«, sagte ich zu Diana. »Deine Sorgen waren umsonst.«

»Kein Mensch will jetzt von Sorgen reden. Sag mir lieber, wie die Haase so war. Sind die Hupen echt?« Diana schien extrem fasziniert von dem Thema.

Ich holte also aus und erzählte alles – bis ins letzte Detail. Ich quatschte mich total in Schwung. Als ich mit einem fröhlichen »Stimmung!« endete und lachend in Dianas Gesicht guckte, sah ich eine Träne ihre Wange runterkullern.

»Was ist denn los?«, fragte ich erschrocken.

»Ich bin so ergriffen. Du hast so überzeugend geredet. Dass du das kannst. Ich glaube, meine bisherige Lebensführung ist keinen Pfifferling wert.« Und dann schluchzte sie lauthals los.

»Hast du gesoffen?«, fragte ich meine Schwester und war verwirrt. »Die Ansätze sind mit Sicherheit okay. Aber du kennst doch die Wahrheit, das ist doch alles weichgespülter Mist, was ich da von mir gegeben habe.«

»Nein, Dodo. Das ist mehr. Das bist du mit deinem Leben. Sinnvoll und inhaltsreich.« Ich sah meine Schwester an, als hätte sie Drogen genommen. Was war denn jetzt los? Bevor ich allerdings tiefer denken konnte, surrte mein Handy – eine SMS von Sebastian.

»Lust auf Lunch?«, fragte er.

»Unbedingt«, antwortete ich sofort. Ich war ehrlich gesagt auch froh, auf diese Weise meine inzwischen doch etwas unheimliche Schwester abschieben zu können.

»Treffpunkt Alte Pommesbude am Schloss. Um zwei.«

Während ich mit dem Simsen beschäftigt war, kraulte Diana Inge inniglich den Bauch. Sie sah sehr liebevoll und beseelt aus, kochte förmlich über vor Sensibilität und Gefühl. Wenn sie zwischendurch nicht ab und zu hätte würgen müssen, wäre es ein geradezu rührendes Bild gewesen.

»Sei nicht sauer, Diana. Ich muss jetzt in den Sender.« Ich log absichtlich. Mir war zurzeit wirklich nicht danach zu erklären, warum ich mich jetzt mit welchem Mann treffen würde. Diana raffte gerade offensichtlich sowieso nichts. Sie setzte sich klaglos in ihr Auto und fuhr benebelt davon. War Sie verliebt? Keine Ahnung. Irgendetwas schien im Busch zu sein, was sich mir bislang noch nicht erschlossen hatte. Aber eins nach dem anderen. Jetzt musste ich mich ein bisschen aufhübschen für Sebastian und mich um meine persönliche Herzenssituation kümmern.

Ich entschied mich für einen sehr natürlichen Look, aber

nicht mehr ganz so bieder. Die Jeans waren eng, die Schuhe etwas höher, und wenn man genau hinsah, spannte die Bluse ein kleines bisschen über dem Busen. Sexy. Ich gefiel mir. Ich war ja auch eine moderne Jungfrau. Keiner erwartete wohl, dass ich aus dem letzten Jahrhundert stammen würde.

Ich war pünktlich. Klar, ich ging ja auch zu Fuß und musste kein Auto an einem offiziellen Parkplatz entsorgen. Er stand schon neben der Pommesbude und strahlte.

»Na, du Hübsche.«

Intuitiv – ohne zu spielen und ohne falsche Hemmungen – streckte ich ihm meine Arme entgegen und fiel ihm um den Hals.

»Du hast mir gefehlt. Ich hätte dich nicht einfach so gehen lassen sollen.« Während er das sagte, sah er mir tief in die Augen. Plötzlich fühlte ich, dass alles richtig war. Mein Herz lief über vor Glück. Für den Bruchteil eines Augenblicks war ich mit ihm allein auf der Welt.

»Was tust du da?«, fragte er.

»Das, was ich fühle!« Ich verstand seine Frage offensichtlich falsch. Unsicher wich ich einen Schritt zurück.

»Hey, hey, hey, nicht wieder weglaufen. Bleib bei mir. Ich möchte dich nicht gleich wieder verlieren, meine kleine Lügenprinzessin. Ich möchte wissen, was du als so genannte Jungfrau mit der Öffentlichkeit anstellst? Dorothea, wir wissen beide, dass du alle an der Nase rumführst.«

»Ja, tue ich das?« Ich kokettierte. So einfach wollte ich es ihm dann doch nicht machen. »Ich erkläre dir alles – später. Jetzt nicht.«

Und dann sah ich ihm noch tiefer in die Augen und küsste ihn. Lang und intensiv. Und noch mal länger.

Wir hätten wahrscheinlich stundenlang geknutscht, wäre nicht die Imbissbudenfrau durchgedreht. »Na, brat mir eener

’nen Storch. Heilige Jungfrau Maria. Watt is denn ditt? Hab ick ’ne Erscheinung? Frolleinchen, Hallo, Frolleinchen. Holen Se doch mal kurz Luft, bevor mir die Bude um die Ohren fliegt. Sie sind doch die Jungfrau ausm Fernsehen … Wieso knutschen Sie denn ausgerechnet vor meiner Bude? Sie rauben mir jede Illusion. Wenn ditt eener sieht … Ja, wer blickt denn da noch durch?«

Sebastian hatte sehr viel Spaß an dem Durcheinander und lachte fröhlich. »Keine Panik. Vom Küssen ist noch keiner schwanger geworden …« Er stupste mich an. »Soll ich mal einen ausgeben? Zwei Capri-Sonnen bitte!«

Die Imbissfrau war nun völlig konsterniert. »Knutschen wie die Großen und saufen wie die Kleenen. Bitte schön. Ick hätt aber ooch ’nen Pikkolöchen da.«

Wir hatten schon Umdrehungen genug und tranken die Capri-Sonne bis auf den letzten Tropfen leer.

»Kennst du das noch?«, fragte er und pustete die leere Hülle auf. »Wenn’s richtig knallt, geht ein Wunsch in Erfüllung!«

Wir pusteten beide und trampelten dann auf den Packungen rum. Es machte zwar irgendwie nur »pffft«, aber es reichte für zwei innige Wünsche. Ich hob die leere Packung auf und schob sie in meine Manteltasche.

Dann rannten wir wie die Kinder kichernd durch den Park. »Ich muss leider zurück ins Büro. Verkehrsrowdies verknacken«, dabei küsste er mich unaufhörlich. Und zwischen den atemlosen Küssen stammelte ich: »Wann sehen wir uns?«

»Später, meine Schöne. Später.« Damit verschwand er aus meinen Armen und meinem Blick.

Noch während ich wie in Trance hinter ihm hergrinste, surrte mein Handy. Max! Huch, den hatte ich ja komplett vergessen. Ich schluckte, bevor ich auf die grüne Taste drückte, um das Gespräch anzunehmen.

»Hallo, du«, mehr fiel mir jetzt nicht ein.

»Dodo, ich muss dich sehen. Sag mir wann? Ich vermisse dich so sehr …«

Das lief jetzt aber ein bisschen aus dem Ruder. Ich wollte ihn gerade auf nächstes Jahr Dienstag vertrösten, als er mir ins Ohr säuselte:

»Dodo, ich will dich, wie ich noch nie eine Frau zuvor gewollt habe. Du musst zu mir kommen. Heute Abend. Lass dich verzaubern. Vertrau mir.«

Na ja, gut. So ein Besuch konnte ja nicht schaden. »Okay, ich komme mal vorbeigerutscht. So um sieben?«

Mit ein bisschen Glück hatte ich ihm bis um acht den Zahn mit mir gezogen und könnte dann mit Sebastian wieder beim Griechen sitzen.

Ach, Sebastian …

Ich fuhr nach Hause, ging eine Runde mit Inge, die ich nur mit größter Mühe von der Kleinen Wolke ziehen konnte, telefonierte nochmals mit Achim, um ihm fest zu versprechen, ab morgen wieder meine Sendung zu übernehmen, duschte und wählte diesmal die verführerische Outfit-Variante. Um Viertel vor sieben saß ich im Auto und fuhr in die Nobelgegend, in der Max wohnte.

Zum Glück fand ich die Adresse sofort. Er hatte mir den Code für die Haustür gegeben. Das allein führte bei mir zu einer kurzfristigen Unsicherheit. Das war ja schon jetzt wie eine Prüfung. Für mich hatten Türen Schlösser, Schlüssel und Klingeln – und jemanden, der sie öffnete. Die erste Hürde hatte ich genommen.

Mit dem gläsernen Fahrstuhl fuhr ich bis in den siebten Stock. Die Tür öffnete sich – direkt in seiner Wohnung. Ich war erschlagen: vor mir ein ungefähr achtzig Quadratmeter großer Raum – offensichtlich handelte es sich dabei nur um den Wohnbereich. Hinten brannte ein Kamin, aus den Boxen erklang sinnlicher Jazz, das Licht war sanft gedimmt, es roch nach edlen Hölzern. In der Mitte des Raumes stand ein gigantisches Designersofa mit Zebramuster, daneben eine mannshohe Vase mit einer einzelnen Rose, die geschätzte ein Meter achtzig lang war. Auf dem Tisch ein silberner Champagnerkübel mit Eis, in dem mindestens drei Flaschen lagen.

Und weit und breit kein Max. Jedenfalls nicht auf dieser Ebene. Zu der Wohnung gehörte nämlich noch eine Galerie, die auf eine Dachterrasse führte, die die Ausmaße eines Fußballfeldes hatte – okay, Handball. Da stand er und guckte auf mich runter. Er trug eine scheißteure Stoffhose und ein wahrscheinlich noch scheißteureres halb offenes Hemd darüber. Überflüssig zu erwähnen, dass er barfuß war. In der Hand hielt er zwei Champagnergläser.

»Es ist so schön, dass du da bist. Wir können über so vieles reden. Es ist Zeit, dir etwas von alldem zurückzugeben … Komm zu mir. Es ist auf der Terrasse gedeckt. Vielleicht hast du ein bisschen Appetit. Ich habe da mal eine Kleinigkeit vorbereiten lassen.«

Ich kletterte die Stufen hoch und stand im Freien auf der riesigen Terrasse – mit einem atemberaubenden Blick über die ganze Stadt.

Auf dem Tisch standen Hummer, verschiedene Kanapees, eine silberne Schale mit Kaviar, daneben ein paar Austern. Während ich im Kopf nachrechnete, was das ganze Aquarium auf dem Tisch wohl gekostet haben mochte, stand er plötzlich hinter mir. Ich hörte seinen heißen Atem an meinem Ohr. Er roch wunderbar. Ich spürte seine breiten Schultern an meinem Rücken. Puh, mir wurde ganz anders. Er küsste meinen Hals. Ich schluckte.

Und er flüsterte: »Auf diesen Moment habe ich so lange gewartet. Alles kann, nichts muss …«

Zum zweiten Mal an diesem Tag hatte ich den Eindruck, dass um mich herum die Welt verschwand. Ich wäre haltlos in seine Arme gesunken, wäre die Idylle nicht kurz gestört worden.

»'tschuldigung, Max. Haben Sie vielleicht einen Korkenzieher parat? Meiner macht's nicht mehr. Bin auch gleich wieder weg.«

Die Stimme kam von der Nachbarterrasse.

»Das ist nur Margit, meine Nachbarin. Ihr Mann ist Regisseur. Ich hol mal schnell das Gewünschte. Eine blöde Kuh«, flüsterte er und verschwand.

»Schöne Nacht, heute«, sagte ich.

»Sieht aber auch sehr lecker bei Ihnen aus«, antwortete sie und schien mich mit ihrem Blick zu durchbohren. Es dauerte alles nur wenige Minuten, aber ich fühlte mich nachhaltig unwohl.

Max kam, warf ihr das Ding rüber und schaltete sofort wieder auf Romantik.

»Wo waren wir stehengeblieben?« Das war eher eine rhetorische Frage, und ich war sofort wieder in Stimmung. Er nahm mich sanft an den Schultern, drehte mich zu sich um und küsste mich fordernd. Dabei drang er mit seiner Zunge sanft in meinen Mund. Er packte mich fester und zog mich noch näher an sich heran. Ich war mir ganz sicher, dass ich es plötzlich vor meinem geistigen Auge blitzen sah. Ein Feuerwerk der Gefühle. Es blitzte noch mal. Ach, ein Feuerwerk der Lust. Als es ein drittes Mal blitzte, öffnete ich verwirrt die Augen. Er hatte seine bereits geöffnet und sah beinahe gequält aus. Er riss sich los und rannte wie von Hummeln gejagt in die Wohnung. Ich ihm hinterher.

Irgendwie war er verschwunden. Wahrscheinlich auf dem Klo. In einem Anfall von Neugier lauschte ich an der Tür. Er schien jemanden schwer zu beschimpfen. »Benimm dich. Werd wieder klein, du Wurm. Denk an die Steuern, ans Finanzamt, an die letzte Magen-Darm-Grippe. Was auch immer. Sie kriegt ja einen Schreck für's Leben. Sie hat so was ja noch nie gesehen.«

Wenn ich es recht interpretierte, diskutierte er gerade mit seinem Geschlechtsteil. Ich war inspiriert – in einem Anfall purer Leidenschaft riss ich mir in seinem abgedunkelten Flur direkt vorm Klo die Bluse vom Leib. Vorm Klo? Ab mit mir vor den Kamin. Da gehörte ich hin.

Mein Anfall von Courage dauerte genau drei Sekunden. Völlig panisch knöpfte ich die Bluse wieder zu. Huch. Schief! Was tat ich hier eigentlich? Die Erklärung war so einfach ... ich liebte seinen großen Fernseher, seine Luxuscoach, seine teuren Möbel. Dabei streichelte ich das Lack-Sideboard. Allein davon bekam ich schon wieder Lust.

Zwei Minuten später stand er mit einem vollen Eiskübel im Schoß wieder vor mir. Als sein Blick auf meine schief geknöpfte Bluse fiel, schmiss er den Kübel weg, riss mich an sich, knutschte mich wie wild. Diesmal blitzte es nicht mehr. Komisch. Wir sanken trotzdem aufs Sofa, drehten uns und landeten unsanft auf dem Boden. Dabei schmiss er den Champagnerkübel runter, und die rosafarbene, prickelnde Pampe ergoss sich über uns und den Rest des Wohnsalons.

Das war das Signal. Ich rappelte mich hoch und stammelte: »Ich muss gehen.«

Dann rannte ich zum Fahrstuhl, schnappte auf dem Weg meine Sachen und gab fieberhaft die Zahlenkombination ein. Zum Glück öffnete sich die Tür beinahe sofort. Während mich das gläserne Ding wieder auf den Boden der Tatsachen brachte, warf ich einen letzten Blick auf Max, der völlig bedröppelt in seiner Luxusbude zurückgeblieben war. Auf dem Weg zu meinem Auto griff ich völlig in Gedanken in meine Jackentasche. Da war sie – die leere Caprisonne. Ach du Scheiße. Was hatte ich nur angerichtet?

Kapitel 23

Ich hatte ziemlich schlecht geschlafen. Das lag auch an den skurrilen Träumen, die mich die ganze Nacht verfolgt hatten. Darin liefen nämlich Sebastian und Max Hand in Hand über eine Wiese mit türkisfarbenen Blumen, die auch noch rot gekringelt waren. Über ihnen zwitscherten bunte Vögel im grellen Sonnenschein, die mit Schmetterlingen knutschten. Die Jungs trugen lange durchsichtige Gewänder – ich konnte deutlich ihre Körper darunter sehen – und schienen sich ausgesprochen gut zu verstehen. Einer war schöner als der andere. Ich tauchte auch auf – als Grashüpfer. Ich war ein großer Grashüpfer. Leider konnte ich nicht sprechen. Also hüpfte ich die ganze Zeit vor diesem seltsamen Pärchen auf und ab, aber sie ignorierten mich. Als sie sich gerade küssen wollten, fing es in meinem Traum furchtbar an zu regnen, und ich wachte schweißgebadet auf. Es regnete natürlich nicht in meinem Schlafzimmer – es war nur Inge, die mir die ganze Zeit das Gesicht leckte. Wie eklig.

»Inge, lass das!«, fauchte ich meinen Hund an, der ausnahmsweise mal nichts mit meiner schlechten Laune zu tun hatte. Wie hatte ich denn diesen Traum-Quatsch zu deuten? Waren die jetzt schwul? Sollte ich keinen der beiden kriegen? Aber im Grunde war mir schon klar, was dieser Traum zu bedeuten hatte: Wenn ich so weitermachte, würde ich mit Sicherheit beide verlieren. Und ich konnte mir ein Leben als

Grashüpferweibchen auch nur bedingt schön vorstellen. Zum Glück hatte ich so viele Termine, dass ich den Traum und seine Deutung auf später verschieben konnte. Deshalb entschloss ich mich, mein Handy heute ausnahmsweise ausgeschaltet zu lassen. Damit konnte ich Kurznachrichten und Kontaktaufnahmen vorübergehend ausweichen.

Ich hatte ein Meeting mit Achim. Er wollte mir eine zusätzliche Sendung anbieten. Wahrscheinlich zu einer attraktiveren Sendezeit – mittags irgendwann. Er meinte wohl, meine neu gewonnene Popularität so besser nutzen zu können. Also schnappte ich den Hund und machte mich auf in den Sender.

Am Empfang saß wie immer Jaqueline. »Mensch, Jacke-Line, wie geht's denn so?«, begrüßte ich unser Sender- Dummchen fröhlich.

»Watt war denn ditt fürn abartijet Outfit, watt du da anhattest? So watt haste doch noch nie jeschleppt. Watt hat dich denn da jeritten? Voll die Biedernummer, wa?«

Ich schloss sie sofort wieder in mein Herz.

»Wenn ich den Rock aussortiere, schenke ich ihn dir, okay?« Damit sprang ich die Stufen hinauf zu Achims Büro.

»Warte doch mal«, brüllte sie mir hinterher. »Da hat jemand für Frollein Saubermann anjerufen. Ein jewisser Sven Lippe aus Sylt. Er meinte, ihr kennt euch privat.«

Mitten im Sprung erstarrte ich. Und mit mir jede einzelne Zelle meines Körpers.

Sven. Lippe. Lippschitz. Schule. Erste Liebe. Abitur. Knutschen. Fummeln. Sex. Tagelang. Meine Güte. Ich musste mich setzen.

»Watt is denn los? Schwächeanfall?«

»Wasser«, stammelte ich, war mir aber im gleichen Atemzug sicher, dass mir das auch nicht helfen würde. Ich atmete tief durch, verdrängte die bösen Gedanken und verkündete Besserung. »Nee, du. Geht schon. Alles gut.«

»Kann ick denn jetz den Zettel mit der Nummer wegschmeißen?«, fragte sie. Am liebsten hätte ich das Stück Papier samt allen Informationen für immer im Klo versenkt. Er hatte sich definitiv einen falschen Zeitpunkt gewählt, um aufzutauchen. Ich war Jungfrau, er der Entjungferer. Das passte nicht zusammen. Ich würde später darüber nachdenken. Jetzt hatte ich keine Zeit. Nebenbei fiel mir auf, dass sich die Dinge, über die ich »später« nachdenken wollte, langsam häuften.

»Meine Quotenqueen! Du kleine Zaubermaus! Du Fernsehstar. Welche Sendung willst du moderieren? Morgens? Mittags? Am Wochenende? Rund um die Uhr? Ich gebe dir alles. Die Leute wollen dich! Ich will dich! Wir werden zusammen ganz groß.«

Achim umarmte mich und fragte gleich weiter: »Wie ist denn die Haase so? Hat die gerade jemanden? Jetzt, wo ihr beide doch so dicke seid miteinander, kannste doch den kleinen Achim mal ins Spiel bringen. Da würde ich ja auch gern mal ... Vielleicht könntet ihr auch zusammen eine Sendung moderieren?« Dabei kicherte er ziemlich lüstern, beinahe sabbernd.

»Achim, das ist widerlich. Außerdem hat sie andere Pläne – sie will zum Film. Im Radio sieht man ja ihre Möpse nicht. Lass uns mal über meine Zukunft hier reden.«

Er machte mir diverse Vorschläge, wir sprachen viel und intensiv, und einige Stunden später ging ich mit der Beförderung zur »Chefmoderatorin« aus seinem Büro direkt ins Sendestudio. Es war ein kreativer, anstrengender Tag gewesen, und ich war mir sicher, dass meine Zukunft absolut rosarot und finanziell abgesichert war und viele positive Überraschungen bereithielt. Mir konnte nichts mehr passieren.

Kurz vor der Sendung rief Tante Lotto im Sender an. »Kindchen, wieso ist denn dein Handy aus? Ick versuche doch schon den ganzen Tag, dich zu erreichen! Wir wollen feiern! Heute Abend im Keese. Lass dein altes Tantchen mal ein bisschen mit dir angeben. Alle Damen kommen – sogar deine Mutter hat zugesagt. Na ja, und ich habe alle Studenten gemietet, die ich kriegen konnte. Wir wollen ja nicht nur Spaß haben, sondern auch Auswahl! Da ist mit Sicherheit auch was für dich dabei, meine kleene Jungfrau!«

Na klar sagte ich zu! »Ich bin um Viertel nach zehn da. Fangt schon mal ohne mich an.«

Die Sendung lief super. Ich hatte den Eindruck, auf Wolken zu schweben. Meine Hörer wollten reden, reden, reden: über die Fernsehsendung, den Friseur, die Haase, Moral, Anstand, Werte, meine Frisur. Und, ja: Auch meine Klamotten waren Anlass zu Diskussionen. Darüber müsste ich später noch mal mit meinen Stilberaterinnen im Keese plaudern.

Nach der Sendung fuhr ich schnell nach Hause, um Inge zu entsorgen. Dabei kam ich an Özgürs Kiosk vorbei. Es brannte noch Licht. Mein türkischer Zeitungshändler beschimpfte gerade seine Frau, die mit einem Pinsel in der Hand auf einer wackligen Leiter stand.

»Hallo, ihr zwei. Zieht ihr aus?«

»Aaaaa, Dorothea!« Er wischte sich die Hände an einem terpentingetränkten Lappen ab und an seiner Hose trocken, um sie mir dann tiefengereinigt entgegenzustrecken. Gleichzeitig zischte er irgendetwas Türkisches zu seiner Frau, die sofort erschrocken von der Leiter sprang und die gleiche Reinigungsprozedur durchzog.

»Es ist so eine Ehre, dich kennen zu dürfen.«

Özgür überschlug sich fast. Mir war's peinlich.

»Ach, hör doch auf. Ist doch alles gar nichts Besonders.«

»Doch, das ist es.«

Ich versuchte von meiner Heiligkeit abzulenken. »Was macht ihr denn hier – mitten in der Nacht?«

»Wir renovieren. Können wir auch bei dir machen. Ganz umsonst. Wann immer du uns brauchst – wir sind da!«

In dem Moment bellte Inge, und Özgür lächelte schief und auch ein bisschen falsch. »Wir nehmen natürlich auch gern mal wieder deinen Hund.« Ich spürte, dass das genau so eine faustdicke Lüge war wie meine Jungfernschaft. Ich verabschiedete mich, zog mit meinem Hund nach Hause, schmiss mir meine engen Jeans über und zog fröhlich ab ins nächtliche Vergnügen.

Ich parkte vorbildlich ein und sah direkt rein ins Café Keese. Mir war ein bisschen mulmig – schließlich war ich noch nie in diesem Laden gewesen und bezweifelte ernsthaft, ob ich dort den gleichen Spaß haben würde wie meine lebenslustige Lieblingstante.

Eine tschechische Billigband, sprachlich stark eingefärbt, intonierte gerade einen Millionenseller – zumindest musste ich davon ausgehen, dass das Lied bekannt war. Denn alle sangen mit. Alle, inklusive meiner Mutter. Sie stand da wie ein in die Jahre gekommenes Groupie und grölte fröhlich »Ein Stääääärn, der deinen Naaaaaaamen trääääääägt.« Lotto saß auf dem Schoß eines jungen Mannes, der mit den Knöpfen ihrer Bluse spielte, und Diana trank kreidebleich Wasser.

Ich kam langsam näher, musste aber angestrengt gegen Fluchttendenzen ankämpfen. War das wirklich meine Familie? Plötzlich sah Lotto mich, brüllte gegen die Menge ein kurzes »Da ist sie!«, und wie auf Kommando sprangen zwanzig Menschen auf und rissen ein Plakat in die Höhe:

»Dodo, wir lieben dich!«

Die Kapelle spielte einen Tusch, die Sportstudenten rissen sich die T-Shirts hoch (ich fragte mich, wer da wohl verantwortlich war für die Choreografie), und alles brüllte: »Hey, hooo, hey, hooo«. Das war ja mal ein Empfang.

Nachdem sich die erste Hysterie gelegt hatte, wurde ich in die Spielregeln des Etablissements eingeweiht. Jeder Tisch hatte eine Nummer und ein Telefon. Letzteres diente aber wohl nur noch der Dekoration. Über der Band hingen rechts und links Leuchtschriften mit den heißen Versprechen »Damenwahl« und »Herrenwahl«. Blinkte Damenwahl auf, durften wir die Herren auffordern. Und die Herren durften nicht ablehnen. Die mussten dann ran! Auch an die Hundertfünfzig-Kilo-Granate, die sonst wohl eher ein Mauerblümchendasein fristete. Umgekehrt war es etwas geschmeidiger – denn die Herren konnten durchaus Körbe kassieren! Tante Lotto und ihre Freundinnen erklärten mir auch, wer hier wer war im Tempel der Lust.

»Hier, ditt zum Beipiel. Ditt ist der Wolle.«

»Der mit dem üppigen Haar?«, fragte ich und zeigte auf einen Herren gesetzteren Alters am Ende der Bar.

»Wie – üppiges Haar! Mann, ditt iss 'n Fiffi. Morgens ruff, abends runter, zwischendurch ausklopppen! Der hat hier fast jedet Wochenende ein anderet Mädel loofen.«

Ich fand die Bezeichnung »Mädel« angesichts des durchschnittlichen Geburtsjahres der Damen schon sportlich. Aber eigentlich war's egal – ob nun Café Keese, Dorfdisse oder der angesagteste In-Laden Berlins: Es war doch immer das Gleiche. Es ging um Sehen und Gesehenwerden, ums Flirten und Anmachen – wer will noch mal und hat noch nicht – und vor allem um Spaß!

Plötzlich stand ein Herr im grauen Anzug vor Diana, verbeugte sich höflich, sodass wir einen freien Blick hatten auf seinen lichten Haarkranz, und fragte: »Gnädiges Frollein, darf ick denn mal bitten?«

Und das Diana, meiner durchdesignten Superschwester! Sie winkte nur ab und trieb den armen Mann damit direkt in meine Arme. Ja, sollte ich den jetzt auch verstoßen?

»Tanzen Sie denn mit mir?«

Dreißig Sekunden später schob er mich froh gelaunt über das Parkett. Im Takt der Musik erklärte er mir, dass es sich hierbei um ein sehr gutes Parkett handle, schön griffig! Das Gleiche nahm er wohl auch von mir an, denn er griff zu!

Mir wurde warm, aber von oben zog es einem direkt in den Nacken. Die Tanzfläche schien belüftet. Das war ja auch vernünftig angesichts des Altersdurchschnitts – hier kam es mit Sicherheit hin und wieder mal zu einem Kreislaufkollaps.

»Na klar«, bestätige Lotto meinen furchtbaren Verdacht wenig später. Den Herren hatte ich durchgetanzt und dann verantwortungsbewusst, wie ein Zivi-Mädchen, an seinem Platz abgesetzt.

»Hier klappt jelegentlich ooch mal eener zusammen, ooch mal für immer!« Tante Lotto riss die Augen auf, als sie von Herbert berichtete. »Ich hatte noch mit ihm jetanzt. Wie an jedem Abend. Immer nur ein Tänzchen. Herbert, hab ick immer gesagt. Herbert! Der war schon so alt, und ditt mir. Aber er hat mir ja auch leidgetan. Und dann war er plötzlich tot. 'ne Stunde, nachdem ick mit ihm zu *Michelle* getanzt hatte. Mann, der hat aber och jeschwitzt. Jott sei Dank iss der nich in meinen Armen gestorben. Na, ditt hätte mir ja noch jefehlt. Ich hätte eine Woche nicht kommen können vor Schreck. Seitdem herrscht hier absolutes Michelle-Verbot.«

Dabei tätschelte sie den durchtrainierten Oberschenkel eines gewissen Kai, der allerhöchstens fünfundzwanzig war! »Ditt kann mit dir ja nich so schnell passieren, wa?«, lächelte sie und kniff ihm dabei in die rosige Wange. Inzwischen hatte meine Mutter einen anderen jungen Mann zum Tanzen aufgefordert. Sie bluesten aufs herzlichste zu ganz kitschiger Schlagermusik.

Diana zog verstimmt die Augenbrauen zusammen. »Ist das peinlich. Die führt sich ja auf wie ein Teenager.«

»Ach, lass sie doch auch mal ein bisschen Spaß haben.« Meine Schwester kam mir sehr sauertöpfisch vor. Zumal sie doch die war mit der größten Abschussrate der Familie. Ihre Urlaube waren ja legendär und sie immer noch ziemlich braun vom letzten Mal.

Ich reichte meiner Mutter lieber ein Gläschen Wasser auf die Tanzfläche. Ich wollte ja nicht, dass sie schock-dehydrierte. Mama griff das Glas, trank aber nichts, sondern verschüttete fast seinen ganzen Inhalt achtlos auf dem Fußboden. Sie war ganz und gar auf ihren Tanzpartner fixiert. Ganz sicher war ich mir jetzt nicht mehr, ob das hier alles eine gute Idee war. Der nette Sportstudent schien das Vollsorge-Paket für meine Mutter übernehmen zu wollen. Er presste sie noch fester an sich und schmiegte seine Wange an ihre.

»Wenn du die jetzt störst, biste enterbt. Lass ihr ditt Glück. Ick hab sie das letzte Mal so erlebt, da war sie sechzehn!« Tante Lotto hielt schützend ihre Hände über Mamas Wahnsinn.

Ich hoffte nur, dass das alles irgendwie gut ausgehen würde. Aber auch darüber wollte ich später nachdenken. Bis dahin würden wir alle noch einen wunderschönen Abend mit viel Spaß und ehrlicher guter Laune haben – außer Diana.

Kapitel 24

In der Redaktion des Berliner Blatts herrschte nervöse Unruhe. Wie immer kurz vor Redaktionsschluss. Der Chefredakteur war aufs äußerste zufrieden mit seiner Schlagzeile.

»Super, Findler. Sauber recherchiert. Nur die Fotos hätte ich mir fescher gewünscht. Hier sieht die ja leider wirklich aus wie 'ne Jungfrau.«

Thorsten Findler sah auf die Fotos, die gleich nach der Talkshow entstanden waren.

»Da sieht ja selbst der Moderator schärfer aus. Und der ist schon ziemlich bieder.«

»Tja, Chef. Leider nicht zu ändern, aber auch so ist die Geschichte rund.«

In der Sekunde kam der Fotoredakteur um die Ecke geschossen. »Chef, Chef. Das glauben Sie nicht! Ich habe gerade eine E-Mail bekommen.«

»Jetzt nicht. Wir sind in der Schlussproduktion.«

»Einen schöneren Schluss werden Sie sich nicht wünschen können. Ihre Gebete wurden erhört! Gucken Sie doch mal: Die Schwanenprinzessin beim Singen!«

Die Rumstehenden verstanden zunächst gar nichts. »Welche Schwanenprinzessin?«

»Ihr Sauber-Mäuschen.« Während er das sagte, warf er ein paar Fotokopien über den Tisch. »Beim Knutschen. Im Abendlicht. Gestern Abend geschossen auf einer Luxusterrasse – im Hintergrund Champus, Hummer, Kaviar und all der Scheiß. Nicht gerade die Kulisse, in der man sich eine Jungfrau mit Hang zum Weltfrieden so vorstellt!«

»Das glaube ich nicht!« Der Chefredakteur schob sich die Brille auf die Nase, riss die Fotos vom Tisch und machte ein dämliches Gesicht. »Wie dekadent. Perfekt. Besser geht's nicht. Meine Herren, die ist fertig! Für immer!«

In Thorsten Findler brodelte die journalistische Freude! Seine Handflächen wurden feucht vor Aufregung. Dieses Foto, gemacht von einer neugierigen, sehr umsichtigen und alles anderen als feinen Nachbarin machte seine Geschichte so rund, wie es im Handbuch für angehende Journalisten nicht besser hätte erklärt sein können. Das war ein Treffer, wie man ihn vielleicht alle fünf Jahre mal hatte. Fast wie die Hitler-Tagebücher. Genial.

Er flitzte zu seinem Schreibtisch und angelte ein Tütchen aus der Schublade. Ein schnell wirkendes Medikament gegen Sodbrennen. Er hatte oft Magenschmerzen, wenn die Geschichten für ihn so gut waren, dass sie die Schicksale seiner Protagonisten für immer beschädigen konnten.

Der Rest war Routine. Die Fotos waren dank neuester Technik sofort im Blatt, und die Maschinen liefen heiß. In wenigen Stunden sollte Dodo ihre Titelgeschichte samt Doppelseite und Kommentar vom Chefredakteur haben. Wäre das Thema für sie nicht so unangenehm, hätte sie es direkt als Ehre auffassen können. Ja, Hans-Otto Römer hatte sich intensiv Gedanken über die kleine Radiomoderatorin gemacht. Er hatte einen offenen Brief an sie geschrieben, in dem er von Ehrlichkeit und Aufrichtigkeit sprach, von Verantwortung den Menschen gegenüber und der Sucht nach Öffentlichkeit.

Liebe Frau von Schretten,

Sie haben Ihre Seele verkauft, um einmal im Rampenlicht zu stehen. Wen haben Sie dafür geopfert? Können Ihre Eltern noch stolz auf Sie sein? Können die Männer, die Sie ja auch geliebt haben, Ihnen jemals verzeihen? Werden neue Männer, die in Ihr Leben treten, Ihnen jemals vertrauen können?

Mich haben Sie zutiefst ge- und enttäuscht. Unsere Zeitung war die erste, die Ihnen Platz eingeräumt hat. Hiermit möchte ich mich offiziell bei unseren Lesern entschuldigen, die Ihnen geglaubt haben. Sie, Frau von Schretten, haben mit Ihren Lügen auch uns beschädigt. Unsere Glaubwürdigkeit und unser journalistisches Verständnis.

Ich möchte Sie nicht anklagen, aber ich wünsche mir, dass Sie ernsthaft nachdenken über die Schneise der Vernichtung, die Sie geschlagen haben.

Mit freundlichen Grüßen,

Hans-Otto Römer

Julia Petzolt huschte ein zynisches Grinsen übers Gesicht, als sie den Text ihres Ex-Lovers las. Der Familienvater, der zwei Jahre regelmäßig, gern auch in der Redaktion, mit ihr geschlafen hatte. Immer mit dem Versprechen, sich spätestens in der darauffolgenden Woche von seiner Frau zu trennen. Was für ein bigottes Arschloch. Was wäre sein Drecksblatt ohne diese Geschichten. Von wegen Glaubwürdigkeit! Täuschung! Vertrauen! Ohne die Schwäche der Menschen hätte er ein Blatt über Goldfische herausgeben können!

Ihr tat Dorothea wirklich von Herzen leid. Ob sie gelogen hatte oder nicht – von ihr ging eine Faszination aus. So oder so. In Julias Leben hatte sie schon viel bewirkt. Sie war wieder frei und, ja, auch glücklicher! Julia Petzolt ging an Findlers Schreibtisch vorbei und sah die Medikamentenpackung.

»Na, Kollege? Ist dir was auf den Magen geschlagen?« Sie beugte sich über den Schreibtisch, ganz nahe an sein Gesicht, und flüsterte: »Bestell dir davon mal eine Klinikpackung. Die wirst du brauchen, du Arsch.«

Findler zog schweigend die Schublade seines Schreibtisches auf und fingerte noch eine zweite Tüte Magenpulver hervor.

Kapitel 25

Es war trüber Morgen, als ich erwachte. Mein Handy hatte mich geweckt. Es war kurz nach sieben, als es dreimal hintereinander surrte. Erst war's mir egal – aber vielleicht war ja doch was passiert. Lag Tante Lotto komatös im Arm eines Sportstudenten? Vielleicht war es aber auch Sebastian. Oder Max. Ich hatte ja gestern weder zu dem einen noch zu dem anderen Kontakt aufgenommen. Mein schlechtes Gewissen war dann doch größer gewesen als die Sehnsucht nach verliebtem Gesäusel.

Ach Scheiße. Von wegen »morgens um sieben ist die Welt in Ordnung« – bei mir war überhaupt nichts in Ordnung. Immer noch alles unklar in meinem Kopf. Immer noch alles Gefühlsmatsche. Ich griff nach meinem Handy. Drei SMS. Na, bitte – die erste war von Max:

»Du bist schlimmer als alles, was mir je im Leben passiert ist. Ich will dich nie wiedersehen. Gegen dich ist Nadine eine Heilige. Lösch meine Nummer, und ruf mich nie wieder an. Hab ich es dir nicht gesagt: Du bist wie alle anderen. Eine saublöde, frustrierte, bedürftige Schlampe.«

Was war denn jetzt los? Irgendwie schien es nicht so gut für mich zu laufen.

Die nächste SMS war von Achim: *»Komm sofort in den Sender.«*

Es lief definitiv nicht gut.

Die dritte war von Diana.

»Die Bombe ist geplatzt. Kauf dir sofort das Berliner Blatt. Brauchst du mich?«

Es lief einfach beschissen.

Ich hatte mir diesen Morgen besser vorgestellt, mit Latte macchiato, klassischer Musik und frischem Croissant. Aber da draußen schien sich etwas gegen mich zusammenzubrauen.

Das Beste war, ich würde erst mal zu Özgür laufen, Inge musste ohnehin Gassi. Dann würde ich vielleicht schon klarer sehen. Ich schmiss mir meinen Mantel über den Pyjama, schnappte meinen Hund und flitzte die paar Treppen runter. Schon von weitem sah ich die Schlagzeile:

Wir kamen tagelang nicht aus dem Bett.
Radiomoderatorin belügt die Republik.

Wie in Trance ging ich die letzten Schritte auf den Kiosk zu. Özgür sah mich und lächelte nicht. Kein bisschen. Er sagte mit trübsinniger Stimme: »Es ist schlimm für mich. Ich kann dir nichts mehr verkaufen. Du musst meinen Laden verlassen. Du hast mich und Ayşe sehr traurig gemacht. Geh bitte.«

Damit warf er mir eine Zeitung vor die Füße und schlug mir, zutiefst enttäuscht, die Tür vor der Nase zu. Ich hob die Zeitung auf und starrte wie das Kaninchen auf die Schlange. Mein Gott! Ein Foto von mir und Max, knutschend auf seiner Terrasse. Die Blitze! War das wirklich erst vorgestern gewesen? Es war furchtbar, sein Schicksal aus der Zeitung zu erfahren. Ich fühlte mich schlagartig wie Paris Hilton. Nur nicht so im Glück!

Ich überflog den Artikel. Alles stand da, alles. Von Lippe, Iris, sogar diesen blöden Skilehrer aus Tirol hatten die gefunden. Mein Herz blieb stehen. Mir wurde heiß und kalt zur gleichen Zeit. Mein Magen drehte sich um, und mein Puls raste. Ich konnte mich nicht erinnern, jemals so gefühlt zu haben. Schlechtes Gewissen gepaart mit absoluter Fassungslosigkeit. Was sollte Sebastian denken? Was Max? Na ja, das wusste ich ja bereits. Ich brauchte dringend eine Idee, und zwar eine gute. Als ich mich umdrehte, um wieder in meine Wohnung zu gehen, sah ich drei Fotografen auf mich zustürmen.

»Da, da ist sie.«

»Hier, hier. Da drüben. Trägt die noch einen Schlafanzug?«

»Geiles Bild.«

Dann hörte ich nichts mehr, weil ich selber rannte, mit Inge an der Leine, hin zu meinem Auto. Ich wollte nur weg.

»Bleiben Sie stehen. Nur ein Foto, nur ein Foto! Lächeln Sie doch mal ...«

Der eine warf sich fast vors Auto, als ich mit quietschenden Reifen aus der zum Glück großen Parklücke fuhr. Bloß weg. Einfach nur weg. Aber wohin? Klar, der Sender. Achim war mit schuld an diesem Dilemma. Das Ding mussten wir jetzt zusammen in Ordnung bringen. Ich hatte zum Glück Freunde. Oder?

Ich war noch nie so schnell im Sender. Gut so – es war damit nämlich noch zu früh für Jaqueline, ihren dämlichen Hausfrauenklatsch hätte ich jetzt wirklich nicht ertragen. Ich rannte sofort durch ins Büro meines Chefs.

»Achim, stell dir vor ... Hast du es schon gelesen? Was machen wir denn jetzt?«

Er lächelte unterkühlt. »Wir? Wieso wir? Wer hat denn geknutscht? Wer hat denn alles aufs Spiel gesetzt? Wer hat denn so große Töne gespuckt?«

»Aber du hast doch …« Ich konnte nur noch stottern. »Du wolltest doch … Das war doch deine Idee …«

»Was war das? Nichts da. Ich erzähle dir jetzt, was meine Idee ist: Du bist gefeuert! Du musst das verstehen, Dodo. Kein Mensch möchte dir jetzt mehr zuhören. Du bist Gift für meinen Sender.«

Ich fing an zu weinen.

»Heul nicht. Du bist jung. Das geht vorbei. Geh zurück zu McDonald's. Aber vielleicht nicht unbedingt in Berlin. Und vielleicht auch nicht unbedingt in diesem Outfit.« Damit zeigte er mit seinem Finger auf meinen Schlafanzug, den ich ja immer noch trug.

»Das ist doch nicht dein Ernst. Du kannst mich doch nicht einfach so fallenlassen. Gestern war ich deine Chefmoderatorin, heute bin ich nur noch Dreck?«

»So ist die Branche, Liebling. Wer sich ins Licht begibt, verbrennt sich eben auch manchmal die Flügel. Da ist ein Leben zwischen Hamburgern und Pommes bedeutend überschaubarer. Berechenbarer. Versuch's einfach noch mal von vorn. Tschüs, und viel Glück.«

Damit entließ mich mein Chef aus meinem Leben beim Radio. Ich war arbeitslos. Und ich ahnte, dass das alles erst der Anfang sein sollte.

Mit hängendem Kopf verließ ich meinen ehemaligen Arbeitsplatz und wusste zum ersten Mal in meinem Leben nicht wirklich, wohin ich gehen sollte. Ich kannte die Richtung nicht mehr, ich hatte die Orientierung verloren. Inge hockte klein und zierlich auf dem Beifahrersitz und guckte mich aus ihren braunen Augen voller Urvertrauen an. Jetzt heulte ich nur noch. Genau dieses Urvertrauen konnte mir jetzt nur ein Mensch geben. Mama. Es gibt Momente im Leben, da will man zu Mama und wieder Kind sein. Ohne Verantwortung und mit dem Wissen, dass alles wieder gut wird. Mama wird's schon machen. Ich fuhr los. So schnell ich konnte.

Die Straßen waren relativ frei, und ich war innerhalb von fünf Minuten am Reihenhaus meiner Eltern. Ich stieg aus und sah meine Mutter. Sie lief durch den Garten. Ich wollte ihr um den Hals fallen, da stoppte sie mich quasi mitten in der Bewegung.

»Halt, Dorothea. Was immer es ist: Es interessiert mich nicht, du wirst es allein hinkriegen müssen, ich habe mein eigenes Leben, und das habe ich viel zu lange verkümmern lassen für euch. Ich war viel zu lange nur für euch da. Jetzt ist Schluss. Ich verlasse deinen Vater und ziehe zu Kai.«

»Wer ist Kai?«, stammelte ich. Aber Mama hörte mich nicht mehr. Sie griff sich ihre gepackte Reisetasche und stapfte selbstbewusst an mir vorbei in ihr neues Leben. Ich blieb allein zurück, setzte mich an den Straßenrand und heulte. Heulte, heulte. Meine Nase lief, meine Augen brannten, mein Magen fuhr Achterbahn. Ich wünschte, ich könnte mich einfach auflösen. In Luft. Nur weg.

Da kam Papa aus dem Haus. Er setzte sich neben mich auf den Bordstein, legte seine Hand auf mein Knie und fragte leise: »Ist sie wirklich weg? Was ist denn nur passiert?«

So hatte ich ihn noch nie gesehen, sein Koordinatensystem schien völlig im Eimer.

»Dodo, wir waren viele Jahrzehnte glücklich. Warum geht sie jetzt? Und was machst du eigentlich hier?«

Ich antwortete nicht. Wir saßen schweigend fünf Minuten nebeneinander auf diesem Rinnstein, und jeder hing so seinen Gedanken nach. Dann stand er auf, küsste mich wortlos auf die Stirn, ging ins Haus, schloss die Tür und ließ mich sitzen.

Okay, jeder hatte sein Leben. Und das war ein deutliches Signal, dass ich mit meinem Chaos selber klarkommen musste. Ich allein trug wohl die Verantwortung. Trotzdem könnte ich ja noch mal bei Diana anrufen, vielleicht hatte die eine Idee. Aber ich hatte kein Glück. Das Handy meiner großen Schwester war ausgeschaltet. Was für eine blöde Kuh: Bietet mir ihre Hilfe an, und dann lässt sie mich doch hängen.

In der Sekunde klingelte zum Glück mein Telefon. Lotto. »Ick habe jerade die Zeitung gelesen. Achgottachgottachgott … Ditt iss jetzt … schwierig. Juut … Urlaub uff Bali is anjenehmer. Nun komm erst mal her, mein Kind. Du bist ja nich allein. Wir biegen das schon wieder jerade.« Lotto befand sich selbst in einem emotionalen Ausnahmezustand – sie berlinerte wieder wie eine Gossengöre.

»Ach, Lotto, es ist alles so fürchterlich.« Und dann heulte ich wieder.

»Ja, ich weiß. Nu fahr mal schön vorsichtig, und ich setz mal den Kaffee uff.«

Fünfzehn Minuten später lag ich in Lottos Armen. Sie tätschelte meinen Rücken, und ich redete und redete.

»Und weißt du, was das Schlimmste ist?«, fragte ich meine Tante, als ich kaum noch einen klaren Gedanken formulieren konnte. »Ich habe Sebastian total beschissen. Wie soll ich ihm denn dieses Bild jemals erklären, wenn ich mir das alles selber kaum erklären kann. Es ist ja wirklich passiert – es ist ja leider kein Missverständnis. Und dann hat diese Kuh auch noch fotografiert … Ich wusste gleich, dass was nicht stimmte mit seiner Nachbarin.«

Ich erklärte Lotto alles und erlebte zum ersten Mal auch meine Tante relativ sprachlos. »Vielleicht solltest du Sebastian einfach mal anrufen? Vielleicht weiß er das ja noch nicht.«

»Ist das eine gute Idee?«

»Nein, aber eine verantwortungsbewusste … Mach mal. Ruf an.«

»Na gut …« Heldenmutig nahm ich mein Telefon und wählte seine Nummer. Er drückte mich weg.

Jetzt war alles verloren. Und ich schluchzte: »Wie soll ich jemals wieder frei und unbeschwert eine Capri-Sonne trinken können?«

»Was ist denn mit dem anderen, diesem Max?«

»Den habe ich schon heute Morgen verloren. Aber das tut lange nicht so weh.«

»Na, dann weißt du jetzt wenigstens, welchen du willst. Hat doch auch was Gutes, so 'ne Tragödie.«

Damit legte ich mich wieder zurück in Lottos Arme und weinte mich in einen tiefen, traumlosen Schlaf. Inge rollte sich in meine Kniekehlen und schien ziemlich verwundert über den Verlauf dieses Tages.

Ich hatte vielleicht zwei Stunden auf dem Sofa gelegen, als es an der Tür klingelte.

»Lotto, Lotto. Er liebt mich doch nicht!«

Mama stand aufgelöst mit wirren Haaren und ihrem kleinen Köfferchen, das sie fest umklammerte, im Flur. »Kai meinte gerade, es sei doch alles nur Spaß gewesen. Ein großer Spaß! Was mache ich denn jetzt? Wie stehe ich denn jetzt da?«

Damit brachen bei ihr alle Schleusen. Der Selbstverwirklichungstrip meiner Mutter hatte offensichtlich nur sehr kurz angehalten. Das Ende war abrupt gekommen.

»Er meinte, dass sei alles ein großes Missverständnis! Missverständnis … Was mietest du denn für Männer?«

»Ohgottohgottohgott. Richtig, mein Schatz. Ich habe sie gemietet und nicht gekauft. Jetzt mache ich erst mal den Prosecco auf. Ihr seid ja nur betrunken zu ertragen!«

So saßen wir vorübergehend schweigsam und erschöpft nebeneinander auf Tante Lottos Couch. In der Mitte das blühende Leben, rechts und links das heulende Elend.

Da klingelte es schon wieder. Diesmal stand Diana in der Tür.

»Und watt hast du so uff der Seele?«, sagte Lotto eigentlich nur im Scherz zu meiner großen Schwester.

»Ich bin schwanger und weiß nicht, von wem.«

»Na, dann komm mal rin. Nimm dir ein Glas, und setz dich zu uns auf die Couch.«

Diana versuchte zu sortieren: »Es muss der letzte Urlaubstag gewesen sein. Ich glaube, er hieß Rainer und kam aus dem Schwarzwald. Es kann aber auch der Engländer gewesen sein. Seinen Namen habe ich leider vergessen. Aber die Übelkeit hat schon nachgelassen.«

Wir saßen da wie die Hühner auf der Stange, als Lotto resümierend das Wort ergriff: »Ick darf mal eben zusammenfassen. Dorothea, du bist Staatsfeind Nummer eins! Meine Schwester hat meinen Schwager verlassen, nachdem sie mit eenem von mir bezahlten Sportstudenten rumjeknutscht hat, und du, Diana, bist schwanger und weißt nich, von wem. Okay, übertreibe ick, wenn ick sage: Wir befinden uns in einer durch und durch beschissenen Situation.«

Jetzt heulten wir alle. Sogar Lotto hatte inzwischen angefangen, solidarisch mitzuplärren. Vielleicht lag's aber auch daran, dass der Prosecco alle war.

Kapitel 26

Sebastian legte die Zeitung beiseite. Er hatte das Berliner Blatt am Kiosk gekauft, weil ihn die Schlagzeile irritiert hatte. Sie war ihm an einer roten Ampel so ins Auge gesprungen, dass er sofort rechts rangefahren war.

Jetzt saß er an seinem Schreibtisch, den Kopf auf die Hände gestützt, den inzwischen kalten Kaffee und die Zeitung vor sich. Immer wieder sah er auf das Bild von Dorothea und diesem Max. Es tat weh. Es verletzte ihn sehr. Er fühlte sich benutzt – betrogen! Sebastian dachte an den schönen Nachmittag im Park, an die Hoffnungen, die er sich gemacht hatte. Dodo war ihm einfach perfekt erschienen – mit ihren Macken, ihrem Humor und diesem gewissen geheimnisvollen Flair, das sie umgab.

Die Jungfrauen-Geschichte war ihm egal – er hatte ja sowieso vermutet, dass das Ganze eine große Lüge war. Er fand es im Gegenteil sogar spannend, wenn man immer wieder seine eigenen Grenzen auslotete. Aber warum küsste sie diesen anderen? Am selben Tag wie ihn? Was war noch passiert? Was wollte sie eigentlich von ihm? Die Männer wie Marionetten tanzen lassen? War das alles ein Experiment für sie?

Er war verwirrt und konnte sich im Grunde keine einzige Frage beantworten. Er hätte wohl den ganzen Tag so vor sich hingestarrt, aufs tiefste verletzt, wäre da nicht Frau Manteuffel gewesen. Sie war sehr führsorglich und quälte ihn nicht mit aufdringlichen Fragen. Sie stellte stattdessen eine Tasse Tee auf seinen Schreibtisch.

»Dr. Puttarski. Wie haben hier noch den Vorgang von Schretten. Die Polizei schreibt, dass sich die Dame noch nicht gemeldet hat mit dem positiven Gutachten. Wenn sie das nicht sofort tut, sieht sich die Behörde gezwungen, ihr doch den Führerschein abzunehmen. Sie haben doch Kontakt, oder? Sollten Sie die Dame nicht informieren?!«

Sebastian spürte einen kleinen Dämon auf seiner Schulter. »Manteuffelchen, von mir aus kann die Lady zukünftig mit dem Fahrrad fahren oder auch rückwärts durchs Leben laufen. Es ist mir, mit Verlaub, scheißegal. Und ihr wahrscheinlich auch.«

»Bitte?« Frau Manteuffel war sehr überrascht – so kannte sie ihren Lieblingspsychologen gar nicht. Sie schnappte sich die Akte und nahm die Sache selbst in die Hand, hatte aber nicht vor, Sebastian darüber zu informieren. Irgendwie schien er seine Objektivität verloren zu haben, was diese schöne Frau betraf.

»Wollen wir denn mal den ersten Kandidaten für heute reinholen?«, fragte sie und wusste, dass dieser Tag für die Verkehrssünder unter Umständen kein sehr guter werden würde. Dann verließ sie sein Büro und rief diese kleine Radiomoderatorin an. Es war nur der Anrufbeantworter dran. Sie bat um Rückruf, mit der Information, dass es relativ dringend sei.

*

Zur gleichen Zeit saß Max an seinem Telefon und ließ sich verbinden mit der Kinderhilfsorganisation, bei der er gerade Patenschaften für drei Jungen und zwei Mädchen nebst Dorfgemeinschaft übernommen hatte.

»Hören Sie, es ist mir vollkommen egal, ob die Sache nur

fünfundzwanzig Euro pro Kind und Monat kostet. Ich kündige. Sofort. Und zwar alles. Ich will mit dem ganzen Kram nichts mehr zu tun haben.«

Er pöbelte in den Hörer und ließ die erschreckte Dame am anderen Ende kaum mehr zu Wort kommen.

»Kommen Sie mir jetzt nicht mit sozialem Auftrag! Das interessiert mich einen feuchten Dreck. Wer kümmert sich denn um meine sozialen Bedürfnisse? Ich werde doch auch nicht ernst genommen. Suchen Sie sich einen anderen Idioten mit schlechtem Gewissen, Herzchen. Für mich ist die Sache gelaufen. Ich kündige gerne auch noch schriftlich. Und nehmen Sie mich aus Ihrem Verteiler. Sollte ich noch mal Post bekommen, verklage ich Sie.«

Damit legte er auf und telefonierte sich durch sämtliche Umwelt-, Charity-, Tierschutz- und Kinderhilfsprojekte, die er in der letzten Zeit unterstützt hatte. Er kündigte alles. Dann rief er seine Putzfrau an und brüllte in den Hörer: »Ewa, Sie kommen sofort hierher und bringen alles wieder in den Normalzustand. Keine Esoterikbücher, keine Duftkerzen, kein Buddha-Scheiß mehr, wenn ich wieder da bin. Yogamatte, Teekanne, Räucherstäbchen, alles in den Müll, und dann putzen Sie die Bude mit Sagrotan so richtig durch. Feucht durch! Und wenn ich noch irgendetwas finde, was vor drei Wochen noch nicht in dieser Wohnung war, sind Sie Ihren Job los.«

Der nächste Anruf galt Nadine. »Schätzchen, mach jetzt kein großes Tamtam. Ja, ich bin wieder da. Und gut geladen. Der Kühlschrank ist voll mit Hummer und Kaviar, die Getränke stehen kalt. Und nimm dir Zeit, denn nicht nur der Champagner steht unter Druck. Auf dem Tisch habe ich viele bunte Dinge, die dich sehr glücklich machen werden. Wäre acht genehm, Madame?«

Nadine kam kaum zu Wort. Sie schaffte es gerade noch, ein »Ich werde da sein« in den Hörer zu hauchen, da hatte er schon wieder aufgelegt.

»Hallo, Herr Nachbar. Ich habe doch noch Ihren Korkenzieher.« Von der Terrasse war die falsche Stimme seiner Nachbarin zu hören.

Max ballte die Fäuste und schob die schwere Glastür zur Seite. »Erlauben Sie mir, dass ich Ihnen den Öffner schenke?« Er lächelte süffisant. »Stecken sie ihn sich tief in den Arsch. Und dann denken Sie mal kurz an Begriffe wie Loyalität, Diskretion und Anstand. Und sprechen Sie mich nie wieder an …«

Damit schlug er die Tür so in die Scharniere, dass das Glas gefährlich bebte.

Weil er nicht so recht wusste, wohin mit sich und seiner Wut, fuhr er ins Büro. Seine Angestellten hatten ihn lange nicht gesehen. Es war an der Zeit, sein altes Leben wieder aufzunehmen. Der gläserne Fahrstuhl brachte ihn in die Tiefgarage, und er stieg in seinen Porsche. Bevor Max den Wagen startete, guckte er in den Spiegel. Er schlug auf sein Lenkrad, schrie laut »Fuck« und merkte, wie eine einzige Träne über seine Wange lief.

Er hatte es sich so sehr gewünscht, an eine gute Welt zu glauben, die er unterstützen könnte. Er hatte seinem Leben so sehr einen Sinn geben wollen.

Vorbei. Diese Frau hatte alles zerstört.

*

Thorsten Findler hatte die Redaktion verlassen und war auf dem Weg zu seiner Stammapotheke. Hier bekam er die verschreibungspflichtige Medizin auch ohne Rezept. Während er auf die starken Magenmedikamente wartete, hörte er zwei

Frauen miteinander sprechen. Die eine schob einen Kinderwagen, die andere hatte volle Einkaufstüten dabei.

»Wie findste denn das mit der Jungfrau?«

»Au weia, ist das eine geile Geschichte.«

»Schade, dass die gelogen hat. Bei Steiner war die echt gut!«

»Na ja, jetzt lästern alle über sie. Habe heute Morgen im Radio schon die Vollverarsche über sie gehört.«

»Na, die kriegt doch hier kein Bein mehr auf die Erde.«

»Dafür ist sie jetzt berühmt.«

»Na, und was hat sie davon?«

»Selber schuld.«

Da mischte sich der Reporter ein und fragte mit müder Stimme: »Glauben Sie denn immer, was in der Zeitung steht? Wer sagt Ihnen denn, dass sie nicht einfach nur ein Opfer der Medien ist?«

Er nahm sein Magenpulver und ging mit eingezogenen Schultern seines Weges. Die Branche war bitter. Für Hans-Otto Römer würde Dodo bereits in wenigen Tagen ein verbranntes Thema sein. Findler brauchte also dringend eine neue Schlagzeile, ein neues Opfer, einen neuen Star – denn nichts war älter als die Zeitung von gestern.

Dodos Leben war zerstört. Eine Tatsache, die die Medien nicht mehr interessierte.

Kapitel 27

Wir hatten alle bei Tante Lotto geschlafen. Diana und ich zusammengekauert auf dem Sofa, Mama neben Lotto im verwitweten Ehebett.

»Du bist ja schlimmer als Hans nach der letzten Silvestersause, wo er so betrunken war. Du schnarchst, dass man einfach meschugge wird neben dir. Ich habe kein Auge zugemacht. Ach Gott, mein armer Hans …«, sagte Mama am nächsten Vormittag, als wir alle müde am Küchentisch saßen.

Es war also alles kein Traum: Ich war immer noch arbeits-, männer- und würdelos. Die gesammelte Presse jagte mich, und der Ort bei meiner Tante war der für mich einzig sichere.

Mein Herz schmerzte mich am meisten. Ich hatte Liebeskummer.

Mama redete ununterbrochen weiter: »Hans hat bestimmt noch nicht gefrühstückt. Der weiß doch gar nicht, wie die Kaffeemaschine funktioniert. Ach Gott, und wenn der keinen Kaffee trinkt, dann ist er so unkonzentriert. Ihr wisst doch, wie Papa dann immer ist. Er weiß auch gar nicht, wo seine Brille ist. Er verbummelt sie doch immer. Und ohne Brille kann er kein Tier erkennen – nicht mal am Geruch.«

Mama ging es offensichtlich genauso schlecht. Diana, Lotto und ich guckten uns schräg an. Jede von uns befürchtete das Schlimmste. Jetzt kam der Blues, und meine Mutter stand kurz vor einer neuen und jetzt wirklich ernsthaften Krise. Wenn ihr nämlich klar werden würde, was sie wegen eines kurzen Augenblicks, eines Kicks, einer Illusion alles aufs Spiel gesetzt hatte, hätten wir alle Hände voll zu tun, dieses Häufchen Elend wieder in Form zu bringen.

Dieses Schicksal verband auf makabere Art und Weise meine Mutter und mich.

Diana zuppelte unbemerkt ein Taschentuch hervor, Tante Lotto schraubte den Magenbitter auf, und ich machte schon mal Lockerungsübungen, um Mama zur Not auffangen und tröstend an meine beinahe mütterliche Brust zu nehmen. Aber sie hielt sich – noch! Im Gegenteil, sie machte weiter.

»Ich kenne ihn doch. Da klappt doch nichts. Der weiß ja nicht mal, wo die Nagelschere ist. Oder das Waschmittel. Oder die Waschmaschine.«

Lotto wurde langsam wütend. »Ist das alles, was dir einfällt? Die Waschmaschine und die Nagelschere? Ist es wirklich das, was eure Beziehung ausmacht? Was dir einfällt, wenn du an deinen Mann denkst? Das ist armselig …«

»Das ist fürsorglich!«, konterte Gisela von Schretten.

»Nein, Mama«, mischte sich jetzt die blasse und bisher recht schweigsam gewesene Diana ein. Sie hatte bisher ihren eigenen Gedanken nachgehangen. »Nein, ihr seid nur noch Mama und Papa. Wann habt ihr Hans und Gisela aus den Augen verloren? Wann haben sich eure Liebe, euer Respekt, eure Leichtigkeit in Luft aufgelöst?«

Ich starrte meine Schwester an. So viel Ernsthaftigkeit hätte ich niemals von ihr erwartet. Noch nie vorher hatte sich Diana für Beziehungen interessiert. Noch nie hatte sie in aller Konsequenz Ja zu jemandem gesagt.

»Du erzählst mir was von Liebe und Respekt? Fast vier Jahrzehnte wache ich Tag für Tag neben diesem Mann auf! Ich habe ihm die Hand gehalten, als er seinen Herzanfall hatte. Ich war da, als es kritisch war im Zoo. Ich habe ihm auch euch vom Hals gehalten, wenn ihr mal wieder komplett über die Stränge geschlagen habt. Vor allem du, Diana. Was hast du mich Nerven gekostet! Und jetzt kommst du mit einem ungeborenen Kind unterm Herzen, das zufällig im Urlaub entstanden ist. Zwischen Wasserskifahren, bunten Cocktails und diversen anderen Freizeitvergnügungen.«

»Mama, und du hast doch nicht ernsthaft geglaubt, dass ein fünfundzwanzig Jahre alter Student sich mit dir eine Zukunft aufbauen will? Nachdem er einen Abend zuvor sein Taschengeld aufgebessert hat, indem er dir gute Laune machte. Das ist noch viel bescheuerter als verantwortungsloser Sex.«

»Kai ist sechsundzwanzig,« sagte Mama und schob trotzig die Unterlippe vor.

»Spinnt ihr eigentlich alle? Ich bin's doch, die hier die riesigen Probleme am Hals hat! Könnt ihr nicht akzeptieren, dass es hier wirklich einmal nur um mich geht!« Ich schrie fast. »Ihr könnt an eurer Situation noch was ändern! Ich nicht mehr. Ich bin dem allen hilflos ausgesetzt.«

Ich tat mir schrecklich leid und wollte, dass meine Familie das auch so sehen würde – unabhängig von ihren eigenen Geschichten.

Wieder ergriff Diana das Wort. »Dorothea, wir haben dich alle gewarnt. Du warst der Meinung, dieses Spiel beherrschen zu können. Noch vor wenigen Stunden hast du der Öffentlichkeit Vorträge über Moral gehalten. Alles war gelogen. Und du hast es ganz bewusst getan. Schuld an deiner Lage bist du selber. Wie Mama und ich auch. Jede von uns hat ihr eigenes Päckchen zu tragen – und wir tragen alle schwer daran.«

Wir schwiegen. Mama ging aufs Klo, und Tante Lotto versuchte zu sortieren:

»Nun streitet euch nicht und holt mal Luft. Ich stelle fest: Die angespannte Situation hat sich seit gestern nicht verändert. Deshalb werden wir gemeinsam Schritt für Schritt versuchen, dieses Chaos zu entwirren. Schritt eins: die Ehe eurer Eltern retten! Schritt zwei: Dodos Ehre wiederherstellen. Schritt drei: 'ne Wiege fürs neue Familienmitglied koofen. Und jetzt bestellen wir erst mal Pizza und zwei Flaschen Lambrusco, Dianachen.«

»Nee, Tante Lotto. Lass mal. Ich nehme lieber einen Salat und bleibe bei Wasser. Ist besser für das Baby.«

Ich sah meine Schwester versöhnlich an – sie schien die Lage als Erste wieder im Griff zu haben.

Tante Lotto übernahm die telefonische Bestellung: »Wir hätten gern eine Pizza Tonno, eine ohne allet, eine mit Salami und einen Salat. Außerdem eine Flasche Sprudel und zwei Pullen von diesem juuten billjen Roten. Der scheppert so schön. Und jetz jans wichtig, Herzchen. Passen Se uff, ditt iss mein voller Ernst: Wir haben gerade ein echtet Männerproblem. Wäre dufte, wenn sie uns deshalb einen *weiblichen* Lieferservice schicken. Und wenn Se keenen haben, soll der Herr ditt Zeuch vor der Tür abstellen, ditt Jeld werde ick runterwerfen.«

»Meinst du nicht, dass du jetzt etwas übertreibst?«, fragte ich meine resolute Tante.

»Hier iss keen Platz mehr für Übertreibungen! Jetzt mal zu Plan A, bevor eure Mutter wiederkommt. Glaubt ihr denn, dass da noch watt läuft – zwischen euren Eltern?«

»Nee, wahrscheinlich nicht. Papa hat seine Tiere und Mama ihre Krisen.«

In dieser Sekunde klingelte es an der Tür.

»Mensch, ditt jing ja jetz ruckizucki mit der Pizza. Ick hol die mal rin. Euch muss ja jetzt keener sehen.«

Sie öffnete die Tür, und wir hörten ihr ziemlich erstauntes »Hans!«

»Ist sie bei dir?« Es war die Stimme unseres Vaters. Er klang ziemlich geknickt, aber nicht wirklich sauer. »Ich will sie zurückholen!«

Das war das Stichwort für Mama! Sie stürmte den Flur entlang und fiel ihm um den Hals.

»Ach, Schatz. Es ist wirklich nichts passiert. Gar nichts. Hans, dieser junge Mann ist fünfundzwanzig!«

»Sechsundzwanzig«, sagten Diana, Lotto und ich wie aus einem Mund.

»Ist doch jetzt auch egal. Komm wieder mit nach Hause. Wir reden über alles, Schatz.« Er ergriff ihre Hände, und es klang sehr offiziell: »Du bist mir wichtiger als alles andere. Ich liebe dich!«

Jetzt heulten wir wieder alle – aber diesmal vor Rührung.

Es klingelte erneut, und diesmal war's der Pizzaservice. Und die hatten tatsächlich eine Frau geschickt. Wir setzten uns alle um den großen Tisch, und Papa hielt die ganze Zeit Mamas Hand. Diana und ich stocherten eher unlustig im Essen herum, während Mama ihren gesunden Appetit wiedergefunden hatte. Tante Lotto war's, die Papa auf den neusten Stand brachte.

»Na, dann werde ich wohl jetzt Opa! Und bin mit einer Oma verheiratet!«

»Ach herrjeh, wie das klingt! Daran muss ich mich erst mal gewöhnen!« Mama würde schon schnell genug ihre nächste Krise finden.

Papa sah seine ältere Tochter ernsthaft an. »Seit wann weißt du es denn, und hast du dir alles gut überlegt? Dein Leben wird sich ändern …«

»Glaub mir, Papa. Ich habe mir genügend Zeit genommen,

darüber nachzudenken. Ich vermute es ja schon seit zwei Wochen, gestern war ich beim Arzt. Es wird nicht leicht, aber ich habe ja eine große Familie.«

»O jemine, ick und een Kinderwagen! Ooch ein seltener Anblick. Ditt hat's bei mir noch nich jejeben.« Tante Lotto bekam rosige Wangen vor Vorfreude.

Papa fuhr fort: »Wir helfen dir natürlich in jeder Situation. Aber du solltest versuchen, den Vater zu finden. Das bist du deinem Kind schuldig. Eines Tages wird es Fragen stellen.«

Dann wandte er sich mir zu: »Und was ist mit dir, mein Kind? Starker Tobak da draußen. Die Presse scheint sich sehr für dich und dein Umfeld zu interessieren. Im Zoo ist der Teufel los, und bei uns zu Hause waren sie auch schon. Hol dir heute mal besser keine Zeitung. Wir haben sie früher nicht gelesen, warum sollten wir uns jetzt dafür interessieren? Mein Mädchen hat mit dem Feuer gespielt und sich die Finger verbrannt. Am besten ist, du sitzt das jetzt aus. Es ist nicht angenehm, aber da musst du jetzt wohl durch.«

Es war schlimm, ja. Aber irgendwie trotz allem doch nicht so hoffnungslos. Papa hatte irgendwie alles ein bisschen relativiert …

Es klingelte schon wieder. »Fehlt noch eener? Wahrscheinlich die Post.« Lotto öffnete die Tür, und wir hörten sie von der Küche aus laut schimpfen.

»Wer sind Sie? Sie wollen mich interviewen? Wie heißt Ihre Zeitung? *Frauenglück?* Ick werd Ihnen mal watt mit Frauenglück, Sie Krümel. Wenn Sie sich hier nich sofort verfatzen, zeije ick Ihnen mal, wie glücklich ick als Frau so bin. Hier jibt's keene Fotos und keen Jeschnüffel. Hier jibt's 'ne jesunde, glückliche Familie! Und jetzt schönen Tach noch, Sie Schmierfink! Sonst hetze ick unseren Hund uff Sie! Inge, fass …«

Damit rannte der geschockte Reporter die Treppe runter.

Das war der Moment, an dem wir alle endlich mal wieder aus tiefstem Herzen lachen konnten. Meine Inge lag nämlich seit dem frühen Morgen unbewegt auf dem Sofakissen und war noch erschöpfter als wir alle zusammen. So ruhig war sie noch nie in ihrem Leben gewesen. Dieser Hund würde mit Sicherheit nichts fassen, dem war alles wurscht.

Aber ich war etwas beruhigter. Okay, ich hatte Scheiße gebaut, aber mit so einem Pitbull als Tante war ich auch irgendwie geschützt. Ich beschloss, noch eine Nacht zu bleiben. Dann musste eben Lotto mit meinem »Kampfhund« Gassi gehen.

Kapitel 28

Ich beobachtete Tante Lotto aus dem Küchenfenster, versteckt hinter ein paar ziemlich spießigen Gardinen. Was auch immer Gardinen in der Küche zu suchen hatten. Sie stolzierte mit Inge an der Leine an einer Horde Fotografen vorbei, die sie zuerst gar nicht wahrgenommen hatte. Plötzlich sah sie das Blitzlicht und – tatsächlich! – warf sich in Positur.

Sie schmiss kokett ihre lange rote Mähne, lächelte in die Kameras und zeigte, was der Inhalt ihrer Bluse so zu bieten hatte. Das durfte doch nicht wahr sein! Sie catwalkte mit eingezogenem Bauch und waffenscheinpflichtigem Hüftschwung über die Straße, und ich sah ihr sogar auf die Entfernung an, wie sehr sie sich gerade darüber ärgerte, Puschen an den Füßen zu haben – und nicht die neuen, feuerroten Highheels.

So konnte man eine verfahrene Kiste auch schaukeln. Während ich auf ihren Hintern starrte, musste ich fast schon wieder lachen über diese absurde Situation.

»Es war schrecklich, Dodochen«, log sie mir ins Gesicht, als sie wieder in der Wohnung war. »Spießrutenlaufen! Fotografen ohne Ende. Ich wusste gar nicht, wo ich zuerst nicht hingucken sollte! Es ist so anstrengend, gefragt zu sein!«

»Hast du denn auch Interviews gegeben? Oder Autogramme geschrieben?«, fragte ich ziemlich schmallippig.

»Du hast am Fenster gestanden …« Ihre Stimme klang kleinlaut. »Okay, aber sieh das Gute daran: Wir haben die Situation gecheckt – du kannst hier so nicht raus. Wenn du nicht die nächsten Jahre bei mir hausen willst, müssen wir uns was ausdenken. Die haben mich doch jetzt fotografiert – lange rote Haare, Puschen und Holz vor der Hütt'n! Geh doch noch mal raus – als Tantchen.«

»???«

»Na, die rote Perücke liegt noch in der Hutschachtel, meine Bluse passt dir auch – wenn wir noch zwei Socken reinschieben –, und ich habe noch eine todschicke Sonnenbrille aus den siebziger Jahren. So ein Jackie-O-Modell. Damit verwandeln wir Dodo in Lotto, und keiner merkt's.«

»Super – und wo nehmen wir die fehlenden sechsundzwanzig Jahre her?«

»Sei doch nicht so kleinlich! Du willst gerettet werden und mal wieder in deinem Bett schlafen. Außerdem sehe ich viel jünger aus, als es in meinem Personalausweis steht!«

Die Nummer schien zu klappen. Keiner beachtete mich! Es sah eher so aus, als hätten die Fotografen Angst, ich würde noch mal so eine Show abziehen. Kurze Zeit später saßen Inge und ich unbehelligt im Auto, und wir fuhren zu mir. Durch den Hintereingang des Gartenhauses und den Fahrradkeller schlüpfte ich in meinen Hausflur und holte erst mal die Post aus dem Kasten, der schon am Überlaufen war.

Von innen sah ich die Fotografen lauern – mich hatte aber keiner erwischt. Mann, waren die doof. In jedem Krimi waren die schlauer und beobachteten auch die Hintereingänge. Na ja, ich lief ja auch immer noch als Lotto durch die Welt. Da klingelte mein Handy – völlig unpassend. Es klingelte sehr auffällig und laut! Hilfe! Aber keiner merkte etwas.

Das Display zeigte den Anrufer an: Bruno Baatz. Der Friseur! Mein Gott, was wollte der denn jetzt?

»Ja«, meldete ich mich kurz.

»Du hast mehr Presse als ich.«

»Ja, ich weiß, und neunundzeunzig Komma neun Prozent aller Menschen kennen Sie. 'schuldigung, dass ich mir jetzt den kümmerlichen Rest von null Komma ein Prozent unter den Nagel gerissen habe.«

Er lachte laut. »Gut, Humor hilft immer! Wie siehst du denn um den Kopf rum aus?«

»Lang und rot!«

»Bitte?«

»Na, lang und rot, aber das ist doch auch schon egal. Worum geht's denn?«

»Ein guter Haarschnitt ist nicht zu unterschätzen! In schwierigen Situationen ist es umso wichtiger, dass das Haar sitzt! Außerdem wollte ich dir nur einen Rat als alter Medienprofi mit auf den Weg geben: Nimm es nicht persönlich. Heul nicht. In drei Tagen bist du aus den Schlagzeilen raus und ich wieder drin! Es sei denn, die Haase lässt sich die Brüste vor laufenden Kameras vergrößern. Glaub mir, ich kenn die Presse. So wird's laufen. Halt dich ein paar Tage aus dem Rummel raus. Und dann schreibst du ein Buch über das Theater. Mein Buch läuft übrigens sensationell. Ist auf der Bestsellerliste. War doch klar. So. Weißt Bescheid. Meld dich, wenn's eng wird. Wir sehen uns, wenn du dein Buch geschrieben hast. Ich muss jetzt mal, habe wieder so eine Frau von und zu auf'm Stuhl.«

War der nett! So berühmt zu sein und anzurufen, um mich zu beruhigen! Das hatte Klasse!

In meiner Küche nahm ich mir Brille und Perücke ab – die Brüste ließ ich noch einen Augenblick in ihrer aufgeplusterten Superform. Die Post war wie immer – bis auf zwei beängstigende Briefe. Einer von der Polizei – hatte ich schon wieder falsch geparkt? – und einer von meinen ehemaligen Nachbarn, den Streithähnen, denen ich Inge aus ihren Mörderhänden gerissen hatte.

Ich fing mit der Polizei an. Schock! Die wollten mir den Führerschein nun tatsächlich doch noch abnehmen. Dabei fiel mir ein, dass ich vergessen hatte, das positive Gutachten abzugeben, das Sebastian mir ausgestellt hatte und das mir meine Fahrtauglichkeit bescheinigte, zumindest psychologisch. Heute würde er mich wahrscheinlich gleich in die Klapse einliefern lassen. Ich griff sofort zum Telefon und hoffte, dass bei denen keiner Zeitung gelesen hatte.

Der Mann hatte ein Einsehen. »Okay, tüten Sie es ein und schicken Sie mir das Gutachten per Post. Wir erledigen das formlos. Sie haben ja im Moment genügend andere Probleme.«

Aha, er hatte doch Zeitung gelesen. Dafür war jetzt ein für alle Mal die Führerscheinfrage geklärt.

Ich hauchte ein »Danke, wird nicht mehr passieren« in den Hörer und legte erleichtert auf.

Jetzt Brief Nummer zwei. Was wollten die bloß von mir? Ich hatte keine Ahnung, was das nun sollte. Wollten die mir jetzt noch eine Schildkröte vermachen?

Nö, es war ganz anders.

»Hallo, Dorothea«, las ich erschrocken. »Wir haben mit großem Entsetzen die letzten Schlagzeilen verfolgt. Wir sind zu dem Entschluss gekommen, dass Inge unter keinen Umständen bei so einer unmoralischen Person wie dir leben kann. Dir fehlt alles, um einen Hund zu erziehen und ihm ein glückliches Leben zu bescheren. Wir werden Samstag um zehn Uhr vor deiner Haustür stehen. Solltest du uns den Hund nicht freiwillig rausrücken, werden wir die Polizei rufen.«

Waren die jetzt wieder zusammen? Das war mein erster Gedanke. O mein Gott, die wollten mir Inge wegnehmen!

Gedanke Nummer zwei. Die Leute, die gerade noch die Todesspritze ansetzen wollten, sprachen jetzt von Unmoral? Gedanke Nummer drei. Was für eine bescheuerte Welt. Ich sah auf das schwarze Wollknäuel zu meinen Füßen, immer ein bisschen stinkend, immer ein bisschen fettiges Fell, meistens schlechte Laune und von ständigen Verdauungsproblemen geplagt. Sie war so süß! Die konnte man mir doch jetzt nicht wegnehmen? Wieso nur stellte man immer erst fest, wie sehr man jemanden liebte, wenn es schon fast zu spät war? Ich musste sofort an Sebastian denken und wählte aufgelöst Lottos Nummer.

»Ja, Kind«, sagte sie, »dann musst du jetzt abhauen. Raus aus Berlin! Ich habe mir das sowieso schon überlegt. Du kannst nach Sylt, in die Wohnung von Lisa, meiner Freundin. Ich kläre das kurz, die Nachbarn lassen dich rein. Pack ein paar Sachen zusammen und rette deinen Hund! Ich halte hier die Stellung!«

»Das ist so nett von dir. Übrigens, Bruno Baatz hat angerufen. Der war auch so nett.« Jetzt heulte ich wieder. Der Stress der letzten Tage saß tief.

Die Sachen waren schnell gepackt. Ich peilte die Lage auf der Straße, setzte wieder die rote Perücke auf und schlich mich mit einem kleinen Köfferchen und dem Hund auf dem Arm aus dem Haus. An Özgür vorbei Richtung Auto. Da sah ich ihn. Mein Bedürfnis war groß: Ich wollte mich bei ihm entschuldigen. Es musste wenigstens mit ihm wieder alles gut werden.

»Es tut mir so leid. Ich wollte dich nicht verletzen. Ich weiß, wie viel es dir bedeutet hat. Aber glaub mir, du hast dich nicht in mir getäuscht. Ich bin immer noch deine alte Dodo.«

Erstaunlicherweise nahm er meine Entschuldigung wortlos entgegen. Und es war schon fast eine Liebeserklärung, als er Inge über den Kopf streichelte und sagte: »Gib mir deinen Briefkastenschlüssel. Ich kümmere mich um deine Post!« Es schien doch noch mehr gute Menschen in meinem Leben zu geben, die mir verzeihen konnten. Ich hätte ihn küssen mögen und heulte in Inges Fell. Irgendwie spürte ich ein bisschen Glück – ich liebte meinen Hund und meinen türkischen Kioskbesitzer. Und beide liebten mich auch – jeder auf seine Art.

Vier Stunden später stand ich am Autozug in Niebühl, der mich und den von mir gekidnappten Hund nach Sylt bringen sollte. Zeit, auch zwei, drei andere Dinge wieder zu ordnen. Ich las noch mal die letzte SMS von Max. Jetzt hatte ich die Kraft, ihm zu antworten.

»Lieber Max. Machen wir uns nichts vor. Wir haben beide ein Spiel gespielt, um in eine andere, vielleicht attraktivere Welt vorzustoßen. Dein persönliches Glück kann dir kein anderer geben. Das kannst du nur selbst finden. Und du hast die Anlagen dazu. Du bist ein wunderbarer, witziger und liebenswerter Mensch, der einfach nur in den letzten Jahren den Sinn fürs Wesentliche verloren hat. Es tut mir leid, dass ich dich belogen habe. Aber Buddha-Statuen und Koks passen nur schwer zusammen. Ich bin mir sicher, dass die Wahrheit auch für dich irgendwo in der Mitte liegt. Mach's gut. Und wehe, du verkaufst deinen Porsche ☺ Deine Dodo.«

Ich erwartete keine – und ich bekam auch keine Antwort. Aber ich hatte ein gutes Gefühl. Ich fing an aufzuräumen. Ich übernahm Verantwortung für Inge und für die Menschen, die mir wichtig waren. Wenn doch nur Sebastian …

Kapitel 29

Tante Lotto saß am Küchentisch ihrer Wohnung und blätterte durch alle aktuellen Gazetten. Sie war sichtlich empört. Was bildeten sich diese Schreiberlinge eigentlich ein? Vor zwei Tagen noch war ihre Nichte die Heldin der Nation gewesen, und jetzt schien sich jeder das Recht herauszunehmen, mit Dreck nach ihr zu werfen. Widerlich war das. Menschenverachtend. Wem hatte Dodo denn wirklich geschadet?

Lotto wusste: So konnte das auf gar keinen Fall weitergehen. Auch wenn die Presse vielleicht schon morgen nicht mehr über Dodo berichten würde, galt es doch, ihr Ansehen zu retten. Lotto wollte helfen, retten, beschützen, rückgängig machen. Ihre Nichte reinwaschen. Aber wie? Charlotte Kleiberstein, genannt Lotto, allein gegen den Rest der Welt? Wer würde ihr zuhören? Wer war sie schon? Nun gut, sie war – für ihr Alter – eine ausgesprochen attraktive Frau mit sehr viel Herzensbildung, Sinn für Humor, Sexappeal und Geld. Eine glückliche Kombination, um auch mal etwas zu bewegen – jedenfalls in ihren Augen.

Während sie so vor sich hin überlegte und dabei weiterblätterte, fiel ihr Blick auf ein Foto von Bruno Baatz neben einem jungen Mädchen, dem er einen Ponyschnitt verpasste. Unter dem Bild stand: Mit Pony sieht jede Frau jünger aus! Hui, das Model war ja auch schon sechzehn! Dass man als Friseur mit so einem Pups einen Artikel über eine ganze Seite bekam!

Was für ein fotogener Kerl, dachte Lotto – und dann kam ihr ein Geistesblitz.

Innerhalb von zehn Sekunden hatte sie Tasche, Mantel, Autoschlüssel und Lippenstift gegriffen und machte sich auf den Weg in die City. Hier hielt der Weltstar der Schere in einem großen Salon Hof. Und zum Friseur musste sie eigentlich schon lange mal wieder. Und das mit dem Pony war möglicherweise auch für sie gar keine so doofe Idee.

»Guten Tag, Kindchen«, Lotto warf ihre Tasche auf den Empfangstresen. »Ich will zu Bruno!« Am Tresen stand eine ähnlich Rothaarige im besten Alter. Und die hatte offensichtlich Haare auf den Zähnen.

Freundlich, aber ziemlich bestimmt fragte sie: »Haben Sie einen Termin mit *Herrn Baatz?*«

Tante Lotto entging das Süßsäuerliche in der Stimme keineswegs, aber sie war schwer entschlossen, das zu ignorieren. Schließlich hatte sie einen Plan, und der konnte unmöglich schon an der Eingangstür platzen. Da sah sie ihn. Mit Schere, Zigarette und Telefon in der Hand watschelte er durch den Salon. Sein Blick blieb wie angewurzelt an Lotto hängen.

Sie atmete tief durch, griff ihre Handtasche, straffte das Doppel-D in der Bluse und lächelte ihn an. »Herr Baatz, ich habe ein Problem.«

»Das sehe ich. Viel zu lang – für Ihr Alter. Und diese Farbe – unmöglich! Setzen! Sie werden meine gute Tat für heute … Tina, ich brauche Hilfe!«

Tante Lotto schnappte nach Luft. Gut, das lief erst mal anders, als sie wollte. Aber hätte sie den Mann erst an ihrem Kopf, würde sie ihm auch alles andere verklickern können.

»Waschen, Farbe, Strähnen. Schnitt mach ich selber.«

Damit hing sie schon überm Waschbecken, und er verschwand im Hintergrund.

Während sie gerade nach zweifacher Wäsche, Spülung und mit einer sündhaft teuren Kur im Haar einen Handtuchturban balancierte, schlenderte Bruno paffend wie eine Lokomotive zu ihr.

»Wer sind Sie eigentlich?«, fragte er, und Lotto kokettierte anmutig zurück. »Ich dachte schon, Sie würden nie fragen! Ich bin die Lieblingstante von Dorothea von Schretten.«

»Ach, die Jungfrau …«

»Danke, aber das liegt bei mir schon eine Weile zurück.«

»Na, dann … die Tante der Jungfrau.«

»Ich darf mich vorstellen – Charlotte Kleiberstein, verwitwet.«

»Bruno Baatz – ledig!«, antwortete er und zog dabei das nicht vorhandene Ü seines Vornamens beachtlich in die Länge.

»Gut – Brüno! Ich möchte die Ehre meiner Nichte retten. Aber ich weiß nicht, wie.«

»Jetzt rette ich erst mal Ihre Frisur. Über den Rest sollten wir danach bei einem Kaffee reden. Vielleicht fällt mir ja was ein.«

Zwei Stunden später waren Lottos Haare nur noch schulterlang, und die Farbe tendierte in Richtung Mahagoni mit einem Hauch Zimt und Strähnen in Cognac. Das klang nicht nur lecker, sondern stand ihr wirklich ausgezeichnet. Wäre die Lage nicht so dramatisch gewesen, hätte sie jetzt große Lust gehabt, einen Rundruf zu starten und allen Freunden zu erzählen, wie entzückend sie jetzt aussah. Sie war selber überrascht, dass es noch eine Steigerung gab in ihrem Äußeren! Gerne wäre sie auch einfach nur selbstverliebt noch eine Weile vor ihrem Spiegelbild sitzengeblieben. Aber der Friseur drängelte.

Bei einem Kaffee fing er an zu erklären: »Die Geschichte,

die Dorothea uns allen aufgetischt hat, war ein Riesenknaller. Um sich jetzt noch mehr Gehör zu verschaffen, brauchen wir einen noch größeren und lauteren Knall. Sie müssen also alle auf einmal erreichen.«

»Ich weiß ja sehr genau, was ich denen allen sagen würde, wenn ich die erst mal zwischen den Fingern hätte. Ich möchte denen allen mal meine Meinung sagen, diesen Schmierlappen!«

»Na dann … wo ist das Problem?«

»Wer hört mir denn schon zu?«

»Dir nicht«, und damit fiel er einmal mehr ungefragt ins Du, »aber mir. Ich kenne sie alle – ich muss nur anrufen, und alle sind da – Zeitung, Radio, Fernsehen, Agenturen – was auch immer. Wenn du mir versprichst, heute Abend mit mir essen zu gehen, rufe ich sie alle an. Dauert fünf Minuten. Stimmung!« Damit warf er wieder seine Hand in die Höhe.

Lotto wurde knallrot und wünschte sich nichts sehnlicher, als dass gerade in dieser Sekunde Helga und Anni um die Ecke biegen würden. Mit dieser Nummer wäre sie für immer die Königin im Keese.

»Ja, wenn Sie … äh, wenn du meinst.« Sie stotterte etwas hilflos vor sich hin.

»Klar meine ich das. Aber du darfst nachher nicht stottern!«

»Wenn es um meine Nichte geht, werde ich zu Jeanne d'Arc.«

Bruno lehnte sich entspannt zurück und drückte eine Nummer nach der anderen auf seinem Handy. Er sprach mit den Chefredakteuren der größten Zeitungen, bestellte RTL und ProSieben, holte noch ein paar freie Journalistin ran, und zwischendurch orderte er im Nachbarrestaurant Schnittchen und Prosecco – während sich seine Kundinnen ziemlich wütend im Salon stapelten. Die rothaarige Empfangsdame kam immer wieder, um ihn daran zu erinnern, dass einige der Damen von weit her kamen. »Das ist mir wurscht«, antwortete er. Offensichtlich hatte er bedeutend mehr Spaß und Freude an der Aktion »Wir helfen Dodo« als daran, sich um die Locken seiner Kundinnen zu kümmern.

Tante Lotto beobachtete ihn dabei und war begeistert – er war ganz anders als im Fernsehen! So hilfsbereit! Und es schien ihm überhaupt nicht um sich selbst zu gehen dabei. Und eigentlich war er auch ziemlich sexy. Und im besten Alter. Na ja, ein bisschen jünger wäre auch nicht schlecht gewesen. Aber zum Angeben perfekt. Stand der nicht auf Männer? Vielleicht war er ja in alle Richtungen offen? Lottos Gedanken beschäftigten sich ausgiebig mit ihrem potentiellen Zukünftigen. Gerade als sie überlegte, wo sie ihr Hochzeitskleid kaufen sollte, schlug Bruno mit der flachen Hand auf den Tisch.

»In einer Stunde. In einer Stunde werden hier mehr als zwanzig Journalisten, sechzig Schnittchen und dreißig Liter Prosecco auf uns warten. Ich hoffe sehr, du weißt, was du tust! Zieh dir noch mal die Lippen nach, die Haare sind super.«

Lotto genehmigte sich auf die Schnelle noch einen kräftigen Schluck und wartete dann ungeduldig auf die Horde Aasgeier, die ihre Nichte verspeisen wollten.

Es ging noch schneller als erwartet. Nach fünfundvierzig Minuten war der Laden voll. Alle vermuteten hinter Brunos Anruf die heißeste Story des Jahres. Sie checkten Kameras und Aufnahmegeräte, Bruno küsste Männlein wie Weiblein, machte hier und da eine launige Bemerkung, lächelte und ergriff dann das Wort.

»Schön, dass ihr alle da seid. Klappt doch! War ja eine Menge los in den letzten Tagen. Volle Blätter mit guten Storys.

Zeit, mal nachzulegen. Ihr wisst ja, dass ich mit Dorothea von Schretten in der Talkshow war. Nettes Ding! Gut, sie hat sich da in was verrannt und ein bisschen geschwindelt …«

Er wurde unterbrochen. »Bisschen ist gut, Bruno. Volle Latte Scheiße erzählt.« Die Kollegen lachten.

»Jetzt lasst mich mal aussprechen. Ich habe euch gebeten zu kommen – übrigens gibt's gleich noch Schnittchen –, weil ich euch jemanden vorstellen möchte: Das ist Charlotte«, und damit zeigte er auf Tante Lotto, die kampfbereit hinter ihm stand, »Kleiberstein. Dodos Tante!«

Alle drehten sich wie die Zuschauer eines Tennismatchs zeitgleich in Lottos Richtung, die ersten Blitzlichter zuckten, und die Kameramänner drängelten sich in die besten Positionen. Im Hintergrund standen Julia Petzolt und Torsten Findler vom Berliner Blatt – beide waren, dem Anruf von Bruno folgend, in den Salon gekommen.

»Guten Tag, meine Damen und Herren«, begrüßte Lotto die Herrschaften moderatorengleich und gefiel sich sehr in dieser Rolle. Das machte Spaß!

»Ich bin Dorothea von Schrettens Tante. Was in den letzten Tagen geschehen ist, lässt sich nicht rückgängig machen. Trotz allem ist es mir ein großes Bedürfnis, Ihnen meine Nichte zu erklären.«

»Wer will denn das?«, pöbelte einer der Reporter.

»Wo ist sie denn?«, schrie der nächste. »Warum redet sie nicht selber mit uns?«

»Weil das Mädchen überfordert ist. Mit dem, was sie selbst angerichtet hat, und mit dem, was im Nachhinein passiert ist. Aber glauben Sie mir: Sie wollte niemals jemanden verletzen. Sie ist ein Opfer der Profitgier ihres Chefs, des Quotendrucks der Sender und deren Sucht, neuen Geschichten nachzugehen. Es war anfangs schließlich nur ein unbedachter Satz, den sie gesagt hat. Der wurde ungeprüft übernommen und gedruckt.«

Torsten Findler sah verlegen zur Seite, Julia Petzolt betrachtete gedankenverloren ihre Fingernägel. Und auch der Rest der Journalisten schien einen Moment nachdenklich.

Lotto schraubte sich weiter hoch. Sie spürte die Reaktion der anderen und dachte automatisch an ihre Lieblingsgerichtsserie im Nachmittagsprogramm. Sie war die geborene Strafverteidigerin! Jedenfalls in ihren Augen. Sie sprach weiter.

»Niemand ist ohne Schuld. Nur werden wir selten beim Lügen beobachtet oder erwischt.« Jetzt ging sie theatralisch auf einen jungen Mann zu, der in der ersten Reihe saß. »Wie ist es mit Ihnen? Haben Sie heute nicht auch schon gelogen? Einem Kollegen einen schönen Tag gewünscht, obwohl sie ihm eigentlich lieber die Pest an den Hals hexen würden? Oder Sie«, sie zeigte mit ihrem rot lackierten Zeigefinger – oje, der passte ja gar nicht mehr zur neuen Haarfarbe! – auf einen Fotografen: »Haben Sie Ihrer Frau gesagt: ›Schatz, ich bin dir treu‹, und haben es dann doch auf der letzten Dienstreise so richtig krachen lassen?«

Ihr fielen noch viele Beispiele ein. Aber sie sprach auch über Dodo – ihre Tierliebe, die Liebe zu ihren Eltern, die karitativen Einsätze während des Konfirmandenunterrichts, ihren Humor und ihren Traum, einmal berühmt zu sein. Die meisten der Reporter hatten schon viel erlebt. Aber das hier war irgendwie neu.

Lotto schritt durch die Reihen und appellierte leidenschaftlich: »Was hat sie uns denn getan? Sie hat uns doch nur zum Nachdenken angeregt. Hat irgendjemand Schaden genommen? Nein!«

Zwischendurch kontrollierte sie ziemlich geschickt immer

wieder ihr Make-up in den Spiegeln des Salons und posierte möglichst vorteilhaft. Bruno stand grinsend im Hintergrund. »Okay, du machst das gut!«, flüsterte er ihr ins Ohr, nicht ohne vorher eine ihrer Haarsträhnen zur Seite geschoben zu haben. »Du weißt, sie hat gelogen. Und die Tatsache bleibt. Aber ich helfe dir. Das ziehen wir jetzt zusammen durch!«

Und er übernahm das Wort. »Ihr wisst, dass ihr eine Verantwortung habt. Und ihr wisst auch, dass das Mädel im Grunde nichts verbrochen hat. Gebt ihr eine Chance. Lasst sie am Leben. Schreibt einen netten Satz oder lasst sie einfach in Ruhe. Und glaubt mir – sie hat daraus gelernt. Ich halte sie für ein faszinierendes Mädchen. Sie ist meinungsstark, sie hat Natürlichkeit, und sie hat Charakter. Sie hat uns doch nur das präsentiert, was wir alle hören wollten. Und es war mal wieder was Neues.«

Damit war den meisten Reportern die Schlagzeile klar – Bruno Baatz kämpft für die Lügenprinzessin vom Radio. Und damit war er wieder drin im Blatt! Gute Pressearbeit. Er wusste einfach, wie's ging.

Findler fuhr, wie alle anderen Kollegen, in die Redaktion und formulierte seinen Text. Dabei dachte er kurz über seine Verantwortung als Journalist nach. Er hatte sich bislang nicht sehr um die Schicksale geschert – warum sollte er es jetzt tun, nur weil ein blöder Friseur, der die Presse benutzte, wie es ihm in den Kram passte, plötzlich unter die Missionare gegangen war?

Trotz allem schrieb er sehr gefällig. Und er überlegte weiter – schließlich war er auf der Suche nach einer neuen Schlagzeile. Hatte der Friseur nicht ganz offensichtlich mit der Tante geflirtet? Er checkte die Fotos und entdeckte ein ganz besonderes Bild: War das nur der *Friseur,* der einer Kundin eine Strähne zur Seite schob, oder war das schon der *Mann,* der eine *Frau* berühren wollte? Seit Jahren stand fest: Dieser Mann liebte nur Männer. Obwohl eigentlich nie drüber gesprochen wurde. Denn irgendwie waren doch alle Friseure schwul, oder?

Für diese Idee würde sein Chefredakteur ihn mit Sicherheit wieder lieben. Und egal, ob die Story stimmte, er würde zur Abwechslung mal niemandem nachhaltig schaden. Also dichtete er ein bisschen dazu:

»Bruno Baatz verliebt? Stiehlt Tante der Schummel-Jungfrau schwulem Friseur das Herz?«

Damit hatte er schon wieder einen Knaller gelandet. Am nächsten Tag berichteten alle Medien nur noch über das eine Thema. Bruno Baatz im Liebesrausch – mit einer Frau in gesetztem Alter! Es war so vorhersehbar.

Für Julia Petzolt endete an diesem Abend ein Lebensabschnitt. Sie hatte keine Lust mehr auf Boulevard. Während Findler und ihre Ex-Affäre, Chefredakteur Römer, bei dieser Schlagzeile ausgesprochen gute Laune bekamen, tippte sie ihre Kündigung in den Computer und beschloss, ab jetzt die Moderedaktion einer Frauenzeitschrift zu beglücken.

*

Auch Sebastian verfolgte die Berichterstattung und sah Dodos Tante mit neuer Frisur neben dem Friseur. Er saß in seinem Büro und spielte mit einer leeren Capri-Sonne. Das Tütchen war ein anderes als das neulich vom Kiosk – aber es hatte die gleiche Wirkung. Er spürte Schmerz. Liebeskummer. Sein Herz war schwer und traurig, seine Gedanken kreisten immer nur um diese Frau, sein Appetit war komplett verschwunden. In seinem Inneren tobte ein wilder Kampf – der Kampf seines Stolzes mit dem Wunsch, Dodo im Arm zu halten. Er hatte auch Lust auf diese Familie. Ihre Tante war so herrlich meschugge und schien sogar einen schwulen Friseur umdrehen zu können.

Aber er konnte die Tatsache nicht verdrängen, dass Dodo ihn beschissen hatte. Dass sie mit diesem Kerl geknutscht hatte. Hätte es dieses Paparazzi-Foto nicht gegeben, wie wäre die Geschichte weitergegangen? Wie lange wäre sie noch zweigleisig gefahren? Hätte sie ihn kurz danach abgeschossen?

Während er ziemlich übellaunig vor sich hin starrte, betrat Frau Manteuffel das Büro.

»Herr Doktor. Ich habe die Nummer von dieser Tante aus dem Telefonbuch – also von der Tante von Frau von Schretten. Nur für den Fall, dass Sie sie noch nicht haben. Ich denke, Frau Kleiberstein dürfte wissen, wo sich ihre Nichte zurzeit aufhält. Nur für den Fall, dass Sie sich dafür interessieren sollten. Und Sie sollten sich dafür interessieren! Denn machen wir uns nichts vor: Sie haben Liebeskummer. Und Ihre schlechte Laune ist für niemanden hier erträglich. Und es ist auch unverantwortlich unseren Kunden gegenüber. Sonst hat bald niemand in Berlin mehr einen Führerschein.«

Damit schob sie ihm lächelnd einen kleinen gelben Zettel über den Tisch und verabschiedete sich diskret in die Mittagspause.

Kapitel 30

Ich fuhr angespannt, nervös und nicht sehr froh vom Autozug auf die Insel. Ich befand mich keineswegs in der Urlaubslaune, die alle anderen befiel, sobald sie das Eiland erreicht hatten. Die meisten hatten ja schon bei der Überfahrt unerträglich gute Laune gehabt. Hinter mir im Auto zum Beispiel hatte ein verliebtes Paar gesessen, das die ganze Zeit geknutscht hatte – und wahrscheinlich noch viel mehr miteinander anzufangen gewusst hätte, wenn es nicht das Schamgefühl der Mitreisenden verletzt hätte. Die Überfahrt dauerte ja auch ... Da wäre mehr als ein Quickie drin gewesen. Und vor mir hatten sich drei Freundinnen wie Bolle amüsiert. Sie saßen in einem offenen Cabrio, lachten immer wieder laut auf und malten sich wie bescheuert ihre Gesichter an. Ich hätte heulen können. Ich fühlte mich so allein. Allein. Na gut – Inge war ja da! Aber es gab niemanden, der auf mich wartete. Niemanden, der mich vermisste. Ich war wirklich allein.

Und außerdem fremd. Ich war noch nie hier gewesen, kannte weder die Straßen noch die einschlägigen Hotspots der hoch geschätzten Promi-Insel. Mein Navigationssystem brachte mich zum Glück zielsicher nach Wenningstedt, gleich hinter Westerland. Ich fand die Wohnung und die Nachbarn, bekam den Schlüssel und betrat wenig später mit Tränen in den Augen ein entzückendes kleines Appartement mit Blick auf die Dünen. Ich tat mir gerade furchtbar leid. Niemand, der das alles mit mir teilen wollte. Und schlimmer noch – ich hatte zu Hause verbrannte Erde hinterlassen. Wie es Sebastian wohl ging? Mir tat alles so unendlich leid. Ich war für meinen Größenwahn ziemlich hart bestraft worden. Ich hatte keinen Freund, keinen Job, und keinen Ruf mehr zu verlieren. Ich konnte froh sein, dass Inge sich noch von mir füttern ließ.

»Inge! Ingelein! Weißt du eigentlich, wie lieb ich dich habe?«, sagte ich zu meinem Hund, der den Kopf verdrehte, die Ohren spitzte und einen so lieblichen Ton von mir definitiv nicht gewohnt war. Er drehte sich um und suchte sich zum Schlafen ein Plätzchen auf dem Sofa. Das Desinteresse an meiner Liebeserklärung war groß – sogar bei der stinkenden Kackbratze.

Fieses Ding. Ich fauchte: »Runter von der Couch, du Dreckstöle! Nachher muss ich die noch reinigen lassen.«

Den Ton kannte sie und reagierte prompt mit einem lauten Furz. Sie sah mich unter ihrem Pony hindurch hinterlistig an, verdrehte die Augen in Richtung offene Terrassentür, sprang mit einem Satz vom Sofa und rannte, rannte, rannte. Sie wollte mich verlassen! Sie auch! Durch den Garten, über die kleine Hecke, die Straße runter Richtung irgendwo.

Ich griff den Schlüssel und schmiss die Terrassentür hinter mir zu. Und keulte hinterher. Über Sandwege, eine relativ große Straße, an vielen sehr aufgerüschten reetgedeckten Häuschen und noch aufgerüschteren älteren Damen vorbei. Vorbei an mindestens fünf Porsche und sieben Lamborghini, dreizehn Herren in roten Hosen, achtundzwanzig jungen Mädchen mit teuren Handtaschen und mindestens zwei Prominenten, die vom Wind sehr gerötete Wangen hatten. Der Himmel strahlte in einem unsagbar schönen Blau, dass einem in meinem Stimmungszustand nur schlecht werden konnte. Die Sonne brannte, der Wind wehte sanft, die Luft war zum

Kotzen klar und gesund und die Laune meiner Mitmenschen zum Reinschlagen gut.

Ich brüllte durch diese mondäne Urlaubsstimmung nach meinem Hund, der sich offensichtlich wirklich einen Dreck um mich scherte. Ich hätte sie doch diesen Menschen zurückgeben sollen.

Ich war so schnell, dass ich sogar an einem Mann in einem Häuschen vorbeiflitzte, der wild gestikulierend »Kurtaxe« hinter mir her schrie.

Wo war denn bloß Inge? Ich rannte eine lange Treppe hoch, einen Holzsteg entlang, durch meterhohe Dünen und kilometerlange Graslandschaften, die kein Ende nahmen. Da sah ich sie – Inge! Sie saß einfach nur da. Auf ihrem kleinen Hintern, der Wind zerzauste ihre fettigen Haare, und sie schien zu meditieren. Sie saß wie angewurzelt und verband sich offensichtlich gerade mental mit dem Meer. Das Meer! Ich war am Strand. Endlos lang, weiß und weit. Die hohen Wellen spülten sanft kleine Schaumkronen um Inges Füße, die Möwen kreischten, und ich fühlte den Wind auf meiner Haut.

Ich hätte beinahe gute Laune bekommen, da schrie einer gegen den Wind in meine Ohren: »Ist das Ihr Hund? Hier ist Leinenzwang!«

Ich schrie zurück: »Welcher Hund? Und überhaupt – wer gibt Ihnen das Recht, in meine Ruhe reinzubrüllen? Kümmern Sie sich doch um Ihren eigenen Kram. Oder wollen Sie mir vielleicht erklären, dass bei Ihnen alles in Ordnung ist?«

»Jetzt kommen Sie mal wieder runter«, sagte der junge Mann vor mir, den ich nicht erkennen konnte, weil mich die Sonne so blendete.

»Ich komm hier überhaupt nirgendwo runter, Sie Strandsheriff. Haben wohl zu Hause nichts zu melden und machen jetzt hier den Larry …«

Ich war relativ gereizt. Inge fing meine Stimmung auf und bellte und knurrte den Fremden beherzt mit an. Ich blond, sie schwarz – wir waren ein gutes Team!

In der Sekunde fing der Mann an zu lachen – laut und schallend. Er drehte sich um sich selbst, hielt sich den Bauch, wischte sich vor Freude die Tränen aus den Augen und wollte gar nicht mehr aufhören. »Ich habe immer davon geträumt, habe es mir immer wieder versucht vorzustellen – unser erstes Treffen nach so vielen Jahren. Aber dass es so wird … nee, wie komisch!«

»Wollen Sie mich verarschen?« Da drehte er sein Gesicht aus der Sonne, packte mich an den Schultern und drückte mich an seine Brust. »Dodo, du Süße!«

Ich konnte es nicht glauben. Mein Gott, ich war vielleicht eine knappe Stunde auf der Insel, da begegnete mir der Mann, der gerade mein Leben zerstört hatte.

»Lippe, du Arsch! Du hast mich verraten!«

»Na was machste denn auch für'n Scheiß!?«

»Egal, du hast gepetzt. Und das hast du früher nie getan!«

»Ich hab nicht gepetzt. Ich hab nur von meiner großen Liebe in der Schule erzählt. Der Typ hat mich reingelegt. So war's. Und es tut mir auch schrecklich leid.«

Obwohl ich eigentlich vorhatte, ihm furchtbar böse zu sein, verrauchte meine Wut mit dem Wind und den Wellen. Er hielt mich immer noch im Arm, als er mich langsam Richtung Dünen drehte. Da sah ich sie – seine Strandbar. Eine Holzkonstruktion in allen wunderbaren Farben, mit Strandkörben und leiser Musik im Hintergrund. Und in großen blauen Buchstaben der Name »Bardodos«.

Ich kapierte sofort – das war seine Bar, mein Name und unsere Erinnerung. Er hatte mich wirklich nicht verraten. Jetzt heulte ich wieder. Er nahm mich an die Hand, führte mich zu dem schönsten Platz auf der Terrasse, bestellte Kaffee und Milchreis, bereitete Inge ein kuscheliges Lager auf dem Stuhl neben mir, setzte sich mir gegenüber und sah mich einfach nur an.

»Ich wusste, dass ich dich mit Milchreis kriege!« Dabei schob er mir den nächsten Löffel in den Mund. »Mann, habe ich dich geliebt«, sagte er und streichelte mir über die Hand. »Aber zum Glück ist der große Kummer schon lange vorbei. Und dein Name hat mir Glück gebracht. Die Bude läuft super, ich habe eine nette Freundin, und sie bekommt ein Baby.«

Wer genau hatte eigentlich nach diesen Informationen gefragt? Das war der Moment, in dem ich mich am liebsten im Milchreis ertränkt hätte.

Ich presste hervor: »Das freut mich aber. Bei mir läuft's gerade nicht ganz so … spitze!«

Und dann heulte ich wieder. Ich erzählte alles. Es sprudelte wie eine Fontäne aus mir heraus. Von der Sendung und Max, Achim, Diana, der Talkshow und allen Presseberichten, die mich so überrollt hatten. Auch von Sebastian erzählte ich. Von dem eigentlich am meisten. Und mein alter Schulfreund, meine alte Liebe, hörte zu, hielt die Klappe, reichte hin und wieder eine frische Serviette zum Schnauben und Prosecco für die Nerven.

Und Inge? Sie war verliebt – in das Meer und die Möwen. Sie starrte stundenlang aufs Wasser. Die muss in ihrem früheren Leben ein Fisch gewesen sein. Kein Delfin, aber möglicherweise ein Piranha.

Ein bisschen gelang es mir, meine Qual zu vergessen. Ich guckte hin und wieder auf mein Handy, hatte aber die meiste Zeit keinen Empfang. »Das ist hier so«, sagte Lippe, »und es ist gut so. Die Menschen wollen hier abschalten. Das gilt ja auch für dich. Ich mache dir jetzt eine Seezunge. Die wird dir schmecken. Magst du Krabben? Dazu hätte ich einen wunderbaren Grauburgunder.«

Er sah schon gut aus, wie er da so stand – so selbstbewusst, so braun, so glücklich. Wieso konnte ich nicht die Frau an seiner Seite sein? Weil ich unbedingt Skifahren lernen wollte, ich blöde Kuh. Wie eine scheinbar unbedeutende Entscheidung manchmal ein ganzes Leben verändern konnte. Was wäre, wenn man vorher wüsste, was passiert? Würde man dann anders sein? Könnte ich die Zeit zurückdrehen, würde ich dann alles noch einmal so machen? Hätten Porsche, Hummer und Champagner eine ähnliche Wirkung auf mich gehabt, wenn ich gewusst hätte, was sie anrichten konnten?

»Du kannst nie ein anderer sein, als du in der Sekunde bist. Schade, dass man die Zeit nicht zurückdrehen kann. Einmal noch mit dir eine Woche zur Schule gehen … Ach, nee. Vorbei ist vorbei. Das Jetzt ist es, was zählt.« Er konnte immer noch meine Gedanken lesen und riss mich so aus meinen Gedanken, während er mir den äußerst leckeren Fisch servierte.

Inge bekam ein Würstchen, stilvoll angerichtet mit einem Stängelchen Petersilie. Allerdings ignorierte sie Würstchen und Petersilie – Inge wollte nur ihr Meer. Sie wusste offensichtlich wirklich, was sie wollte. Sollte mir das Schicksal diesen Hund ins Leben gespült haben, damit ich *das* von ihr lernte? Das Leben schreibt die merkwürdigsten Geschichten …

Ich blieb stundenlang auf der Terrasse sitzen – so lange, bis die Sonne wie ein Feuerball im Meer versank. Dann spazierte ich in meine kleine Wohnung, nahm meinen Hund mit ins Bett und schlief das erste Mal seit Tagen wieder ruhig und in dem festen Glauben, dass es irgendwie weitergehen würde.

Kapitel 31

Sebastian kam sich total bescheuert vor – er hatte inzwischen sieben Mal die Nummer gewählt und jedes Mal nach dem zweiten Klingeln wieder aufgelegt. Wie ein Teenager. Er stand auf, ging zur Toilette, wusch sich die Hände mit eiskaltem Wasser und trottete zurück in sein Büro. Frau Manteuffel hatte recht – so konnte es auf keinen Fall weitergehen. Er brauchte Klarheit und eine deutliche Aussprache.

Also wählte er ein achtes Mal die Nummer, die er inzwischen auswendig konnte, und diesmal ließ er es klingeln. Dreimal, viermal, fünfmal. Bis Charlotte Kleiberstein sich meldete.

»Trauen Sie sich jetzt, oder was?«, blökte sie ins Telefon, offensichtlich total genervt von dem anhaltenden Klingelton und noch bevor er überhaupt etwas sagen konnte. »Wer ist denn da? Ich brauche keinen neuen Fernseher, keine neue Versicherung und auch kein Zeitungsabo. Klar?«

In diesen Moment der Stille nahm sich Sebastian ein Herz und sagte seinen Namen.

»Sebastian Puttarski. Guten Tag. Ich bin der …«

»Nein, ick gloobe, ick spinne. Ja, ich weiß, wer Sie sind. Ick freu mich so, das Sie sich melden«, überschlug sie sich beinahe und fand sofort ihre Herzlichkeit wieder.

»Ick dachte schon, Sie werden überhaupt nicht mehr vernünftig. Mensch, Jungchen, jetzt wird's aber ooch allerhöchste Zeit.«

»Zeit?«, fragte Sebastian und war merklich irritiert.

»Na, dass mein Prinzesschen wachjeküsst wird! Ditt Theater muss doch jetzt mal ein Ende haben.«

»Küssen ist ein schwieriges Stichwort in diesem Zusammenhang, wenn Sie mich fragen. Wie ich in der Zeitung sehen durfte, hat das ja ein anderer übernommen.«

»Ach, ditt war doch nüscht. Ditt Mädel hat'n bisschen mit dem Feuer jespielt. So eene iss die nich. Okay, sie iss ooch keene Jungfrau mehr, aber sie knutscht doch nich wild in der Jegend rum.«

»Na ja, mir ist einer schon zu viel – wenn ich es nicht bin!«

»Iss ja ooch richtig, aber nu springen Se mal über Ihren Schatten. Ditt Kind leidet und will nur SIE. Glooben Se mir. Verzeihn Se ihr, und Sie werden den Himmel uff Erden haben. Und Se kriegen noch 'ne ausgesprochen liebenswerte Familie mit dazu jeschenkt. Überhaupt«, sagte Lotto zum Abschluss, »da ick weeß, dass Se bleiben werden, sollten wir uns besser duzen. Ick fühl mich sonst so alt. Ick heiße Charlotte, aber alle sagen Lotto. So, ditt Kind iss uff Sylt, ick hab die Adresse, und du hast hoffentlich 'n Auto, um sofort loszufahren.«

»Das Auto scheint mir hier die unwichtigste Sache zu sein. Ich brauche wohl eher starke Nerven ...«

Lotto fiel ihm ins Wort.

»Ja, ditt könnte sein, weil du nämlich gleich ditt jesammte Familienprogramm kennenlernen wirst. Ick organisiere gerade, dass wir alle mitkommen. Wir sind nett. Ehrlich. Und im entscheidenden Moment halten wir uns wahrscheinlich auch zurück.«

Im Hintergrund hörte Sebastian eine tiefe Männerstimme brummen. »Brunochen, ick komm ja gleich«, brüllte Lotto in die Tiefe des Raumes, und ins Telefon kicherte sie. »Ditt war mein Lebensjefährte. Schtarfriseur. Der kommt natürlich ooch mit. Ach, ditt wird herrlich. Ick bin nämlich ooch verliebt, müssen Se wissen. Ditt hätte ick vor ein paar Tagen ooch nich gedacht.«

»Charlotte, du hast schon wieder diesen Jargon drauf! Du bist jetzt eine Dame. Denk dran!«, mischte sich die tiefe Stimme ungefragt ins Gespräch ein.

»Ist ja gut. Ich kann auch anders!« Sie informierte Sebastian in perfektem Hochdeutsch noch kurz über die Eckdaten. »Wir fahren morgen so gegen neun Uhr los, treffen uns dann um dreizehn Uhr in Niebühl und fahren alle mit dem Autozug nach Sylt. Sozusagen im Konvoi. Ich habe für uns Zimmer reserviert im Hotel »Gerdas Hof«. Hier ist die Nummer. Die haben bestimmt auch noch ein Zimmerchen für dich. Du solltest ein Doppelzimmer buchen!«

Sebastian legte auf und atmete schwer durch. Was für ein Programm. Eben noch enttäuschter Single, jetzt schon fest verplant in die Familienstruktur um Lotto. Na gut, wer nichts riskierte im Leben, konnte auch keine Antworten finden. Und eins wurde ihm immer klarer: Er wollte Dodo zurück.

Sebastian war aufgeregt, sein Herz pochte wild. Er hatte Sehnsucht nach ihr. Er sagte alle Termine ab – sicherheitshalber gleich für die komplette nächste Woche –, sortierte seine Unterlagen, rettete noch einem »Verkehrsauffälligen« den Führerschein, sprang zur Tür, küsste die völlig verblüffte Frau Manteuffel auf die Wange und verabschiedete sich ziemlich fröhlich mit den Worten: »Ich muss meine Frau abholen!«

Frau Manteuffel lächelte verzückt. »Ach, Herr Doktor. Alles, alles Gute. Das geht aber auch manchmal schnell.«

»Wenn's die Richtige ist – und wenn man das Glück hat, es zu erkennen. Tschüs, ich melde mich – vielleicht!«

Und damit schob er ab in Richtung Wohnung, packte ein paar Klamotten und stellte den Wecker auf sieben Uhr. Er würde die Fahrt nach Sylt genießen wollen – jede einzelne Minute, die ihn näher zu Dodo brachte. Er hatte keine Ahnung, wie sie reagieren könnte, was er sagen wollte oder was sie tun würden – er wusste nur, dass es richtig war.

*

Auch Diana packte ihre Sachen. Sylt war eine gute Idee. Frische Seeluft würde auch dem Kind guttun. Sie streichelte über ihren Bauch, lächelte und ging sichtlich beseelt zum Kühlschrank. Nacheinander stopfte sie sich ein Würstchen, einen Joghurt, ein Stück Käse, eine Scheibe Salami und einen harten Negerkuss, der hier sein Rentendasein fristete, in den Mund. Schwangersein war herrlich. Die Übelkeit hatte ein Ende, und zum ersten Mal in ihrem Leben achtete sie weder auf Kalorien noch auf Fettzufuhr.

Am nächsten Morgen fuhren sechs Menschen mehr oder weniger pünktlich los – Herr und Frau von Schretten, gut gelaunt und wieder frisch verknallt, Lotto und Bruno, noch frischer verknallt, Diana, der man langsam das Bäuchlein ansah, und ein sehr aufgeregter Dr. Sebastian Puttarski.

Sebastian hörte laute Musik, sang herzergreifend falsch und schlecht mit und folgte, ohne nachzudenken, den Anweisungen seines Navigationssystems. Plötzlich sah er das Schild vor sich: Niebühl, vierzehn Kilometer. Wo war denn die Zeit geblieben? Es schien ihm, als sei er gebeamt worden – so kurz war ihm die Fahrt vorgekommen.

Kurz vor dem Ziel überholte ihn laut hupend ein dunkelrotes Cabrio mit cremefarbenen Sitzen. Am Steuer saß eine sehr auffällige Dame mit noch auffälligeren Haaren, die aufmüpfig im Wind flatterten, um den Hals einen langen Schal – farblich passend zum Auto. Neben ihr saß nicht weniger lässig ein Mann mit riesiger Sonnenbrille, der aus den Augenwinkeln ein bisschen wie James Bond aussah. Die beiden hatten ziemlich gute Laune und sangen aus vollem Herzen einen ollen Schlager, »Schöner fremder Mann« oder so ähnlich. Es war jedenfalls laut genug, dass Sebastian jedes Wort verstehen konnte.

Ihm war augenblicklich klar: Dieses nicht gerade unauffällige Pärchen konnten nur Lotto und dieser Figaro sein. Er folgte ihnen und war auf alles gefasst. Jetzt gleich würde er alle persönlich kennenlernen – einschließlich ihrer Eltern. Ein Familienprojekt, von dem die zukünftige Braut keine Ahnung hatte.

Am Kiosk auf dem Parkplatz sah er einen bunten Haufen Leute stehen, alle umarmten sich und schienen sich übereinander zu freuen.

Er nahm sich ein Herz, parkte sein Auto und war wild entschlossen, diese Begegnung jetzt als Generalprobe zu sehen. Eine Minute später stand er vor einem unsortierten, wild schwatzenden Menschenauflauf.

»Äh, entschuldigen Sie. Heißt hier jemand Lotto?«, fragte er ein bisschen schüchtern in die Runde.

Lotto drehte sich blitzschnell auf ihren hohen Hacken um und pfiff anerkennend durch ihre rot angemalten Lippen. »Donnerwetter. Ditt Kind hat Jeschmack! Wenn ick ditt vorher jewusst hätte, hätte ick meine Strafzettel ooch nich mehr bezahlt.«

»So, wie Sie Auto fahren, sollten Sie das aber besser.« Er lachte Sie an und zwinkerte charmant in ihre Richtung.

»Darf ick vorstellen«, sagte sie in die Runde. »Ditt iss unser Neuer! Wenn hier nich allet schiefläuft, haben wir demnächst wenigstens eine unter der Haube.«

»Und wenn du so weiter berlinerst, kommst du nie unter die Haube!«, posaunte James Bond.

»Ist das ein Heiratsantrag?«, fragte Lotto aufgeregt und bekam hektische Flecken im Gesicht.

»Juut! Könnte man ja mal drüber nachdenken, gnädige Frau!« Und damit nahm er sie in seine Arme und küsste sie.

Papa von Schretten räusperte sich ein wenig verlegen, gab Sebastian die Hand: »Ich freue mich, Sie kennenzulernen. Habe ich das jetzt richtig verstanden: Meine Tochter will heiraten? Mir sagt ja keiner was in dieser Familie.«

»Ja, ehrlich gesagt, weiß ich selbst noch nicht, ob sie will. Das wollte ich sie ja jetzt irgendwann fragen,« stotterte Sebastian ehrlich.

»Muss ich das alles verstehen?«

Mama von Schretten ergriff die Chance und küsste ihren Mann liebevoll auf die Wange.

»Dafür hast du doch immer noch mich! Ich sag dir schon, was du wissen musst. Alles andere belastet dich nur – dich und dein Herz!«

»Hallo, ich bin Diana, die Schwester der Braut. Dodo hat den Mann, und ich kriege das Kind.« Dabei saß sie auf dem Kofferraum ihres Sportwagens und kaute herzhaft an einem Matjesbrötchen. »Lecker. Auch mal?«, sagte sie und hielt Sebastian die angekaute Schrippe ins Gesicht.

»Danke, wir sind noch nicht schwanger!«, antwortete er lächelnd.

»Und ich bin Bruno Baatz, Starfriseur. Aber was muss ich mich vorstellen – Sie kennen mich doch! Stimmung!«

Lotto küsste den bärtigen Bruno verliebt auf den Mund. »Na, sind wir nicht einfach unschlagbar? Sebastian.« Sie nahm seine Hände. »Es kann dir nüscht passieren. Wir sind ja alle da. Und jetzt ruff uff'n Zuch – und ab uff die Insel.«

Sebastian rollte langsam auf den Zug, kurbelte das Fenster herunter und genoss die Aussicht auf ein sehr turbulentes

Leben. Hoffentlich würde Dodo ihn ähnlich empfangen wie der Rest ihrer Familie. Ganz sicher war er sich nicht – er hatte immerhin ziemlich beleidigt reagiert auf alles.

Alle trafen sich dann an der Rezeption des Hotels wieder.

»Und jetzt?«, fragte er nach der Schlüsselausgabe in Lottos Richtung. Sie schien ja immerhin so etwas Ähnliches zu sein wie die Regisseurin seines Liebesglücks.

»Ick gucke mal, wo ditt Kind steckt – na und dann nix wie hin mit dir! Wir kommen dann nach. Keene Sorge, wir geben euch schon ein Stündchen.«

Lotto telefonierte mit Dodo übers Handy, natürlich ohne zu verraten, dass die Familie in großer Besetzung angerauscht war.

»Wo steckst du denn, mein Kind? Ah, Bardodos, verstehe. Ach, wie schön. Und wo ist das? Ach, am Strand … So so, dann hol dir mal keenen Sonnenbrand. Ihr habt doch sicher schönes Wetter?« Dabei schlug sich Lotto vor Freude auf die Schenkel und zwinkerte verschwörerisch in die Runde. »Wie jeht's dem Köter? Ach, Sonnenstich? Jekotzt, so so … Na, ditt iss ja mal watt janz Neuet. Sonst kackt er ja immer.«

Diana hatte große Mühe, nicht in schallendes Gelächter auszubrechen. Sie stopfte sich lieber noch einen Schokoriegel in den Mund.

Lotto fuhr fort: »Hier iss allet okay. Mama und Papa? Allet schön, zweiter Frühling. Je oller, je doller. Hast du eigentlich mal Zeitung jelesen? Nee?! Iss ooch nüscht Schlimmet passiert.«

Bruno puffte ihr in die Rippen, und sie stoppte kurz den Redeschwall. »Äh … wie immer halt: Du bist raus aus den Schlagzeilen, und ein anderer ist wieder drin!« Sie warf Bruno einen Luftkuss zu. »Dann mal tschüssi, meine Kleine. Ich muss zum Friseur!« Jetzt riss es auch Lotto total, und sie hielt sich den Bauch vor Lachen.

Sebastian knabberte nervös an den Fingernägeln. »Ich dachte schon, du legst überhaupt nicht mehr auf. Also, wo ist sie?«

Lotto erzählte alles, die nette Dame an der Rezeption beschrieb den Weg, er ließ seinen Koffer stehen und rannte los. Eine lange Treppe hoch, einen Holzsteg entlang, durch meterhohe Dünen und kilometerlange Graslandschaften, die kein Ende nahmen.

Und da sah er es: das Meer und den Strand, endlos weit, lang und weiß! Die Wellen schlugen sanft, ganz im Gegensatz zu seinem Herz – das schlug bis zum Hals.

»Bardodos«, hier stand's, in großen blauen Lettern. Nur noch wenige Schritte trennten ihn von seiner Zukunft mit ihr – der Frau, die ihn so gefangengenommen hatte und die er so liebte. Die er so sehr wollte.

Er folgte dem Steg und bog langsam um die Ecke auf die sonnenüberflutete Terrasse. Viele Menschen saßen da und genossen ihr Leben. Da sah er sie. Dodo. Er erkannte sie sofort. Die wilden Haare, die Nase inzwischen braungebrannt, sie sah entzückend aus. Diesen Augenblick wollte er sich für immer in seine Erinnerungen brennen, weil es einer der aufregendsten seines Lebens sein würde.

Er ging zwei Schritte weiter. Was war das? Vor Dodo saß ein anderer Mann. Er redete auf sie ein und hielt dabei ihre Hände. Jetzt küsste er ihre Hände sogar. Sie lachte laut und gelöst und warf ihren Kopf mädchenhaft in den Nacken.

Sebastians Herz zersprang. Wie hatte er nur glauben können, dass sie genauso fühlte wie er? Die Sache genauso ernst genommen hatte wie er? Kaum drehte er ihr den Rücken, küsste sie einen anderen. Jetzt schon wieder. Eine Schwachsinnsidee hierherzukommen. Er wollte nur noch weg.

Wahrscheinlich hätte das auch geklappt, und sie hätte niemals erfahren, dass er hier gewesen war, wenn nicht Inge gerade in dieser Sekunde kurz von ihrem Meer zur Treppe hochgeschaut hätte.

Inge, der kleine Teufelsbraten, fing wie eine Sirene an zu bellen. Sie rannte mit wehenden Ohren in seine Richtung, riss mehrere Stühle um und hörte nicht mehr auf zu kläffen. Bei ihm angekommen, sprang sie zirkusgleich mindestens einen Meter hoch, direkt in seine Arme. Sie machte ein Theater, als hätte er ihr das Leben gerettet.

Alle Leute starrten trotz der Urlaubslaune ziemlich angespannt auf den jungen Mann. Er setzte Inge vorsichtig wieder ab, guckte betroffen über die Runde und gab ihr einen leichten Schubs.

»Dieser Hund gehört nicht zu mir.«

Kapitel 32

Ich saß gerade gemütlich mit Sven in der Sonne, hörte mir seine Lebensgeschichte an und lachte laut über unsere ersten Liebes-Gehversuche, an die er mich immer wieder mit irgendwelchen schlimmen Episoden erinnerte. Ich hatte vieles schon total vergessen. Wie die Sache, als wir auf dem Klo eines Kinos beinahe beim Hardcore-Petting erwischt worden wären! Von unserer spießigen Klassenlehrerin, die auch in hohem Alter noch auf ihr »Fräulein« bestanden hatte.

Da fing Inge an zu bellen. Sie kläffte wie bescheuert. Was lag ihr denn jetzt wieder für ein Furz quer? Hatte sie sich nicht gerade erst von ihrem Sonnenstich erholt? Sie hatte mir freundlicherweise das ganze Bad der gemieteten Bude vollgespuckt. Ich reagierte wie immer laut und ziemlich genervt. »Inge!« Aber Rufen half nicht. Also sprang ich auf und latschte über die volle Terrasse, dieser Sirene hinterher.

Da sah ich ihn – Sebastian, windzerzaust, mit Inge auf dem Arm und komplett zerstört. Mein Herz blieb abrupt stehen, mein Adrenalinspiegel stieg ins Unermessliche, und ich fühlte den Boden unter meinen Füßen wie Schiffsplanken schwanken. Aus tiefstem Herzen spürte ich Glück und wollte gerade »Sebastian« seufzen, da kam er mir zuvor.

»Hier, dein Hund. Vielleicht kümmert sich besser dein neuer Freund um ihn!« Damit drehte er sich um und lief mit schnellen Schritten davon.

»Sebastian, warte! Das ist ein Missverständnis. Das ist Sven. Das ist doch nur der, mit dem ich Sex hatte!«

Das war definitiv die falsche Erklärung für diese beschissene Situation. Ich biss mir auf die Lippen und hätte mich am liebsten geohrfeigt. Inge bellte immer noch und stapfte wütend Richtung Meer. Sebastian lief in die eine Richtung, Inge in die andere. Ich war offensichtlich nicht in der Lage, irgendjemanden oder irgendetwas halten zu können.

Plötzlich stand Sven hinter mir. »War er das? Du solltest hinterher!«

»Ach, das hat doch alles keinen Sinn.« Jetzt liefen wieder Tränen über meine Wangen.

»O Gott, da hilft jetzt auch kein Milchreis mehr. Komm, ich bring dich nach Hause. Wie reden später.«

Sven holte den schlechtgelaunten Hund vom Strand. Inge zog wütend an der Leine. Sie hatte offensichtlich keine Lust, diesen Tag am Meer schon zu beenden und mir beim Heulen zuzugucken. Mit mir im linken und Inge im rechten Arm schob Lippe ab.

Wir waren gerade zwanzig Meter über den Steg gelaufen, da kam uns meine komplette Familie entgegen, einschließlich dieses Friseurs mit dem Tourette-Syndrom.

»Stimmung«, schrie er dann auch, als er mich sah.

Und Papa ergänzte: »Das ist jetzt aber nicht der Herr Puttarski, der dich da im Arm hält, mein Kind?«

Mama wusste natürlich sofort, wer der junge Mann war. »Das ist Lippe. Mensch, Junge. Wie lange ist das denn her?!«

Lotto schob alle zur Seite. »Entschuldigung. Kann ich bitte mal wissen, was hier gerade schiefgelaufen ist? Ich hatte alles geplant! Kind, kannst du denn nicht mal eine simple Liebeserklärung annehmen, ohne ein komplettes Chaos auszulösen?«

Weil ich nicht mehr reden konnte, übernahm Sven die Erklärungsversuche. Inge hüpfte aufgeregt von einem Familienmitglied zum nächsten, in der großen Hoffnung, mit mir nicht mehr alleine sein zu müssen. Alles machte im Moment mehr Spaß als mein Geheule und mein Selbstmitleid. Ich hatte mir nämlich angewöhnt, Inge ins Bett zu zerren, in meinen Arm zu klemmen und meine Tränen gerne auch in ihr stinkendes Fell tropfen zu lassen.

»Na, ditt ist ja allet spitze. Der arme Sebastian. Watt soll der denn ooch denken? Dass du hier mit 'nem alten Schulfreund sitzt, der dich irgendwann mal entjungfert hat?«

Das war der Moment, als sich Bruno einmischte. Er hatte sich für seine Verhältnisse ja schon mehr als gewöhnlich zurückgehalten. »Wir brauchen jetzt 'ne gute Idee und starke Nerven. Krisenmanagement sozusagen. Diana, du fährst sofort ins Hotel und hältst den Typen auf. Denk dir was aus! Das ist deine Show! Dodo, deine Eltern gehen einkaufen – ich sage euch auch gleich, was! Und wir beide, Lotto und ich, werden uns jetzt mal mit dir hinsetzen und Plan B stricken. Wäre doch gelacht, wenn wir das nicht hinbekämen.«

★

Diana kam gerade noch rechtzeitig an der Rezeption an, um den völlig enttäuschten Sebastian am Abreisen zu hindern. Als sie ihn sah, griff sie sich an den Bauch und fing fürchterlich an zu hecheln. »O mein Gott, was ist nur mit mir? Hilfe …«

Sebastian drehte sich um und sah der völlig entgeisterten Diana in die Augen. »Was hast du?«

»Keine Ahnung. Es ist das Baby. Du musst mir helfen!«

»Ich kann dir nicht helfen. Ich kann nur einen Arzt rufen!«

»Aber du bist doch Doktor!«

»Ja, Psychologe!«

»Das genau brauche ich jetzt. Halt meine Hand, lass mich auf keinen Fall alleine …«

»Mann, seid ihr alle bekloppt. Atme, beruhige dich. Kann ich bitte einen Schluck Wasser haben für die junge Frau? Und rufen Sie bitte einen Arzt.«

»Nein, keinen Arzt, auf gar keinen Fall. Den brauchen wir nicht. Du bist doch da. Geht schon wieder etwas besser. Du darfst mich aber auf gar keinen Fall alleinlassen. Wir müssen reden … Ich weiß nämlich nicht, wer der Vater meines Babys ist.«

»O mein Gott, mich wundert hier gar nichts mehr. Natürlich, die Schwester knutscht mit jedem, der ihr über den Weg läuft, und die andere lässt sich sogar gleich schwängern. Ihr seid ja ein prima Gespann. Na, dann erzähl mal.«

Und Diana erzählte – von ihrer Kindheit, von Dodo, der Geschichte mit der Jungfrau und natürlich von Sven.

*

Ich saß mit Bruno und Lotto auf Svens Terrasse, goss einen Prosecco nach dem nächsten in meine Birne und wunderte mich nebenbei über die merkwürdige Konstellation. Wann war denn das passiert? Lotto hatte sich den Friseur gegriffen. Der war doch verzaubert, oder? Also fragte ich ihn einfach. »Bruno, mit Verlaub, bevor wir hier noch mehr Durcheinander anrichten: Was machst du mit Lotto? Bist du nicht schwul?«

»Wieso sollte ich schwul sein?«

»Na, weil alle Friseure schwul sind und alle das von dir glauben!«

»Kindchen, die Presse kriegt von mir, was die Presse haben will. Und außerdem: Glaube fängt da an, wo Wissen aufhört. Und ich habe mein Leben lang gewusst, wie es geht. Du warst eine Eintagsfliege, ich bin ein Dauerbrenner. Sei froh … Und jetzt kümmern wir uns um dein Dauerbrenner-Glück. Erzähl mal von euch! Was war denn der schönste Moment?«

Lotto holte gerade Luft, um sich noch mal regiemäßig einzubringen, da küsste Bruno ihr die roten Lippen und sagte sanft: »Klappe! Das mach ich jetzt hier. Ihr seid doch alle bekloppt, ihr Weiber!«

Und ich erzählte – von meinem Idiotentest in seinem Institut, unserem Essen, den Telefonaten und SMS, von seinem Humor und seiner guten Laune und von dem Ausflug in den Park. Zwischendurch musste ich immer wieder mein Elend beheulen.

Ich tat mir sooo leid. »Mit ihm ist alles so wunderbar. Mit ihm schmeckt sogar eine Capri-Sonne wie Champagner.«

»Eine was?«, fragte der Mann, der außer Gin Tonic nur Cola Light trank.

»Na, Capri-Sonne.« Und dann erzählte ich von der lustigen Frau in der Schlosspark-Pommesbude und unserem »Wünsch-dir-was-Spiel« beim Zertrampeln der Packung.

»Na, bitte, Lotto, jetzt bist du wieder dran. Ruf deine Schwester an und sag ihr, dass sie mindestens zweihundert Tüten von diesem Zeug kaufen soll. Außerdem mindestens dreißig Windlichter, ein bisschen Feuerwerk und ein paar rote Tücher. Wir werden eine bühnenreife Show inszenieren. Diana soll Sebastian festhalten, bis es richtig dunkel wird. Sven, kannst du Musik besorgen, die von deiner Terrasse bis zum Strand schallt? Wir brauchen vielleicht noch zwei Stunden! Schade, dass wir nicht in Berlin sind. Ich würde sofort die Zeitungen anrufen.«

Lotto und ich keiften aus einem Mund: »Brüüünooo!«

»Ist ja gut. War ja nur so eine Idee.«

»Und was machen wir mit all dem Zeug?«

»Wir holen dir deinen Mann zurück, du Unglückskind.«

Nach einer Stunde waren Mama und Papa wieder da – sie hatten alle Capri-Sonnen Sylts aufgekauft und sogar einen Laden gefunden, wo es im Sommer Feuerwerk gab. Mit Mühe schleppten sie den ganzen Krempel an den Strand. Bruno gab die Anweisungen, und Mama, Papa, Lotto und ich krochen durch den Sand.

Wir formten ein großes Herz – gefüllt mit Capri-Sonnen. Dazwischen stellten wir Champagnerflaschen, die Sven spendiert hatte. Die Kerzen rahmten das Herz ein. Jeder konnte das Liebessymbol sehen – wenn er am Strand war. Jetzt musste nur Diana noch durchhalten und Sebastian ranschleppen.

Als wir mit allem fertig waren, telefonierte Bruno mit Diana.

»Schaff den Kerl her, egal wie.«

Die Zeit schleppte sich endlos. Die Kerzen brannten, Musik beschallte den Strand, und ich stand mit Inge in einem Herz aus Capri-Sonnen. Das Feuerwerk würde Papa entzünden, wenn Mama das Kommando dazu gab. Sie stand mit einem Fernglas bewaffnet, das Lippe sonst benutzte, um das Meer zu beobachten, am äußeren Ende des Holzstegs. Jetzt durfte nur Diana nicht versagen. Wenn sie es nicht schaffen würde, den schon zum zweiten Mal von mir so sehr enttäuschten Sebastian an den Strand zurückzulocken, wäre alles umsonst.

Es dauerte noch mal zwanzig Minuten. Da gab Mama das Zeichen. »Da kommen sie, da kommen sie. Es geht los!«

Als Diana und Sebastian um die Ecke bogen, drehte Lippe die Musik auf volle Pulle, Lotto und Bruno öffneten den Champagner, gossen die Gläser voll und stellten sich diskret ins Dunkle. Nur ich war zu sehen – ich und mein stinkender Hund in einem Meer aus Licht und Capri-Sonnen.

Sebastian kam langsam auf mich zu. Ich konnte nicht genau

erkennen, ob er lächelte oder doch gleich wieder gehen würde. Als er vor mir stand, reichte ich ihm eine Capri-Sonne.

»Lass uns die austrinken. Du hast mal gesagt, dass man sich was wünschen darf, wenn's richtig knallt.«

Er sagte kein Wort, wir tranken beide die Hüllen leer, legten sie zur gleichen Zeit in den Sand und trampelten darauf herum. In der Sekunde entzündete Papa auf Mamas Kommando das Feuerwerk, und es knallte, knallte, knallte. Alle Capri-Sonnen dieser Welt hätten nicht so viel Krach machen können. Da endlich nahm er mich in seine Arme und küsste mich. Lange. Zärtlich. Leidenschaftlich.

»Ich habe so etwas wie dich in meinem ganzen Leben noch nicht getroffen. Ich liebe dich. Meinst du, du könntest dich in Zukunft auf mich beschränken? Es verwirrt mich immer, wenn andere dich küssen!«

»Ich werde niemals wieder irgendeinen anderen küssen! Ich schwöre …«

»Sag mal, nur so … Damit ich vorbereitet bin und um das ein für alle Mal zu klären: Ist hier noch irgendjemand Jungfrau oder im Zeichen der Jungfrau geboren?«

»Ja, Diana. Aber glaube mir: In ihrem Fall war es definitiv keine unbefleckte Empfängnis. Sollte sie jemals so etwas behaupten, müssen wir dringend darauf achten, dass kein Journalist in der Nähe ist.«

Und dann küssten wir uns wieder.

Hinter uns räusperten sich die anderen Akteure dieses romantischsten Augenblicks meines Lebens. Mama und Papa knutschten auch, Lotto hing an Brunos Hals, der ununterbrochen »Stimmung!« schrie, Inge warf die Champagnerflaschen um, und Diana fotografierte das Spektakel.

Lotto stellte sich neben ihre schwangere Nichte. »Na, ditt hat doch mal jeklappt. Wenn ooch erst im zweeten Anlauf.

Watt haste dem denn erzählt, dass der sich noch mal hierherjewagt hat?«

»Das verrate ich dir, wenn ich euch den Vater meines Kindes vorstelle. Und dann möchte ich mindestens genauso eine Inszenierung haben.«

Und damit drehte sie sich um und rief fröhlich zu Sven: »Gibt's denn hier nichts zu essen? Ich sterbe vor Hunger!«